La otra orilla

La travesía

Luisa Valenzuela

La travesía

Grupo Editorial Norma
www.norma.com
Buenos Aires, Bogotá, Barcelona, Caracas, Guatemala,
Lima, México, Miami, Panamá, Quito, San José, San Juan,
Santiago de Chile, Santo Domingo

Valenzuela, Luisa, 1938-
    La Travesía / Luisa Valenzuela. – Bogotá :
Grupo Editorial Norma, 2007.
    402 p. ; 22 cm. – (Colección La Otra Orilla)
    ISBN 978-958-04-9983-1
    1. Novela argentina 2. Inmigrantes - Estados
Unidos - Novela 3. Mujeres - Argentina - Novela
I. Tít. II. Serie.
A863.6 cd 21 ed.
A1109089

    CEP-Banco de la República-Biblioteca Luis Ángel Arango

Ilustración de cubierta: Carlos Uría. Colección "Cartas de amor".
Diseño de cubierta: Jordi Martínez

Impreso por: Editorial nomos S.A.
Impreso en Colombia - *Printed in Colombia*

C.C.: 72098
ISBN: 988-958-04-9983-1
Este libro se compuso en caracteres New Baskerville

para mi adorada hija Anna-Lisa
a quien por razones de temática nunca
pude dedicarle una novela.
Esta tampoco, pero ya es grande.

para el Grupo de las Diez.

Contenido

BOTADURA
(a manera de introito)

Navegación a ciegas

No cuestionó sus actos, aquel mediodía de viernes mientras dejaba un elegante portafolios negro en el guardarropas del Museo de Arte Moderno de Nueva York, el MoMA para los conocedores. Como antropóloga estaba adiestrada para estudiar conductas ajenas, no la propia. Se trataba de un portafolios pequeño, casi una cartera de hombre, lujoso y lleno y de la mejor fabricación y el mejor cuero porque en estos intercambios no se puede andar con mezquindades y todo debe tener estilo. Tampoco sintió ella en ningún momento la tentación de abrirlo para espiar el contenido. Podía hacerse una idea bastante acertada, de todos modos, dado que se había dejado tentar y había colaborado en la redacción de la carta con las instrucciones.

El sábado anterior a falta de mejor programa ella había acompañado a Ava Taurel, famosa dominatrix licenciada para servir a usted, por las calles de Greenwich Village en busca de un antifaz. Ava la había tomado de sorpresa al llamar para invitarla a una fiesta. Juntémonos por la tarde así charlamos un rato, nos conocemos tan poco, le había dicho por teléfono. Se juntaron, nomás, y apenas hechos los saludos Ava le informó a quemarropa que debían salir en busca de un antifaz porque se había conseguido un futuro cliente muy formal y no quería que él le vea la cara en la fiesta si es que él llega a la fiesta, por eso mismo, vayamos a buscar uno, la conminó.

Muy formal no será si aspira a ser cliente tuyo, murmuró ella. De todos modos le gustó la idea de andar buscando un antifaz por el Village esa tarde de sol, tan lejos de todo carnaval o Halloween que antifaces no habrían de encontrar. Fueron encontrando eso sí otros pertrechos útiles para el oficio de Ava que Ava compró al azar de las tiendas del ramo, cosas como las sandalias rojas de taco stiletto de diez centímetros de alto y largas tiras para aprisionar las pantorrillas en bellos barrotes simétricos. La simetría, le explicó Ava con toda paciencia, es lo más respetado en ese oficio suyo, todo un arte hecho de constricciones y repliegues.

Y ella, humilde observadora, sólo pudo preguntarse qué cuernos estaba haciendo allí mientras Ava procedía a detallarle que el futuro cliente no debía reconocerla porque le estaba preparando una perfecta cita a ciegas, ceguera unilateral, aclaró, porque yo del hombre sí sé lo suficiente como para armarle la trampa en la que va a caer gozoso y también dolorido como corresponde.

Esa misma noche de sábado tendría lugar la fiesta. Ava la había invitado a ella para avisparla un poco, le dijo riendo, porque parecerás muy mundana pero en el fondo eres una antropóloga cándida ignorante de las verdaderas verdades de la vida. Por eso mismo se imponía cambiarle el look, y mientras bogaban en pos del inhallable antifaz aprovecharon para buscar el atuendo adecuado. Debía ser una prenda insinuante, cosa de no desentonar en tan especial evento. Ella se resistió a muchas de las sugerencias de Ava, hasta encontrar por fin en una tienda de usados un vestido de raso negro, lánguido, con un tajo en la espalda.

Con el vestido en la bolsa ella se dejó guiar a lo largo de la calle Ocho hasta Broadway, donde se pusieron a manosear las pilchas de los puestos callejeros. En el cuarto o quinto puesto Ava se entusiasmó con unos bustiers de cuero calado, toda una promesa, y decidió probarse uno. En medio de la vereda se sacó la blusa, se calzó el bustier y sus enormes tetas rebalsaron dándole el aire triunfal de quien se sabe majestuosa y no grotesca. Algunos paseantes se detuvieron a aplaudir, alguno le dijo te queda estupendo cómprate el dorado, no te compres el negro, estaban en el Village a no olvidarlo, Ava se sentía feliz. Cuidado, le sopló ella, su cliente formal quizá fuera uno de esos que andaban por allí paseando el perro.

Imposible. El hombre formal según podía inferirse por su voz parecía ser de traje y corbata y diminuto teléfono celular, sólo caminaba a la vera del Central Park, vivía justo al lado del Museo de Arte Moderno, casi seguro allí mismo trabajaba, sería un curador o un alto ejecutivo, hombre culto, y perro no tendría, no, no parecía ser su estilo.

Él debe llevar una vida ordenada, de ninguna forma asociable con la cita a ciegas que él mismo había contratado recurriendo no a una Miss Lonelyhearts como hubiese sido lógico sino a una Miss Lonelyasses de insospechables consecuencias.

Y la misión le tocó a esta que se hace llamar Ava Taurel y se dice amiga de ella a pesar de ser sólo una conocida de conocidos a quien ella acompañó hasta más allá de Lower Broadway enmascarando sus incomodidades.

Me tienes que inventar un buen argumento, le fue pidiendo Ava a lo largo del trayecto; no que a mí me falte imaginación, te puedes suponer, soy de las mejorcitas en este rubro que requiere imaginación sutil y mucha chutzpa, pero mi nuevo cliente tan formal exige una cita a ciegas como la gente, algo totalmente inédito y desconocido, y yo a lo mío me lo conozco demasiado, qué quieres que te diga, se iba autoaplaudiendo Ava por las calles ya sin rumbo fijo, sin buscar más antifaz alguno.

Ava habló y habló, en inglés por supuesto, reclamándole a ella un buen guión para armar la trama, y ella sólo pudo pensar en apersonarse ante el hombre de marras, hombre quizá decente además de formal –pero son todas ilusiones, como siempre, se dijo– para tratar de salvarlo, aunque ¿quién tiene derecho a salvar al otro de sus propios fantasmas?

La cita a ciegas sería un salto al vacío, un borramiento. Y ella al final de la caminata y de la tarde empezó a inferir que lo suyo en cambio se limitaba a mirar, lo suyo era ver en lo posible desde todos los ángulos, tratando de no perder detalle.

Qué tanto taparte la cara, le dijo por fin a Ava. Que el ciego sea él, le dijo; vendale los ojos, encapuchalo, tenelo tabicado como decían los torturadores de mi Argentina lejana.

Buena idea aunque para nada original, suspiró entonces Ava.

Ella se alzó de hombros. Mil años atrás en las clases

de etnografía había aprendido a no intervenir para modificar el comportamiento de la especie bajo observación. Olvídate, le dijo.

Ava no era de las que abandonan su presa y acabó convenciéndola con el señuelo del MoMa como sede de la acción. Juntas urdieron la trama.

Y a las doce del mediodía del siguiente viernes, respondiendo al plan preestablecido, ella dejó el portafolios-cartera en el guardarropas del museo, guardó el talón en un sobre que le había entregado Ava para el caso y se dirigió a la taquilla a comprar la entrada, no fuera que alguien la estuviese observando. Después, como quien quiere consultar algún catálogo, dio media vuelta y se dirigió a la librería del museo. Hojeó unos libros, inspeccionó las postales y al ratito escapó a la calle. Se dirigió entonces al lobby del edificio contiguo para entregarle al conserje el sobre que sólo encerraba el talón del guardarropas. Es un mensaje urgente, le dijo. Por motivos quizá de defensa propia evitó fijarse en el nombre del destinatario o en el número de su apartamento.

Cumplida la primera etapa del plan habría podido retomar su vida cotidiana hasta la hora señalada, pero sintió que no debía perder el impulso o cortar la concentración o, peor aún, aburrirse. Optó por volver al museo, y almorzó tranquila en la cafetería frente al patio de esculturas y después visitó con absoluta parsimonia la pequeña sala ahí nomás, entre la entrada y la cafetería, donde su compatriota Kuitka exhibía colchones con planos de ciudades ominosas hechas para recorrer durante el sueño, calles de pesadilla, colchones algo quemados o chamuscados, con marcas de cigarrillos, colchones al borde de la muerte como pueden ser quizá los que transita Ava, sospechó ella, o como podría volverse más tarde el colchón ahí arriba en el piso del hombre de la cita a ciegas quien a su vez será cegado. Un colchón que quedará regado de semen –así lo esperará él– quizá de sangre y pis, sudor y lágrimas; la indeleble marca de fluidos corporales, chamuscado quizá, hirviente. Se figuró ella.

En la planta baja del MoMA las salas grandes estaban tomadas por la obra de Kurt Schwitters. Ella pasó allí el resto de su tiempo de espera. Con minuciosidad fue siguiendo los laberintos hechos de recortes superpuestos, estudió la factura, la textura, la composición de cada collage. Eran muchos y frente a cada uno intentó contarse una historia y percibió el reflejo de su propia vida tan hecha de retazos, tan hecha de papeles e hilos superpuestos, de rostros un poco fraccionados, borrosos, ajenos.

Estoy sola en este museo, en Nueva York, en el mundo; estoy sola y tengo esta vida a lo Schwitters con apenas la ilación de los recortes, pensó.

Había llegado hasta allí para darle forma a una cita a ciegas que no la involucraba en absoluto, que no habría de brindarle satisfacción alguna o remedio a la soledad. Paciencia. Sólo era cuestión de esperar un rato juntando coraje para más tarde, un poquito apenas, justo el coraje necesario para largar su parlamento sin siquiera mirarle la cara al tipo de marras, y sobre todo evitando que él le viera la cara a ella. Una cita a ciegas minimalista dentro de la otra, la concreta, tan sólo gestionando la otra, orquestándola. Prefirió quedarse allí con Schwitters, no tuvo el impulso de ir al piso alto donde la colección del museo lucía en todo su esplendor. Arriba la esperaba el escenario de un encuentro impensable.

¿Quién le impidió salir corriendo? ¿Quién la obligó a enfrentarlo? ¿Había firmado un contrato, acaso? ¿La estaban vigilando? Nada de eso. Por propia voluntad se había metido en la salsa y muy por propia voluntad podría haber zafado yéndose en aquel mismo instante a su casita, y a otra cosa mariposa.

¿Acaso no sería lo más sádico de todo dejar al hombre esperando una cita a ciegas que de tan ciega se tornaría inexistente?

Hermana, se dijo ella ya un poco desprendida de sí, como en otro nivel de la conciencia, un nivel donde todo puede ocurrir, donde conviene llevar los juegos hasta sus últimas consecuencias; hermana, vos aceptaste y no sólo aceptaste sino que pusiste tu grano de arena al armar esta trama, tenés que seguirla en lo que te corresponde, nada de agachadas de última hora, de huidas y mojigaterías que no es conducta propia de vos, hermana, monjita mía, dulce sor Caridad ahora metida en esta obra de bien por el lado del tortuoso deseo.

Qué tedio, Schwitters, un obsesivo, repetitivo, si tiro de ese piolín me encuentro desnuda ante él, ante el ojo clínico de aquel que tortura el papel en mil pedazos y después los cose con puntadas de armonioso desconcierto.

Si tiro... Sí, tiro.

El loco impulso de arrancar los papeles pegados para ver qué habría detrás la arrancó –precisamente– de la contemplación y no sin cierto horror comprobó que había llegado la hora. Las tan temidas, lorquianas cinco de la tarde. Corrió hasta la entrada para plantificarse frente a los porteros, debía buscar a un hombre con discreto portafolios colgándole del hombro. Optó por esperarlo al pie de la escalera mecánica, un sitio muy conspicuo pero no le importó, ella podía ser una visitante más del museo con aire algo intelectual. Simuló leer un folleto, espiando mas allá del folleto a la altura de las carteras. Y de golpe lo avizoró, reconoció el portafolios, el mismo que había dejado en el guardarropas esa misma mañana.

Elegante el hombre, y joven, y para colmo vestido en la gama de los beige, bien lo hubiera podido querer ella para un día de fiesta, pero no con sus oscuras inclinaciones y la negra cartera, no.

Él se encaminó hacia el baño con paso despreocupado, ella pudo prever sus movimientos como si lo estuviera viendo. Él se encerrará en el excusado, se sentará sobre el inodoro y como es hombre meticuloso bajará la tapa, a menos que tenga alguna otra ocurrencia o necesidad fisiológica además de la de seguir las instrucciones de la carta. Él se asombra y después se sonríe y quizá hasta se relama al encontrar las medias caladas de mujer, el portaligas ajustable, el corpiño y el slip de puntilla negra haciendo juego. Él se saca el pantalón. Se saca los calzoncillos y los mete en el portafolios como para no verlos más, desnudo vuelve a sentarse sobre la tapa del inodoro y continúa leyendo las instrucciones. Ella podía seguirlo con la mente, conocía la carta de memoria porque había ayudado a redactarla a pesar de no haber diseñado la idea (poco sabía de estas cosas, poco quería saber, aunque aceptaba y acepta que querría saber bastante menos poco de lo aconsejable). La carta le indica al hombre cómo vestirse debajo de su sobrio pantalón y su sobria camisa. La carta lo envía luego a sentarse en el medio del banco central en la sala de los Pollocks, de espaldas a la entrada. Y cruce bien las piernas, lo conmina, para mostrar las medias que serán la señal para quien se sentará detrás suyo y le dará las últimas instrucciones. Y no gire la cabeza, no mire para atrás: recuerde a la mujer de Lot, a Orfeo, a todos esos renuentes.

Medias caladas de encaje negro, con dibujo de florcitas, de esas que se usaban en los años setenta. Ella no necesitó pasarle por delante al hombre y verle las medias que él exhibía como una provocación, medias de mujer ajenas al buen gusto, a la virilidad, a sus zapatos sport de gamuzón color café con leche. Ella le reconoció el saco, el portafolios, era él allí tan sentadito en el justo medio de ese largo y ancho banco. Lo dejó estudiar las salpicaduras del Pollock frente a sus ojos hasta volverse bizco. Que intente encontrarle algún mensaje, pensó, siempre es bueno auscultar las obras de arte en busca de mensajes. Siempre es bueno e inútil, he ahí la gracia.

A ella la elección de lugar le pareció acertada, y no sólo por razón del amplio banco. De golpe recordó que en Londres a Jackson Pollock se lo llamó Jack el Salpicador, Jack the Dripper en lugar de Jack the Ripper, el juego de palabras resultaba apropiado para el caso, era de esperar que el hombre sentado haya hecho a su vez la alegre asociación. Ella le adivinó la sonrisa, no necesitó pasar frente a él para vérsela: sonrisa un poco sobradora, satisfecha, no segura de sí pero regodeándose ante la expectativa.

Respiró hondo y se sentó a espaldas del hombre sentado, usándolo casi de respaldo para que él no pudiera darse vuelta. Él se estremeció y ella cobró coraje: Acuérdese también de la Gorgona –le sopló– no sólo el hecho de mirar para atrás hiere, a veces también hiere aquello que se ve.

Pucha digo, se dijo ella, ya ando saliéndome del libreto, estirando sin necesidad el parlamento. Pero en la otra espalda tensa percibió un leve escalofrío y eso logró ratificarla. ¿Gratificarla?

Apoyó la cabeza en el hueco de la nuca del hombre; ella era tanto más baja que él pero en ese momento se sintió mucho más grande porque estaba dando las órdenes. Eche un poco la cabeza para atrás si me oye bien, le susurró, y él obedeció y fue como si hubiera querido acariciarla. Yo no soy su cita a ciegas, le dijo al hombre; soy sólo el portavoz que transmite las órdenes. Usted se va ahora a su casa, busca una navaja o un cuchillo filoso y corta la cartera, con cuidado porque tiene doble fondo, y lo que allí encuentre se lo va a calzar en la cabeza tapándose bien la cara y cerrando todos los cierres para obturar sus propios orificios. Pero antes no se olvide de dejar la puerta de entrada apenas entornada. Con sólo la ropa interior de mujer que encontró en el portafolios y ahora lleva puesta, se tenderá usted sobre la cama y esperará, esperará. Su ama va a llegar para darle su merecido y más también, cumpliendo la cita a ciegas. Encadilante cita porque usted a su ama nunca jamás le verá la cara.

Así le dijo ella al hombre, y poniéndose de pie con total sangre fría para dar por terminada la sesión se escabulló entre el público –una figura más entre tantas figuras– y desapareció: manchita de Pollock, recorte de Schwitters, colchón desvencijado y mancillado.

Una vez fuera del museo respiró con ganas el aire del atardecer y se alegró de que por fin hubiese terminado para ella toda la loca historia de la cita a ciegas.

Caminó tres pasos y supo que no había terminado, no: recién empezaba. Debía encarar ahora su propia cita a ciegas con la parte ignorada de sí que la había metido en esa loca historia.

I

LA PESCA DEL DESEO

"La escritura y la sexualidad se ejercen siempre en espacios privados y por ello mismo susceptibles de violación, espacios secretos, sí, espacios donde se corre un riesgo mortal."

MARGO GLANTZ, *Apariciones*

Teatro de la memoria

¿Acaso se siente libre? Su participación en una densa cita ajena ¿no será un resabio de épocas menos lúcidas? Son preguntas que ya le empiezan a latir con vida propia si bien ella aún no puede formulárselas.

Acepta que en los últimos años ha estado entregándose demasiado al olvido. Y no sólo de sí en el sentido más puro de la esencia, también relegó al olvido situaciones que muy tenues afloran a su memoria sin adquirir jamás consistencia de recuerdo. Y parecería tratarse de hechos estampados en su carne. Definitorios.

Creció solita en largos vagabundeos alrededor de la manzana en un principio, por calzadas ignotas de más grande. Siempre tuvo vocación de exploradora, y explorando por caminos medio laterales cursó antropología en la universidad de Buenos Aires y fue metiendo las narices en disciplinas variopintas hasta acabar convertida en lo que es hoy, una excéntrica profesora adjunta en cierta universidad norteamericana de prestigio donde más interesa la originalidad del pensamiento que los títulos.

Y la verdad es que ella a veces hasta piensa de manera original. Le convendría rememorar, también.

En la Venecia del Renacimiento Giulio Camillo concibió su glorioso inaudito Teatro de la Memoria del Mundo, formado por una complicada serie de cajas que en un abrir y cerrar de tapas ofrecía recolección total y una posibilidad mágica de entenderlo todo por asociación para luego poder transmitirlo en palabras brillantes con el brillo de la verdad, palabras que producían efectos mágicos. Eso se decía, entonces.

Al consultar los textos que quedan de este mal llamado teatro, ella descubre que el recuerdo del Infierno aparece formando parte de la casa de la Prudencia, e intenta deducir si Giulio Camillo exaltaba el infierno o denigraba la prudencia. Prefiere lo segundo. Sospecha que la prudencia es medicina para ser tomada en dosis homeopáticas, calibradas, porque de otra forma se vuelve mala consejera, está demasiado emparentada con el miedo.

Reconoce haberse sentido rehén del miedo durante demasiados años, quizá por culpa de la maldita prudencia, no en el sentido de acatar el muy argentino mandato del no te metás sino por irse metiendo desde fuera, descentrándose, alejándose de sí.

Y ahora ¿qué?

Ahora distraerse buscándolo a Giulio Camillo, ese renacentista iluminado y errático, por las calles de New York como si fuera la Venecia del cinquecento. Total, New York puede ser cualquier ciudad en cualquier tiempo y permite atravesar barreras como ninguna otra ciudad del mundo.

Giulio Camillo señaló tres aspectos de la memoria: la memoria como los cielos con sus luces y operaciones divinas, la memoria como el hombre, imagen de Dios en el alma, y la memoria como el océano, padre de las aguas, de donde fluyen todas las palabras y pensamientos.

Las cajas del mal llamado Teatro estaban organizadas en siete grupos representando la luna y los seis planetas conocidos hasta entonces, con siete cajas en cada grupo, símbolo de los siete pilares de la Casa de la Sabiduría de Salomón. Casa que bien quisiera visitar ella ahora para alcanzar la memoria mágica ofrecida por Camillo, acabando así sin dolor alguno con tanto presentido borramiento.

En el pilar de Venus, en la caja de Pasifae y el toro que está llena de seres mitológicos como todas las otras, el can Cerbero representa la comida, la bebida y el sueño; Hércules limpiando los establos de Augías es símbolo de purificación y limpieza; Narciso, del hecho de embellecerse y hacerse deseable; Baco con lanza coronado de hiedra es la diversión y la alegría; el Minotauro, la naturaleza inclinada al vicio; Tántalo bajo el peñasco, la naturaleza tímida y suspicaz.

Esta es la caja que destapó hoy al azar. No entiende nada y no pretende descifrarla. Decide no llevársela a sus alumnos aunque ya les ha hablado del Teatro de la Memoria, tan relacionado con el tema del curso. Por ahora necesitaría meterse sola en el juego, si encuentra el coraje necesario.

Cierto es que el teatro de Giulio Camillo le ofrece algún solaz porque las cosas allí están bien pautadas, y sólo es o fue o habría sido útil a los oradores de antaño. Más le asustan los Palacios de la Memoria que sus alumnos sacaron a relucir en la última clase. Palacios mentales creados se supone por Simónides de Ceos (¡deseos, mamma mía!, se sobresalta ella ahora) que Cicerón desarrolló unos siglos más tarde. La receta es simple. Cada

Luisa Valenzuela

persona acondicionará su propio palacio mental aña-
diéndole tantos cuartos como sean necesarios: un cuarto
para cada tema del recuerdo, y en cada tema se instala-
rán ciertas acumulaciones de objetos muy precisos, como pirámides mnemónicas que por asociación de ideas
devolverán el nombre, o la fecha, el hecho o aconteci-
miento o lo que sea que se quiera recordar.

Ella siente que tiene un conventillo de la memoria,
no un palacio. Prefiere el teatro. Para poder bajar el te-
lón cuando lo estime necesario, reconoce.

Bolek

Ella está como en ascuas. La sensación la desconcierta. Durante el día vaya y pase, pero en las noches no cabe dentro de su piel y quisiera salir corriendo, ¿hacia dónde? Reconoce haber corrido demasiado en los últimos veinte años.

Piensa que debería tratar de dormir, o mejor planear para mañana un retorno al lugar del crimen, es decir al MoMA a enfrentarse una vez más con los Schwitters si bien no con el hombre formal de las medias caladas. Él habrá cambiado de atuendo y dejado de lado su flagrante portafolios-cartera negro y ella no logrará reconocerlo nunca más en la vida.

Podría llamarla a Ava para saber cómo culminó la historia, pero no se trata de eso, y a Ava conviene mantenerla lo más lejos posible. De todos modos Ava reaparecerá un día de estos para contarle a ella alguna nueva novedad inquietante. Al escucharla, ella suele quedar atrapada entre la fascinación y el asco. Y pensar que la conoció en su calidad de mansa y talentosa estudiante de cinematografía, de sugestivo nombre: Eva. Quién hubiera dicho. Medio rusa y medio noruega como es, ciertos amigos recién llegados de México se la presentaron en su avatar de ex esposa de un destacado compatriota cineasta. Del otro oficio más vistoso de Eva/Ava quizá los amigos mexicanos no tenían conocimiento, al menos no entonces, porque después Ava se encargaría de repartir tarjetas que decían Dominatrix bajo su nombre, para espanto de algunos, los ajenos a New York.

Aquellos mismos amigos le preguntaron a ella si se animaba a salir sola por las noches. Le molestó la pregunta, ¿acaso daba la impresión de vivir sin animarse a salir sola por las noches, donde quiera que esté? Quizá fue por su calidad nocturna que Ava logró interesarle. Ava tiene para ella –lo reconoce– la atracción de la cobra, la baba pegajosa de cierta araña que eyacula su red sobre la víctima con la perfecta puntería de un retario implacable. Al tiempo de conocerla, ella admitió la borrachera que le producen sus historias; si a veces hasta la divierten, las historias, y se las retransmite a otros. ¿Qué cuenta ella entonces que no pueda decírselo a Ava a la cara? Nada. Ava acepta, ríe, y después acaricia la vara de mimbre que está siempre al alcance de su mano.

Es ella quien no puede confesarse su propia fascinación, disfrazándola de repulsa o de broma.

Una sola persona en todo Manhattan reconoce estas contradicciones de ella y hasta las aplaude. Quizá lo haga por excéntrico, por descarado y franco, porque trabaja en un loquero produciendo arte junto con los locos más furiosos.

Lo conoció unos tres años atrás, en cierta reunión de fin de curso de cinematografía en Columbia University a donde la había llevado nada menos que Ava cuando todavía era Eva para ella. Quiero darte una sorpresa, le dijo. Y la sorpresa resultó ser un tal Bolek Greczynski, artista polaco, alrededor de treintisiete años y de muy buena estampa, que le espetó a boca de jarro unos desconcertantes párrafos en inglés. Le llevó un rato a ella reconocerlos como propios. El hombre en su tono displicente le estaba citando un trabajo publicado en *Anthropology Today.* Hace mucho que te leo, muchísimo más de lo que te podés imaginar, le dijo con aire entre misterioso y sobrador; imaginate, te busqué en Buenos Aires en el '82 cuando fui a montar una muestra, nadie parecía conocerte, si hubiera sabido que vivías en New York...

Hablás de historia antigua, entonces no vivía acá ni había publicado nada, no sé qué habrás leído vos en aquellos tiempos, estás queriendo impresionarme.

No me interesa impresionar a nadie, le contestó ese Bolek Greczynski de nombre impronunciable y pegó media vuelta y no la volvió a mirar en toda la noche.

Ella acababa de conocerlo, no podía calibrarle el nivel de intolerancia, y esa misma noche en su cama lamentó haber perdido tan pronto a su único lector capaz de memorizar párrafos enteros y espetárselos en un encuentro inesperado. Pero Eva/Ava volvió a meter la cola y como a la semana el tal Bolek la llamó y pudo invitarlo a tomar unas copas.

Bolek llegó para provocarla como perro celoso que cuida su territorio. El hecho de que el territorio a defender fueran textos de ella no parecía importarle. Para desviarle el impulso, ella lo indujo a hablar sobre sus más recientes trabajos (cuántos desvelos se habría ahorrado con sólo dejarlo hablar sobre los antiguos, piensa ahora). Así pudo ella enterarse del proyecto de copar y transformar en espacio de arte el gigantísimo refectorio abandonado en el corazón de Creedmoor, una comunidad psiquiátrica en las profundidades abismales del municipio de Queens. Bolek estaba trabajando en eso con la ayuda de los internados, nada menos. En aquel entonces andaban limpiando los escombros y rasqueteando las paredes, los establos de Augías, piensa ella ahora mientras rememora las palabras de él detallándole la tarea monumental. Les estaba llevando meses, pero ya empezaban a ver la luz al final del túnel, es decir el túnel que los aguardaría una vez que hicieran la luz en las paredes tiznadas.

Aquel atardecer en casa de ella Bolek habló y habló lleno de entusiasmo y las palabras se le agolpaban en un inglés casi impecable pero de extraña pronunciación un tanto dura, irónica, y en medio de todo esa verborragia mencionó al pasar su exposición del '82 en Buenos Aires. Lo poco que dijo la impulsó a ella a desviar la conversación y dejar pasar el tema. Debió de haberse precavido, dejándolo pasar también a ese polaco genial, Bolek Greczynski de su corazón, artista en remover escombros. Casi ni habló Bolek de BAires 82 pero señaló con todas las letras, en tono bien alto y claro, en qué preciso edificio había tenido lugar la mentada muestra.

Ella cree no haber dado prueba de sobresalto alguno. Sintió un sobresalto tan pero tan profundo que ni logró registrarlo en el momento; su sismógrafo interno parecía estar descompuesto la mayor parte del tiempo en aquel entonces.

Bolek no tocó más el tema y todo pudo haber terminado allí, pero el destino les jugó sucio y se las arregló

La travesía

para que ese interlocutor tan inesperado le dejara a ella estampada, de forma bien concreta, su indeleble marca.

Fue un hablar sin respiro hasta casi entrada la noche. Cuando por fin ella se levantó para encender las luces Bolek consideró que era hora de irse. Se despidieron con toda formalidad, y ya ante la puerta de salida ella le descubrió la bruta mancha roja en una nalga. No pensó en sangre, ni herida ni menstruación estrambótica, con toda lucidez y con tono casual le dijo se te descargó la birome en el bolsillo trasero, con perdón de la palabra.

Jeans blancos, pobre tipo. Pobre el sofá, también, o mejor dicho el almohadón del viejo sofá color crudo, ahora con un mapa bermellón en el centro. Ella para aflojar tensiones se puso a tararear el tango Tinta Roja, que canta la añoranza del rojo buzón de la esquina, infame nostalgia porteña teñida de mufa, y es ahora, tres años después del percance, que ella reconoce en su almohadón a un pariente putativo de los colchones de Kuitka.

En la noche de marras Bolek se ofuscó, le preguntó ¿qué hago? Ella dudó un rato no queriendo ponerlo más incómodo, total el sofá le importaba una papa lo había encontrado en la basura neoyorquina, y en un relámpago recordó palabras de aquel memorable humorista llamado César Bruto, cuando en una cena en su homenaje el mozo de la cantina tropezó y le volcó una enorme fuente de ravioles con tuco sobre el hombro; el mozo miró al homenajeado con desesperación y sólo atinó a preguntar ¿ahora qué hago? El humorista miró su flamante traje gris perla mancillado y haciendo gala de total señorío le contestó: échele queso.

37

Échele queso. Gracias a esa anécdota grabada en su porteña conciencia ella pudo decirle al recién conocido Bolek con todo desenfado: ahora firmalo. Y él con marcador negro circunvaló la mancha dándole mayor identidad y la firmó bien grande. Ahí nomás se hicieron amigos entrañables. Algunas oportunidades tuvieron para lamentarlo.

Hoy no. Hoy ella se sienta sobre el pobre almohadón manchado o dibujado para tratar de empezar a recuperar lo aparentemente irrecuperable.

Claro que aquella aciaga noche no reveló nada, Bolek, nada de la sustancia de lo que surgiría después. Y ella intenta ahora sumergirse en esa nada, nadando en el recuerdo de una anécdota, de una mancha tan pero tan vibrante y roja roja que ni siquiera parece marca de sangre, como otras.

Callejeando

Decide salir a caminar sin rumbo. Camina y camina. Sola. Porque sí, porque se anima. Así se le va escurriendo la noche. Vos lo entendés todo con las patas, le decían de joven, y ella con las patas parecería ahora querer dibujar el mapa de un territorio desconocido: su propia memoria. Si no fueran las tres de la mañana lo llamaría a Bolek. Porque son las tres de la mañana y de golpe se encuentra vagando por calles para nada tanquilizadoras es que decide buscar un teléfono público, uno ni vandalizado ni cubierto de graffiti y sobre todo que no la deje con la retaguardia expuesta. Más de una vez se ha preguntado qué le impide al malentrazado que espera a sus espaldas acuchillarla o sacarla del camino de un mamporro.

Lo inquietante es que ella reconoce en sí tamañas tentaciones. No como algo incontrolable o como voces dándole órdenes, no, claro, loca no está, pero sí como una fugaz imagen, una posibilidad imposible. El impulso asesino, gratuito, se le ha cruzado alguna vez por la cabeza y eso basta para asustarla. ¿Será esta la causa de mi maldita prudencia?, se pregunta. No se trata de una prudencia extrema, entiende, es apenas un no hablar, un dejar pasar las cosas sin prestarles especial atención, a la vez percibiendo que junto con las cosas pasa el tiempo y ella ya no es más la misma.

39

¿Puedo acaso creerme libre? ¿Me enredé en la escena del MoMa como resabio de épocas poco lúcidas? Las célebres preguntas empiezan a aflorarle sin palabras, sólo como una percepción inquietante.

Al digitar el número de Bolek desde un teléfono público siente que, con suerte, logrará comprender una gota de sí o abrir una compuerta. Pero cuando él atiende, a ella sólo le sale otra pregunta idiota:

¿Estás ocupado?

Rápido como siempre para la respuesta, Bolek dice por supuesto, a estas horas sólo puedo estar ocupado soñando, cogiendo, o peleándome con alguien. Me estoy peleando, no dejes que sea con vos.

Y cuelga.

Y ella no queda como desamparada en medio de la noche. Ha hecho contacto acercándose a ese amigo tan tajante y tan fiel, tan asustado de su propia capacidad de cariño, tan entrañable. Como todos. Pero más. O en forma más retorcida.

Por la Segunda Avenida a las tres y media de esta madrugada se va riendo sola, pero ya está llegando a la calle Dieciséis y bueno, una cosa es la caminata y otra la temeridad, así que detiene el primer taxi y le da su dirección en el East Village.

Pocas horas más tarde el teléfono la arranca de uno de esos dormires de verdad, de los que sólo se puede ir saliendo en oleadas y una desearía desesperadamente aferrarse a la orilla del sueño por más tiempo.

Alguien muy tenaz está llamando. Es Bolek, por supuesto, tomando represalias, despertándola cuando el reloj dice las seis cuarentiocho de la mañana y él pregunta qué se cree ella llamándolo en medio de la noche cuando él está con su amante secreto, el inconfesable diplomático centroamericano que es un hombre straight y casado y para colmo paranoico y hasta celoso y lo único que le faltaba era una llamada femenina que sólo podía ser el FBI o la CIA o la propia esposa legal de dicho alto funcionario, horror de los horrores.

No dejés de usar preservativo, le espeta ella casi como acto reflejo, y después, reconveniéndolo: No jodas, Bolek, ¿y Vivian, tan pronto te olvidás de Vivian, para eso te enganchás con mis amigas? Esto es muy distinto, le contesta él; a Vivian la amo, y con el amor uno se vuelve indefenso, impotente, tierno como un niño, en cambio lo otro es cosa de adultos, con juegos más de poder que de pasión, como quien quiere destruirse y se destruye.

Bueno, hacé lo que se te cante pero cuidate.

Estás loca. Sólo en el amor uno se cuida, y yo la cuido a Vivian. Acá me juego a todo o nada. Necesito exacerbar mi desesperación ¿te molesta? ¿Para reprocharme me llamaste al alba?

No. Te llamé porque sí, porque extrañaba nuestra caminata de la otra noche, con globos por la calle.

Ella se lo dijo con sinceridad. Él le larga un fuck you no tan terrible como suena, razón por la cual ella se apura a soltar el tubo, no vaya a ganarle él de mano.

No se le puede pedir demasiada lucidez a alguien que ha sido despertada al poco de haberse dormido. Ella apenas pudo manotear una memorita así nomás, casera.

41

Porque Bolek había ido a buscarla en medio de la fiesta de Ava, quizá con la secreta intención de protegerla, él que conoce esos reductos, y la había llevado a un baile gay en el Puck Building. La intención o la excusa era mostrarle la remodelación de la vieja, austera imprenta, pero los gigantescos salones estaban decorados con enormes racimos de globos y eran lo menos austero del mundo. Al salir, Bolek y ella se llevaron un buen manojo de esos globos inflados con helio, de puras ganas de volar que tenían, y se fueron deslizando casi corriendo por las calles vacías del SoHo, él trajeado de blanco para el baile gay, ella con el largo vestido negro de la fiesta dark, raras apariciones en ese lugar a esa hora, hasta que pasó por la calle un único auto a toda velocidad y el conductor quiso detenerse en seco y con gran chirrido de frenos pudo lograrlo unos cincuenta metros más adelante, cincuenta metros que devoró a toda velocidad en reversa, y del auto bajaron como diez tipos y ella en un ramalazo pensó en Facundo.

No tuvo miedo alguno, no, de esa brusca aparición de muchachones. Sólo el flash Facundo disparó una muy fugaz señal de alarma.

(F, su ex-marido secreto, a nadie nunca le habló de él, aunque Bolek con los datos que posee por absoluta casualidad lo trae picando cerca. Ella se pregunta por qué en esta loca ciudad no habrá mencionado nunca al más loco de todos.)

Los del auto resultaron inofensivos. ¡Globos, globos!, gritaron. Para un proyecto, gritaron; es para un proyecto (en este país, pensará ella después, nadie parece poder vivir sin un proyecto, ¿será por eso que proliferan los asesinos seriales, hombres con proyecto si los hay?), y los rodearon apretujándose contra ellos dos, y algunos se colgaron de una reja aledaña y uno sacó una cámara de fotos y después de varios destellos todos los desconocidos volvieron a meterse en el enorme Cadillac reliquia de los años cincuenta y desaparecieron como habían llegado, chirriando, y a ella y a Bolek les pareció la cosa más natural y hermosa y se largaron a reír.

Ella bien sabe que no es reviviendo este tipo de incidentes como va a lograr meterse de lleno en el teatro de la propia memoria. Tiene sueño, decide dormir un poco más.

(Suele escapar, durmiendo. Pero durmiendo en New York hace más que escapar, se pierde la vida. Lo sabe. Algo fascinante siempre está ocurriendo en la calle, a veces ante la puerta de su propio departamento o en la mínima placita de enfrente colmada de borrachos, pero borrachos con imaginación que le despiertan ideas.)

Despertar. No es lo que quisiera ella, ahora. Quiere retomar su sueño y olvidar la interrupción de Bolek respondiendo a su interrupción de horas atrás. Bolek se estaba peleando con su amante, qué envidiable, ¿cuánto hace que nadie la pelea en riña de enamorados? Meses ya. Quizá por eso lo azuzó a Bolek, para que él al menos la chumbe, porque querer se quieren, de eso no tiene la menor duda, cada uno en su estilo y sin decirlo.

En realidad no lo llamó por lo de los globos, no. ¿Qué sabés de Schwitters?, había pensado espetarle, ¿qué sabés de los collages, de los cachitos de diarios como los cachitos de mi propia vida? Preguntas que no olvidó en cuanto él levantó el tubo, más bien dejó de lado por culpa de cierta incomodidad creciente.

Olvido es otra cosa. Y hay olvido voluntario.

Ella parecería saber lo que eso significa a pesar de lo cual da vuelta la cara. De su paso por el MoMA se aferra sólo al recuerdo de lo que allí se muestra. Pero lo otro, lo otro... ¡Y llama nada menos que a Bolek!

Quiso hablarle de Schwitters, le habló de los globos; se pregunta por qué y de golpe le viene una forma de respuesta. El ramalazo del nombre de Facundo, el recuerdo del recuerdo de F, surgido así en una situación con amenaza implícita. Es así como al viento se le van nomás los globos de la memoria, vuelan hasta desaparecer los globos, y se llevan la noche con Bolek, y el traje blanco de él y el negro de ella, dos peones de ajedrez desplazados del tablero por la sola vibración del nombre de Facundo.

Si Facundo fue alguna vez una amenaza ella ni enterarse quiere. Pero acepta que por algo acabó agachando la testuz y acató sus condiciones.

Poco tiempo atrás había muerto su madre sin haberse enterado jamás de los pasos medio turbulentos en los que andaba la hija. Hacía mucho que no se enteraba de nada, esa madre, primero por indiferencia y/o exceso de ocupaciones y una que otra preocupación propias, más tarde por una salud bastante endeble que la mantenía la mayor parte del tiempo –hasta la hora de los estrenos, los vernissages, las presentaciones, las conferencias–

postrada en la cama. Cama cubierta de libros y revistas literarias, hay que reconocerlo, una cama por demás alfabetizada pero poco propicia a la actividad materna.

Movimiento espiralado hacia las arcanas profundidades del ser (esa selva oscura)

–Empecé tocando los lentos babeantes caracoles de tierra, cuernitos de ternura.

–Antes que nada, para empujar la historia, me senté sobre el monte de hormigas y me vestí con ellas. Lindos bichitos, dije, admirándolas mientras se paseaban por mis brazos.

–Quizá aún antes hubo otros contactos animales no registrados.

–Toqué con un dedo la tarántula en el instituto antiofídico.

–Toqué la sedosa boa constrictor y toqué la anaconda.

–El guardián de un zoológico de provincia me arrancó de al lado de la jaula dos milímetros antes de acariciarle la zarpa extendida al oso polar.

Qué manera de meter la mano donde no corresponde, piensa ella, y ahora no puedo ni internarme en la propia selva oscura.

Facundo, ese animal inconfesable, no figura en la lista. El hecho de haberlo tocado como lo tocó, por dentro por fuera y sobre todo con fétidas palabras, lo convierte en un buen candidato pero ella no quiere o no puede empañar su zoología.

¿Por qué acabó casándose con él? En New York nadie hay a su alrededor que pueda preguntárselo, nadie sabe.

46

Ella considera que es una suerte esta forma de anonimato, sin que nadie nadie ande metiéndose en su vida pasada, como si fuera nueva su vida de ahora, cumplidos los cuarenta.

Pero una pregunta no del todo formulada puede caer a pico desde regiones remotas y cortarle el resuello: ¿Por qué me casé con F? ¿Por qué, por qué? Surge una vez más la vieja excusa: era demasiado joven. Ella, no él, él le llevaba más de treinta años y quizá en eso residía su atractivo, en su edad, y también en el secreto.

Su madre se entusiasmó cuando supo que lo tenía de profesor al destacado jurista Facundo Zuberbühler.

¿Derecho, en antropología?, se asombró de todos modos la madre. Ma sí, le contestó ella indignada; mi carrera abarca todas las disciplinas.

Este debe ser el drama de las madres de hijos jóvenes, no aciertan ni una. Y a su madre mucho le gustaba el doctor Zuberbühler, asiduo huésped de diarios, revistas, televisión y radio y cuanto medio se le ponía al alcance. Pero ella no era ninguna frívola, no, no fue la notoriedad lo que la atrajo sino más bien –no quiere ni pensarlo– la atrajo la atracción de su madre por él, y cuando la madre le dijo este doctor Zuberbühler es una mente brillante, algún día lo podrías invitar a casa a tomar el té, ella sólo pudo emitir su resoplido de agobio favorito: ¡Ay, mamá!

(Se acuerda como si fuera ayer, como si su madre todavía estuviera en este mundo para azuzarla, metiéndola sin querer de cabeza en una historia que moriría ignorando y que ella hoy pagaría por descartar.)

A tomar el té a la casa no lo invitó a su brillante profesor, claro está, pero sí se las ingenió para que él cierta tarde la enfrentara a la salida de clase y a su vez la convidara (¿conminara?) a tomaran juntos un café. Ella aceptó, pidió también una medialuna de grasa haciéndose la desenvuelta y peleó por pagar su parte; para compartir, dijo. Y así compartiendo, compartiendo, fue que empezó a interiorizarse de ciertas teorías del doctor, non sanctas las más, hasta meterse bastante más adelante con él entre las sábanas, en el propio estudio de ella que por ese magno evento pasó a llamarse el bulincito. Eran tiempos tumultuosos y cuando él dejó la cátedra para entregarse de lleno a la práctica privada y a sus negocios quiso convencerla de abandonar la carrera. Puede ser peligrosa, le dijo, y en un chispazo de rara percepción ella intuyó que el peligro vendría más bien de él, su hombre maduro tan hecho de misterios. En la facultad en cambio el peligro estaba a la vista, nada de subterfugios o engaños: protestas, pintadas, corridas entre los gases lacrimógenos de la policía. Cosas que una hace quizá para probar las alas, o las garras según el caso, y que la llevan a una al borde del precipicio con sólo forzar un poco la mano.

El doctor Zuberbühler seducía a las madres y se dejaba seducir por las hijas que tampoco eran indiferentes a sus encantos.

Todas se lo querían comer, y ella por su parte cuando lo tuvo al alcance de la boca amagó el tarascón sin darse cuenta de quién sería la presa. Animalito de presa que acaba siendo víctima de su propio acecho.

Y él parecía tan manso. Él se dejaba hacer tan complaciente.

No eran palabras suaves las que él le espetaba. Ni de joven ni de grande le interesaron a ella los halagos, su espíritu romántico se desviaba por otros derroteros, Facundo Z lo intuyó y en lugar de decirle que era linda –todos lo decían, entonces, y no sólo a ella sino a cuanta chica más o menos apetecible se les cruzaba–, le decía que era inteligente.

A los dieciocho años, con tamaño cumplido ella creía tocar el cielo con las manos mientras esperaba poder tocar otra cosa, pero él en un principio se dejaba desear.

Aplicá el Plan A, le decía su amiga Greta, bastante mayor que ella y conocedora en esas lides. El Plan A era sencillo. Consistía en llevarlo a la milonga, rimar mentalmente milonga con poronga y al menor descuido de él echarle mano a la bragueta.

Ella era de las que aprecian este tipo de propuestas pero jamás de los jamases las llevaría a la práctica. Y menos en aquel virginal entonces. Algo tenés que hacer, le decía Greta, no vas a seguir arrastrando esa lacra, y ella le daba la razón y sabía que la hora había sonado, que medio minuto más y ya sería un papelón irremediable, porque hasta entonces había reservado sus favores no para un maridito abnegado, en absoluto, sino para alguien que le erizara hasta el último poro. Como ese Facundo Z, sin ir más lejos. Que por el momento mantenía su bragueta fuera de alcance pero no su alma, o lo que ella con toda inocencia tomaba por alma, y juntos se sumergían en diálogos cada vez más develadores. devoradores. En remotos cafés de barrio hablaban intimidades hasta la madrugada, él sobre todo hablaba de él y a ella la hacía sentir como las diosas.

Ella inquiría e inquiría, y a veces sin querer o queriendo metía el dedo en la llaga y se asustaba. Él podría alejarse para siempre. No por eso dejaba ella de seguir removiendo porque en esos cándidos años tenía por propia la teoría del huevo: para conocerlo de verdad hay que romperle la cáscara, solía decirle a Greta. Y quería conocer al hombre por dentro, y FZ era el sumo exponente de todo lo que un hombre podía ofrecerle. Romperlo, creía ella con entera candidez, era una forma de ayudarlo: conócete a ti mismo, como pedía el oráculo.

Cierta noche le dijo a FZ que ella era virgen. Lo dijo más para seducirlo que por ceñirse a la rigurosa verdad, porque había tenido uno u otro encuentro de breve duración, ensayos que le habían dejado ganas de esperar al hombre de su vida. Era virgen entonces en el sentido más profundo de la palabra, y eso fue lo que trató de transmitirle a él pero el tiro le salió por la culata.

Qué le vamos a hacer, bella –resopló F–, andá a que otro te desvirgue y después vení a verme.

Ella pretendió tomarlo en broma y no quiso o no pudo entrar en detalles. Poco después entendió que él hablaba muy en serio.

Si me voy con otro no me vas a querer más, arriesgó otra noche cuando ya la conversación se estaba haciendo demasiado densa. ¿Quién te dijo que te quiero, bella?, le preguntó él con cierta lógica; lo nuestro es otra cosa.

Ella encontró consuelo oyéndolo decir "lo nuestro",

por primera vez, y se dejó envolver en una telaraña de luz. Lo nuestro tiene forma de abanico, repetiría él más adelante y en diversas ocasiones; lo nuestro tiene forma de abanico: vos podés y hasta debés dispararte por todas las varillas, pero yo soy el centro, el corazón en el que se asientan las varillas, el punto nodal sin el cual no hay abanico.

De hecho en la primera varilla estuvieron a punto de perderse. Con ése, le dijo FZ un día a la salida de clase mientras miraba su proyecto de tesina y marcaba cosas con lápiz como quien corrige el texto. Con ése, y le dibujó una flecha y con los ojos señaló a un muchacho que estaba apoyado contra la pared, leyendo. ¿Con ése, qué?, le preguntó ella muy muy bajito porque ahí mismo entendió. Con ése te me encamás y después si te quedan ganas venís a buscarme, contestó F.

Che, ¿el Zuber aprobó tu propuesta?, le preguntó más tarde una compañera. Todavía no, contestó ella, rápida, porque a velocidad mental pocos podían ganarle; todavía no, me recomendó hacer algún trabajo práctico con Juancho.

Y sin solución de continuidad se le acercó al susodicho para no perder impulso. Procedió con todo entusiasmo y cordialidad a invitarlo a formar parte de su proyecto, y juntos se pusieron a investigar. Y en las largas noches de estudio ella lo estudiaba a él y cada vez le parecía más bello, menos vital, menos apetecible, más hecho para ser contemplado que manoteado. Sería bastante nuevita ella en ese entonces pero no idiota. Dieciocho años al fin y al cabo es una edad apreciable, una ya sabe quién le gusta y a ella le gustaba F, Facu, FZ, el Zuber, el profe, el hombre con poder. Juancho de las largas pestañas rubias le despertaban ganas de acariciarlo, pero acariciar no es todo en esta vida.

Mientras tanto el doctor Zuberbühler hacía como si no la conociera.

Ella roía el freno pero no quería claudicar y confesar, nada de eso, y aunque de noche no dormía y a veces se atoraba de comida y otras no podía probar bocado, esas cosas de la hermana angustia, trataba de sentarse en los últimos bancos y de no hacerse notar en las clases de antropología social. Soñaba que él venía a buscarla y le pedía disculpas, soñaba que ella iba hacia él y le decía ya está, te invito a pasar. Esta última frase le encantaba: te invito a pasar. Como quien brinda la hospitalidad de su vagina.

Juancho poco a poco le iba tomando una especie de cariño. Y ella a él, parecía tan vulnerable y un poco desdichado. Justo lo necesario para despertar ternura. Y un día lo acarició nomás como al descuido –descuido de parte de ella que en el fondo no tenía ganas de ceder a las presiones facundinas. Hasta había urdido toda clase de tramoyas para después decirle al despiadado: Juancho es una delicia, de gran delicadeza, a ver si te le equiparás. Y terminar así con esa farsa.

Pero no le salía. El engaño total no le salía en aquellos años tan obnubilados como núbiles. Y había que apurarse, ya se le iba acabando el tiempo de descuento, ya el doctor Zuberbühler parecía empezar a distraerse por otras latitudes, ya hablaba más de lo recomendable con algunas estudiantes y no lo descubría más espiándola de reojo cuando ella a su vez lo espiaba de reojo a él.

Fue así como la caricia descuidada a Juancho acabó convirtiéndose en una noche con Juancho. De calor humano, de afecto verdadero y casto. Durmieron en cucharita como dijo él, se besaron un poco y eso fue todo. A ella su madre al día siguiente le dijo estás estudiando demasiado casi ni te veo por casa, no sé si fue una buena idea de tu padre regalarte el estudio pero claro, él es así, quiere limpiar sus culpas todas de golpe, pagar por las cosas que no te dio en todos los años que estuvimos separados, debí haberme dado cuenta, te compró el estudio para alejarte de mí, siempre hizo este tipo de maniobras...

Y ella entendió que esa era la campana de largada.

Y le llevó al profe el bombón de su cuerpo envuelto en los papeles de la tesina completada en connivencia con el bello Juancho.

FZ puso cara de asco.

Pobre muchacho en qué lo metiste, gruñó.

Lo hice por usted, profesor.

Lo otro lo habrás hecho por mí, puede, digo, quizá, habría que ver. Este escrito huele a venganza.

¿Me va a reprobar, señor?

No, bella. Las venganzas me gustan.

Y fue así como F aceptó el trabajo sobre los ritos de la sangre que sería bastante antropológico pero para nada forense aunque estaba investigado a fondo, y al día siguiente les puso un felicitado a los dos. De una ojeada nomás. Era evidente que el felicitado venía por lo otro.

¿Por fin te acostaste con él? Había condescendido en preguntarle la tarde anterior sin mirarla a la cara.

Pasamos toda la noche juntos, le había contestado ella y no mentía.

Excelente. La semana que viene me contás, le dijo entonces FZ en calidad de despedida y pegó media vuelta.

Si la intención de él fue dejarla en ascuas, lo logró con creces. Ella salió de la clase como trepando por los cielorrasos, volando de desesperación, con unas locas ganas de morder, morder la espalda de quienes caminaban delante, roerse una cueva a través de las paredes. Escapar, escapar de sí misma, de su estupidez, de su ansiedad, de su maldito deseo.

La sangre está que arde

Tras la entrega a F (de la tesina) ella se refugió bajo el techo materno para no morir de espera. Y para tratar de no pensar en el después de la espera, si es que había un después, si no se acababa allí su historia con el profe.

Juancho llamó para preguntarle por qué no estaba en su estudio. Llamaron las chicas del grupo para saber cómo les había ido y cuándo se volverían a reunir. Ella sabía que a nadie le podía hablar de su angustia ni de su bronca. Desde un principio intuyó que la única manera de mantener viva esa relación era conservándola en secreto. No sólo por lo que FZ significaba en la facultad, también por lo que significaba en el mundo externo, en aquel mundo externo cada día más invivible: 1975, año de razzias, violencia policial, parapolicial, paramilitar, de paranoia pura. Si a ella hasta le daba una forma de vergüenza, eso de estar penando por el maduro y hierático Zuberbühler en momentos tan cruciales para el país.

Aquella misma noche se encerró en su cuarto haciendo caso omiso a su madre que cada tanto la llamaba para presentarle a sus invitados. Vení, quiero que te conozca McLaughlin O'Connor, un poeta irlandés extraordinario, decía ella y le alcanzaba algún bocadito como robado de la mesa de los grandes.

Desde aquel día empezó a llamar a su madre por su nombre. No gracias Lucila, le dijo, instaurando entre las dos una zona de distancia y de respeto.

Cinco días con sus noches duró su autoarresto domiciliario y Lucila le diagnosticó gripe y la obligó a tomar antibióticos. Le resultaba a la madre más fácil enfrentar una enfermedad que una depresión de la hija, y así fue tratado el primer verdadero mal de amores de ella, a golpe de tetraciclina. Ella, durante una de esas noches soñó que volvía al estudio y lo encontraba vacío, total, absolutamente vacío. Le habían robado todo, ni las viejas alfombras desflecadas quedaban, ni un clavo en la pared, ni siquiera el anafe o el inodoro en el baño. Nada. Pelado como hueso estaba el pobre estudio de Congreso, bajo la bella cúpula que remedaba la otra cúpula gigantesca al otro lado de la plaza.

Ella despertó aterrada, ¿quién soy, qué queda de mí después de haber cometido pecado de intención? Ese no es el pecado, se dijo de inmediato, la culpa en este caso es ambivalente, bífida: acaté un mandato indigno y opté por hacer trampa, ni una cosa ni otra me merecen el cielo. A F le dije que había pasado la noche con Juancho y no mentí. Pero no hubo derramamiento de sangre como F esperaba.

Me repugna la sangre, le había dicho él; hacete desvirgar por otro, me repugna la sangre.

¿Por qué, por qué? Por qué buscó entender ella desde la más infantil de las preguntas, entender con palabras las oscuras marejadas del alma. Me repugna la sangre, y de la sangre uterina ni hablemos viene cargada de moco, le dijo el muy melindroso como si su asco fuera universal y aceptado por todos.

¿Por qué te repugna, por qué?

La respuesta que no pudo o quiso darle F intentó dársela ella a él. Por escrito. En la llamada tesina que se convirtió en otra cosa.

¡Tuviste que envolver al otro en tu tramoya!, se indignó el profe sacudiendo las hojas de la tesina. Lo envolviste vos, debió de haberle contestado ella con justeza en lugar de hacerse la inocente. No sé de qué tramoya me habla, señor, le dijo en cambio.

Pobre, pobre Juancho, metido en un brete. Cada tanto protestaba, esto no es lo que nos pidió el Zuber, decía, y ella lo conminaba a seguir adelante argumentando que si los aggiornados como él no nos apoyan a las mujeres en la lucha ¿entonces quién? El entusiasmo de la investigación y lo consistente del tema lo distraía por largos ratos hasta que de nuevo levantaba la cabeza de los infinitos papeles y clamaba que estaban perdiendo de vista el aspecto forense del asunto, y ella sabía retrucarle que lo forense era sólo una rama de la antropología social y nada más social que el tema en cuestión. Total que entre el orgullo y la libido lograron Juancho y ella elaborar un trabajo excelente.

Los ritos de la sangre fue el título elegido por ella, y ambos investigaron las nociones de pureza o impureza y la sacralidad a favor o en contra de la menarca en sociedades que iban desde la India hasta el Amazonas, pasando por los aborígenes australianos y todo lo que les salió al cruce, judaísmo incluido.

Ella pensó, sin haberlo puesto en estos términos, que se trataba de una forma de embarrarle la pista al pulcro doctor Zuberbühler. Embarrársela, no clausurársela, todo lo contrario: poner en juego la propia imaginación como respuesta a la de él. Y él parecía haberla puesto en penitencia: una semana de espera, y después vaya una a saber. Decidió entonces limpiar en el afuera lo que no había logrado o querido limpiar en el interior del propio cuerpo (¿pero era un limpiar eso de hacerse penetrar como un tributo a los dioses? El himen sacrificado en el altar del Zuber parecía perder su dignidad mítica), a raíz de lo cual poco a poco fue entendiendo el sueño de la segunda noche de la espera. Desenmarañándolo. Era la futura escena del crimen, es decir su estudio tan lleno de interferencias, de testigos molestos, la que necesitaba ser despojada. F no la llevaría a casa de él a pesar de vivir solo según decía. Con F –lo supo desde un principio– habrían de moverse siempre en la clandestinidad. ¿Quién sos? ¿De dónde venís? ¿A dónde vas? Las sempiternas preguntas pertinentes a toda persona humana recuperaban con él su insondable dimensión ontológica.

Entendió que ella quería de alguna forma establecer el nido. Alguna marca suya en lo posible. Y el sueño le indicaba limpiar el nido despojándolo de seres vivos, no de objetos inanimados. Por eso, sin siquiera esperar a que su probable futuro despiadado amante se pronunciara, se puso a llamar a los compañeros de estudio para ahuyentarlos.

¿Cómo podía estar segura de que él la miraría, siquiera, el próximo viernes al volver a clase? ¿Cómo asegurarse de que no la había mandado al matadero por el simple gusto de hacerla claudicar y después si te he visto no me acuerdo? A esta altura puede haberse encontrado otra, empezó a temer ella, puede haberse encontrado diecisiete nuevas otras, usadas ya, listas para recibirlo en sus zonas más íntimas sin obstrucción alguna. Todos los hombres quieren lo mismo, nos prevenían cuando éramos pichonas candorosas. Todos los hombres quieren lo mismo y después te desprecian, reconvenían las madres de sus amiguitas que solían hablar de eso en tono admonitorio, no como la de ella; la madre de ella tenía bastante mejor opinión de los hombres. Menos mal, se dijo.

Procedió entonces a llamar a sus compañeros y a insinuarles, porque los tiempos no estaban como para hablar de estas cosas por teléfono, pero ellos entenderían, claro que entenderían, bastante los habíamos adiestrado al respecto, que el pequeño estudio de Congreso estaba quemado, es decir que se había vuelto peligroso. Olviden la dirección, les rogó cuando por fin se encontraron en un café, hagan de cuenta que nunca nos reunimos allí.

Su vieja y querida amiga Greta fue la única que mereció entrar de costado en el secreto. Apenas de costado, y por supuesto Greta no era de la facultad.

Vendaval

A ella el pasado le ocupa apenas el tiempo de una re-
memoración molesta. Acá está el presente, está New York
con sus amigos del aquí y ahora, está la tentación de uno
y otro lado de pesados telones. Acaban de volver del teatro. Ahora están tomando unos tragos en el bello loft de
la bella Vivian, su amiga la banquera que con sólo inter-
cambiar tres palabras con Bolek le descubrió a él todos
los tesoros del alma. Vivian tiene el oído así, afinado a
sonidos del todo ajenos a su profesión, y tienen una sen-
sibilidad sutil que Bolek captó en el acto. Se enamoraron, para sorpresa de todos, pero se enamoraron.

En el loft, Raquel y Gabriel Helguera se enredan en
una ardua discusión sobre los méritos/desméritos del teatro danza. Ay, estos artistas plásticos tan serios, suspira
Vivian y sin más pone a todo volumen una música infernal y se larga a bailar sola. Ella lo conmina a José Luis,
el compañero de Raquel, a unirse a la danza, y al rato
Bolek se pone de pie y junto con Vivian empiezan a re-
medar una escena de la obra que acaban de ver: él la tira a Vivian contra una columna, giran, Vivian lo tira a él
contra la misma columna, giran, y la acción se repite y
se repite cada vez con mayor violencia. Ella quisiera de-
tenerlos. Por miedo o quizá por celos.

Sebastián la toma del brazo, dulcemente la invita a

bailar mientras los otros dos insisten en su empresa de apachurramiento. Sebastián baila bien, con ganas, en contra de esa música demasiado intensa, baila con ritmo propio y ella lo sigue con ganas. Gabriel sí que la comprende, siente ella.

Más tarde Bolek y Vivian juegan a la viuda. Bolek se tira en la cama, Vivian le acomoda unas violetas artificiales alrededor de la cabeza y a los pies todas las flores naturales de los floreros, después se viste toda de negro, se cubre con una mantilla, y llora. Bolek tiene los ojos cerrados, las manos cruzadas sobre el pecho, está rígido y sin embargo tiembla. Ella hace lo posible por integrarse, pero no puede entender la cosa. Una lágrima se le escapa a Bolek por debajo del párpado.

Vivian ríe. Tanto Raquel como Gabriel parecerían apreciar la estética del asunto sin preocuparse demasiado por el revuelo de emociones. Ella se aparta.

Ella llega a su casa agotada y son apenas las doce de la noche. En la máquina contestadora hay un mensaje de Ava. Gracias gracias, dice la voz de Ava, no sabes lo bien que resultó todo, disculpa que no te llamé antes, no te imaginas lo ocupada que ando, es un hombre fantástico, de lo más sumiso pero nada quejoso, y duro también como comprenderás, creo que me estoy infatuando con él, tú y yo deberíamos asociarnos, tienes verdadera pasta para esto, eres una revelación, cómo habrás aprendido, me pregunto, llámame si llegas antes de las tres am, ahora corto porque tengo otra llamada en mi hot line; no hay descanso en este oficio, ya vas a ver.

Nada voy a ver, no me digas nada más, no quiero ver

nada, fin de Ava y sus historietas, le contesta ella a la máquina. Y una vez en la cama se tapa la cabeza con la almohada de plumas y trata de no oír el viento que sopla desaforado.

A la mañana siguiente Raquel la llama para hablarle de su miedo: el huracán Candy le va a hacer volar la escultura en mil pedazos. Mientras hablan ella sostiene el inalámbrico contra la oreja con el hombro y va pegando en las ventanas anchas tiras adhesivas, en cruz. Eso recomiendan. La cola del ciclón va a entrar en Manhattan y los vidrios pueden reventar. Meterse en el baño o en algún otro cuarto sin ventanas si llegan a dar la alarma por radio, conminan. Tener radio a transistores dicen porque se puede cortar la luz. Guardar agua potable en cantidad, velas, linternas, víveres, esas cosas. No entrar en pánico. A Raquel le preocupa su escultura y tiene razón. Son enormes planchas de vidrio erguidas en una explanada sobre el Hudson, es una obra muy imponente y bastante frágil. Ella trata de consolarla mientras sigue pegando tiras de papel engomado; le entusiasma la velocidad del viento, el barullo que oye afuera porque ya se está aproximando la tormenta, el cielo es de plomo y parece de noche a las tres de la tarde. Raquel corta, ella no quiere pensar en la escultura, quisiera meterse en el ojo del ciclón y dejarse transportar a otro lado. Dicen que en el ojo del ciclón reina la calma y el silencio más absoluto. Allí no hay tormenta ni hay nada, es como la muerte, piensa. Y piensa en el artículo que leyó en el diario sobre el piloto hijo de un piloto meteorológico que amaba meterse en el remolino y alcanzar el centro. El viejo piloto murió, el hijo está llevando las cenizas de su padre para desparramarlas en el ojo de Candy. Espera salir con vida. A Manhattan sólo entrará la cola del huracán, una nada, pero la escultura de Raquel es un laberinto de vidrio de altas paredes ahumadas y no va a resistir, está concebida para otro tipo de vendavales, más interiores.

Bolek llama desde Creedmoor. No podrá volver esta noche para ir a comer cangrejos junto con Vivian y Gabriel como habían convenido. La tormenta no lo deja salir pero además los pacientes están descontrolados, y más creativos que nunca. Él se siente exultante. Pinten, les dice, pinten, y los locos que estaban abocados a blanquear las paredes toman las pinturas de colores y van creando gigantescos murales, grafitos incomprensibles que quedarán allí por un tiempo, hasta que se aburran o surja una idea diferente.

Antes de Bolek no éramos nadie, pasábamos nuestros días sin ser nadie, sin conocernos ni mirarnos al espejo, ahora cada día al despertarnos sabemos que somos artistas, dice una de las pacientes y los otros asienten. El viento los vuelve libres. Bolek contribuye, Bolek es su huracán diario y por eso él se arrastra fuera de la cama todas las mañanas a las seis y media para poder llegar al manicomio a ocupar su puesto de avanzada. Los lunes, cuando les toca el turno a los internados en el pabellón forense, Bolek echa a los guardias. Él sabe arreglárselas solo hasta con los más desaforados, son todos mansos con él, todos son artistas. Hasta la que intentó matar a su propio padre con un cuchillo ahora escribe inspirados poemas de amor...

Ella aprovecha la llamada para contarle a Bolek de la escultura de Raquel, y él ríe. El camino de toda carne, le responde, o quizá el camino de todo vidrio que se precie, no hay nada más lindo que lo efímero, verás qué bellos escombros.

Por eso mismo ella decide acompañar a Raquel al día siguiente a visitar el sitio del desastre. La enorme escultura se ha hecho polvo. Lo que fueron altas paredes de vidrios son ahora un desparramo de trocitos diminutos de cristal estallado como infinitos parabrisas. Consiguen sendas escobas y lo barren todo en un prolijo montículo con reflejos de oro. Raquel conserva una entereza budista ante la hecatombe. Esto no es nada, dice, es una lección de impermanencia. Esto no es nada, es una obra, es a penas mi alma, se recompone. Es cierto, pensemos en los pobres que perdieron sus bienes, sus casas, hasta sus vidas con el huracán, le dice ella a manera de consuelo. Y de inquietud, también. Hay lecciones de impermanencia más brutales que otras, suspira Raquel sin saber qué hacer. Entonces ella toma una hoja del cuaderno que siempre la acompaña y escribe en letra de imprenta bien grande:

Obra en colaboración/ Raquel Rabinovich, huracán Candy, y la planta sobre la pila.

Bolek nos aplaudiría, piensa ella una vez completada la maniobra, y a la mente le vuelve el monotema del momento: su vida. ¿Como todos estos pedacitos, casi de idéntico tamaño? De no haber sido vidrio de seguridad se habría roto en pedazos disímiles, caóticos, de muy variadas formas y medidas. Algo más peligroso y más interesante. Si tuviera un soplete o quizá un rayo láser podría convertir este montón de vidrio en montaña de lava, casi de obsidiana. Algo mucho más sólido, ¿y quién quiere la solidez renunciando a la movilidad de las partes?

Fue quizá con sensación de fragilidad a merced de los vientos que al minuto de sentarse por fin en una cafetería para tratar de reponerse de tanta emoción fuerte –mucho más fuerte que el aguado café de esta zona del mundo– ella le larga a Raquel casi sin pensarlo:

Yo estuve casada, sabés.

¿Vos? se asombra Raquel; ¿vos, la tan independiente y gitanesca? Y bueno, contame, soy toda oídos, al fin y al cabo a cada chancho le llega su San Martín.

Raquel está mandada a hacer para la escucha. Tiene la paciencia de su obra, la determinación de sus pinturas negras, secretas, que deben ser contempladas con ojos entrecerrados y la mirada alerta para descifrar el lenguaje de las marcas profundas. Raquel la mira a ella con ojos un poco gatunos, cambiantes, y ella ya no quiere hablar de eso, no quiere mirar dentro de su agujero negro de veinte años atrás y descifrar las marcas secretas etcétera etcétera.

Hoy no, le dice, otro día, promete, sabiendo que será esta otra de los cientos de miles de billones de promesas incumplidas que flotan por la atmósfera terrestre, contaminándola.

Raquel no se inmuta. Raquel no pinta sólo cuadros negros. Los hay casi blancos donde también aparecen las marcas, las huellas muy abstractas que solemos dejar a nuestro paso por la vida. Raquel entonces retoma la palabra como para no hacerla sentir mal y cuenta:

El domingo pasado fui a verlo a Jasper Johns, lo encontré muy metido en su trabajo, poco comunicativo. Prefiero mil veces visitarlo en otoño cuando el follaje está en todo su esplendor y los colores de las hojas nos deslumbran porque no es la paleta de Jasper ni la mía, es la paleta de la naturaleza y nos encantan esos días radiantes, salimos como chicos a buscar hongos bajo las hojas secas. Jasper vive al pie de las sierras, sabés, un lugar maravilloso, con duendes.

Ella le retribuye a Raquel su información hablándole de algo que casi no conoce: las grafías confusas de John Cage, esos grabados donde hay que ir despegando las palabras de las letras, unas escondidas bajo las otras, como quien busca hongos en el bosque entre las hojas secas, Cage dixit.

Y las dos siguen como si nada charlando sobre talofitos sin clorofila, definición que ella encontró a posteriori en el diccionario porque decide llevar el tema a clase y hablarles a sus alumnos de los funghi, mush/rooms, habitaciones fofas si partimos la palabra inglesa en dos, María Sabina la sacerdotisa mazateca y sus hongos alucinógenos, el nanacatl, carne de los dioses. Y hay pueblos micófagos y pueblos que odian comer hongos, los tienen en horror, son material de brujas contará esta misma noche en clase y qué clase loca la mía, cualquier día de estos se percatan y me echan, piensa. Pero en la universidad parecen contentos, lo que quieren es poner en movimiento los engranajes de pensar de los alumnos y según parece ella, viniendo de otras latitudes del pensamiento, los estimula de manera diferente.

Crecen como hongos los hongos, a veces también los recuerdos, la memoria. Que puede también ser venenosa amenaza si una no logra cavar hasta el fondo. Ella lo sospecha. Lo sabe. Preferiría si pudiera elegir apartarse de todo confuso enmarañado bosque y transitar el abúlico, desvitalizado sótano donde crecen los hongos cultivados. No, no preferiría. Sólo que...

Máquinas

Allá en Buenos Aires, en los años anteriores al horror, éramos jóvenes y éramos creativas y éramos desaforadas y desfachatadas, y hasta hubo quienes fueron visionarias. Hebe Solves, por ejemplo, que inventó o creó o propuso, más bien propuso –modalidad virtual de la invención– la Máquina de la Memoria. Y le tiró a ella la idea y juntas zarparon para darle forma y tratar de ponerla en práctica. Casi recién salidas de la adolescencia, no podían ni por aproximación darse cuenta del alcance del proyecto ni de su poder casi revolucionario.

La propuesta era simple: urdir una llamada Máquina de la Memoria definida por cada usuario como mejor le cuadre a su personalidad o a su alcance imaginativo. Para Hebe se trataba de una cabina en la que uno se encerraba y se calzaba un casco para poder empezar a trabajar con su memoria. Premonitoria Hebe en tiempos muy anteriores a la realidad virtual.

¿Y qué hacía el usuario con su memoria? En eso consistía la propuesta: cada uno podía decidir lo que quisiera. O bien borrarla, o incentivarla, o despertar recuerdos latentes, o hacer un archivo sólo de los momentos agradables y ya casi olvidados, o depositar en la máquina un grupo de recuerdos molestos para volver a ellos cuando ya no pudieran lastimarnos o humillarnos. La cuestión era preguntarle a cada uno de los participantes cómo trataría a su memoria y qué cosa le pediría a la máquina. Hebe y ella empezaron a hacer las entrevistas proponiendo el juego. Fue fascinante mientras duró. Cierta noche Facundo le dijo a ella vos tenés que dedicarte al estudio y dejarte de pavadas que te pueden complicar la vida. Su tono no era nada marital o cariñoso, más bien intimidatorio, y sin entender bien por qué ella le hizo caso. Verdad que la situación del país ya no daba para juegos. El horno no estaba para bollos, como quien dice.

Hebe también, quizá por falta de quórum, fue dejando de lado su brillante propuesta de la Máquina y se entregó a su poesía, sin desligarse del todo de aquel movimiento inicial porque "no habría que llamar poema aquello que produce el poeta/ y es al mismo tiempo la máquina donde el poeta está metido quieras que no./ Máquina de poemas que produce el que escribe y está metido en ella", ya que, según dice antes en el mismo poema publicado un año después de la otra máquina, en el 77, nefasto año en nuestra Argentina olvidada para entonces de la mano de Dios:

"La poesía es una confabulación contra cualquier argumento
                              [de palabras.
La poesía es una confabulación contra cualquier armamento
                              [de palabras.
Puede la poesía no servir para ser repetida o recordada:
                              [no importa.
Ella, constituida por una repetición y un recuerdo simultáneo
                              [en muchas cabezas
o sucesivo,
existe antes de ser escrita".

Hebe entendió que la realidad la obligaba en esos tiempos oscuros a transitar senderos más secretos, ella por su parte se fue metiendo por otros laberintos, y ambas abandonaron el juego.

Sólo que no era un juego, así lo entiende ella hoy. Hubiera sido importante poder llevar el proyecto Máquina hasta su máxima consecuencia, hasta su consecuencia de archivo imborrable, de computadora mágica avant la lettre, y saber cuántos eran los que querían delete y cuántos save, y sobre todo poder conservar a salvo todo lo que poco después sería peligrosísimo guardar en la memoria pero no en la memoria de la máquina o más bien de algún registro clandestino confeccionado por ellas dos, usando grabadoras o lo que fuere, para permitirle a la gente olvidar tranquila, con la conciencia limpia, sabiendo que todo ha sido registrado y los recuerdos pueden ser retomados en el momento propicio.

Han transcurrido más de veinte años desde que abandonaron el juego. Igual ella decide proponer en la Universidad un aggiornamiento del proyecto Máquina de la Memoria. Hay quienes se interesan, le piden que lo presente por escrito, nada demasiado largo, unas diez carillas nomás le piden desestimando todo su poder de síntesis, para ver si con eso consiguen un subsidio, le aclaran, y ella acaba desistiendo, le da pereza, prefiere seguir con sus clases, no presenta nada, ni se da cuenta de que sigue respondiendo, veinte años después, al mandato de F.

Debí de haberle hablado a Raquel de mi ex marido Facundo, y no le hablé, eso es lo que debí de haber hecho —entiende. Debería encontrar alguna forma de exorcizar tan descomunal fantasma.

Guardar

¿Qué metería ella en la máquina de la memoria? Tantas cosas, y sobre todo momentos de verdadero amor que quisiera retener tan frescos como el primer día para poder revivirlos en los muchos momentos de desolación.

¿Hoy mismo qué metería ella en la máquina? Hoy no la usaría para guardar memorias sino para obliterar sin culpa una escena que a pesar de su rechazo insiste en venírsele a la pantalla activa. Tiene que ver con Bolek y como hace ya días que nada sabe de él lo imagina con Vivian, o con el mítico hombre casado que cayó en sus redes, y como tobogán se desliza hacia aquello que Bolek le contó unos meses atrás, cuando el entrañable y callado fervor mutuo que acabaron sintiendo había cobrado suficiente fuerza como para permitirle hablar.

Tiempo atrás, cierta tarde Bolek le espetó como al descuido:

Conocí tus escritos en la Argentina, pero no los publicados, no, los otros ocultos, tantísimo más atractivos. Cartas... eh. Te imaginarás que no voy a andar aprendiéndome porque sí tiradas de la muy pretenciosa revista *Anthropolgy Today*. Ese fue sólo mi señuelo, un esfuercito que hice para interesarte y poder algún día contarte lo siguiente. Fue en Buenos Aires que...

71

Ella intentó resistirse y quiso cortarlo con inexplicable enojo. No quiero ni oír hablar de esa ciudad, le dijo.

Te conozco mucho más de lo imaginable. Quiero jugarte limpio.

Ya es tarde. Si me ocultaste información ya me jugaste sucio. Ahora guardátela.

No te creía tan huidiza, una mujer como vos sin pelos en la lengua o al menos en la pluma.

Era una tarde transparente de sol, estaban en Washington Square con árboles florecidos y todo, el pianista de siempre había instalado su piano rodante bajo el arco de triunfo y persistía en propinar a los paseantes una única, reiterada nota. Todo en su lugar, sentía ella, feliz, nada parecía poder lastimarla, y lo dejó hablar a su amigo sin percibir la maraña en la que se iba enredando, atenta como estaba al inocente juego de las ardillas en el parque.

En Washington Square, en esa precisa tarde, ella parecía querer distraerse a toda costa, ausentarse de las palabras de Bolek.

Vano intento. Vano sobre todo cuando él mencionó las cartas. Sus cartas de ella. Las mismas que mil años atrás le había mandado a Facundo.

¿De dónde las sacaste?, le preguntó de golpe cayendo en la trampa de reconocerlas como propias.

Entonces no negás que son tuyas.

No sé, ¿de qué cartas me estás hablando? Qué sé yo.

Claro que sabés, querida. Ahora conozco tu letra, ahora no tengo dudas, a pesar de que parecés tan sobria. Es lo que más me gusta de vos... Te busqué por todas partes, quería conocerte, son buenas tus historias, bien excitantes.

No jodas. Estás inventando.

Yo no. Y vos tampoco. En las cartas contás unas experiencias de lo más envidiables. Quién hubiera dicho conociéndote. Y bien escritas; fue lo que más me entusiasmó, bastante bien escritas, por ahí asoma una mujer interesante, me dije, una mujer osada. Conmigo nunca te portás así, ¿por qué no me hablás así a mí en lugar de hacerte la estrecha?

Ah sí, cartas mías, bravo ¿se puede saber de dónde las sacaste, y dirigidas a quién?

Te diré: a quién están dirigidas no pude saber, los sobres están cortajeados y –tomá en cuenta este detalle– el encabezamiento recortado en cada una de las cartas. Vos me dirás. Igual pude disfrutar el tono confesional, son cartas procaces a más no poder, de alguien que desde lejos quiere enceguecer al otro de furia asesina y de celos, o quiere exacerbarlo. Ca-len-tar-lo.

De dónde las sacaste, te pregunto.

De tu propio depto en BAires, beautiful, frente a la plaza del Congreso de la Nación Argentina para ser más exacto.

A ella se nubló el día, allí en esa otra plaza tan distinta y distante, sentada en un banco antes benéfico ahora transformado en algo así como un cadalso, obligada por una fuerza incomprensible a escuchar a Bolek. Nada menos que a su adorado amigo Bolek, hijo de mil putas, incisivo y brillante y pesquisador Bolek, quien lento e insidioso y sin saber bien lo que estaba desencadenando fue metiendo como quien dice el dedo en cierta llaga hasta entonces casi ignorada por ella.

Más tarde intentaría descartar una a una cada frase de Bolek como si carecieran de todo peso, pero durante el tiempo de la escucha el agobio la enmudeció por completo.

En la máquina de la memoria decidió entonces que metería lo que Bolek le contó esa tarde, para después poder zarpar tranquila a reanudar su desapegada vida neoyorquina. Pero no hay máquina de la memoria y ahora se pregunta a quién querría contarle todo esto. Contarle, nada menos, cuando el contar es apenas un soplo de viento.

Decide ponerse a escribir. Y escribir es mirar hacia atrás, revolver el montón de escombros para ir encontrando las piedritas que marcarán el camino de retorno. Las piedras buscadas del hacia atrás, los escollos que encontrará a su paso y deberá sortear para retornar a lo que espera ser narrado, ese remolino.

Mi vida en el valle de los hombres

Escribe:

Mi vida es algo desaforada, no sé quedarme quieta. Ni huyo ni me persiguen, simplemente no estoy donde creen encontrarme, donde estaba unos segundos antes; será por eso que busco a los esquivos, o será porque soy como soy que los amantes se me vuelven esquivos y se me escurren entre los dedos.

De hecho hay dos con quienes me sentí muy cerca en estos últimos tiempos neoyorquinos y los dos me entusiasman y con ninguno logro establecer algo parecido a una relación estable. Cada uno en su estilo tan diverso, en su color distinto, en su forma, propicia. Hace meses que no veo ni a uno ni a otro. Mis dos reyes para jugar a ambos lados del tablero. El blanco se fue a Los Angeles a trabajar en el Centro Médico, cada tanto me llama y me dice que me extraña y que extraña New York pero claro no puede volver porque yo soy un peligro, soy tan weird. No sé qué quiere decir con eso y no me animo a preguntarle. El otro que es negro una vez me dijo en la cama que yo era funcky free y lo dijo con tono de halago pero cuando le pregunté qué querían decir exactamente esas palabras me dio una definición muy poco alentadora. Ahora ni quiero indagar y trato de seguir adelante como si nada. Eso me duele, yo quisiera saber, siempre quiero saber y con ganas los zamarrearía para hacerles largar prenda, pero en el fondo palpita el miedo de lastimar y de que el otro me lastime. Es más fácil, más seguro, conformarse con la autoinfligida herida, con la fingida indiferencia que acaba por aislarme.

Es a Bolek a quien tendría que zamarrear, qué carajo.

El que la llama a ella weird se llama Tim, Joe es quien le dice o dijo funky free. Y con Tim Larsen en Los Angeles y Joe Flores en la estratosfera y con ciertos insoportables recuerdos pesándole en el buzón del alma, ella se siente tan sola como para aceptar una salida con cierto Jerome Christensen, PhD, historiador él. Y como teme aburrirse porque Christensen es joven y muy rubio y apenas lo conoció dos semanas atrás, se dirige antes a casa de Gabriel-el-taciturno a distraerse un rato. Gabriel es su amigo del alma en idioma castellano, así como Bolek es –era, quizá, antes de las revelaciones– su amigo del alma en inglés. A Christensen le explicó: Vení a buscarme al 320 de Crosby Street, pero no la puerta grande que dice 320 sino la otra, una puerta verde toda pegoteada de carteles, con el mismo número, claro, sí sí, tocá el timbre número tres, sí, más cerca de Spring Street, voy a estar ahí, te espero. Sí.

Gabriel le prepara uno de sus inspirados tragos y le muestra sus últimos trabajos. Se ha enloquecido Gabriel, se está volviendo genial, admite ella. Los dibujos eróticos de pelitos ya se los conocía, pero ahora él le dice que quiere bordearlos de puntilla negra como bombachitas y, en bellas cajitas de vidrio o en su defecto de plástico trasparente, poner unos pocos vellos púbicos como un señalamiento. Les voy a pedir donaciones a mis amistades más cercanas, aclara picarón él que suele ser tan parco. Por ahora por suerte ella siente que su triángulo está a salvo; hasta que se decida a buscar las cajas y armar las puntillas y todo eso... Y pensar que la cosa empezó con su serie de inocentes pastitos, tan bellos, de trazo tan suelto y colores intensos. Grandes óleos de pastitos engamados, pinturas zen como las pinturas zen de Raquel pero de índole diversa, y todo para llegar a este erotismo discreto de insinuaciones púbicas con trazos de carbonilla como pastitos.

Suena el timbre, es Jerome Christensen, ella propone invitarlo a pasar para mostrarle el gigantesco estudio subterráneo y tener así bonito tema de conversación pero Gabriel dice no, esta vez no, tiene desplegada obra que prefiere no dejar ver a terceros, otra vez será dice, y hay cierta insinuación de celos en su voz cuando se despiden.

Afuera está lloviendo y ella se asombra. Esto tiene de malo el basement sebastino, le explica a Jerome: no podés enterarte de los cambios climáticos. La presente llovizna fue un estruendoso chaparrón media hora atrás y por eso estoy algo atrasado, le dice Jerome, y pide disculpas, y a ella no le importa porque él trae un enorme paraguas y juntos se lanzan a sortear los charcos. Hay un restaurante excelente acá cerca, invita él, y la toma del brazo para ir caminando hacia West Broadway sorteando charcos hasta que ella da un traspié por culpa de una baldosa floja y ¡zas! revienta el taco de su graciosa y por cierto frágil sandalia. Tomemos un taxi hasta tu casa para cambiarte, sugiere Christensen el prolijo historiador. Nada de eso, contesta ella rememorando buenos viejos tiempos de caminatas felices bajo la lluvia porteña, y sin pensarlo patea ambas sandalias al medio de la calle y queda descalza. Tené cuidado, no te vayas a cortar con algo, dice él mientras avanzan y ella le asegura que no, que la vereda y la calle están limpísimas con tanta lluvia y además se ven los escollos y ni hay resabios caninos gracias a las disposiciones municipales y sobre todo, sobre todo, resulta una delicia caminar descalza porque las veredas están calentitas. ¿Delicia?, pregunta él, como lo oyes, le contesta ella, y ahí nomás él se quita sus prácticas botas de goma y sus medias y así entran al elegante restaurante del SoHo, descalzos ambos, y como es natural al rato y bajo la mesa y a la luz de las velas empiezan ciertos jugueteos, deditos de los pies yendo y viniendo, algo que sucede no de la cintura para abajo sino más modestamente de las rodillas para abajo, pies desnudos como autónomos y todo el resto de los cuerpos enfundados en traje de distancia. A pesar de lo cual ella ya estaría dispuesta a llamarlo Jerry como quizá lo llamen sus íntimos, si no fuera que el nombre Jerome le gusta y le llena la boca. Para romper el hielo verbal ella empieza a hablarle de Ava Taurel que, le consta, es un tema estimulante –muchos hombres juegan con la idea de tener su dominatrix propia, pocos por suerte se le animan–. Ella le cuenta de Ava y él la sorprende mencionando a Heisenberg y el principio de incertidumbre. Todos hablamos al vacío, piensa ella, nada tiene que ver con nada; pero igual se interesa. Y de golpe él le larga la frase:

Lo que observamos no es la naturaleza en sí, o la naturaleza de la realidad, sino la naturaleza expuesta a nuestro método de cuestionamiento.

Y ella vuelve a su casa y no piensa más en el hombre, cosa insólita, ni en sus pies intimando, piensa en la frase y se pregunta qué método usar para la observación de la propia naturaleza interna y cómo hacer para no distorsionarla demasiado.

Entiende que no es evitando lo imaginario que puede serle fiel a algo tan inasible. Es más bien metiéndose de cabeza en la imaginación, sólo saliendo de a ratos a respirar por las zonas de aire de la llamada realidad, para después de nuevo sumergirse en las cavernas submarinas reconociendo cardúmenes fosforescentes y enfrentando los monstruos impensados, aterradores. Dejarse llevar por la invención para lograr meterse en las aguas más profundas –piensa– allí en las insondables honduras del Walden Pond propio, en los volcanes oceánicos de la mente donde prodigiosos gusanos y larvas gigantísimas viven gracias a las emanaciones de azufre de un magma visceral desconocido.

Querría hablar de estos temas con Jerome, y como no han entrado en esa esfera de la intimidad donde cada movida parecería hacerse más imposible, donde llamar por teléfono al otro es una marca que puede enturbiar la incipiente relación, ella lo llama y le agradece la cena. Al fin y a cabo había invitado él y están en un país donde, se bromea, la clase alta rehuye las orgías porque des-

pués hay que hacer tantas llamadas de agradecimiento...
Entonces llamó y agradeció y de paso insinuó que podrían volverse a ver –esta vez invito yo, dijo– y él sugirió
un encuentro en el EAR Bar, sitio que le pareció apropiado a ella dada la esperanza de hacerle escuchar sus
inquietudes. Porque un historiador, al fin y al cabo ¿cómo hace para seguir la historia de la Historia que suele
tener tantas lagunas, con tramos enteros ocultos, escamo-
teados, distorsionados, si no es metiéndose de lleno en
la narrativa?

Mientras enfila hacia el oeste, hacia el lugar del encuentro, ella va tratando de atar cabos. Si la vida es narrativa, se dice, el escribir –hasta cartas, ¡hasta cartas!– es
un hilo de Ariadna, un desenmascaramiento. No quiere
ni pensarlo.

En el EAR Bar Jerome ya la está esperando.

Con los pies protegidos por el calzado poca comunicación logran entablar. A ella le parece descortés o inva-
sor o hasta quizá con desagradable tufo académico espetarle de golpe todo lo que le anda rondando en la cabeza.
El EAR Bar presta ayuda en estas circunstancias porque
tiene manteles de papel blanco como algunos bodego-
nes porteños, y, superando en imaginación a los bode-
gones cosa para nada difícil, tiene en el centro de cada
mesa un jarro con crayolas. Ella las aprovecha para dibujar sobre el mantel, y le dice a él completá el dibujo y él
lo hace y así van armando una especie de cadáver exquisi-
to gráfico y aunque ninguno de los dos es buen dibujante,
todo lo contrario, pasan un largo rato alegre y silencioso
y de golpe él la mira con ojitos pícaros, soñadores, y ella

se relame y palabrita va palabrita viene empiezan a inflar entre ambos algo que crece como un globo. Hasta que ella exclama de golpe: ¡Paren la seducción, bajémonos de este tren que nos lleva por vías demasiado establecidas, previsibles!

¿Paren la seducción?, pregunta él para nada convencido; ¿podrías explicarme el porqué de tan drástica medida?

Ella siente ganas de llorar. La seducción mata el diálogo, le dice; así no nos vamos a comunicar en absoluto, todo es inútil, reiterativo, déjà vu, estamos repitiendo moldes para no tener que avanzar más en el camino, a mí la seducción me mata, la detesto.

Sin embargo sos por demás seductora, admite él sin levantar la vista del dibujo, como negándola.

Ella no contesta, no le interesa contestar, víctima como fue de la seducción materna y de la de cierto personaje que no quiere recordar en este instante. ¿A qué estamos jugando?, pregunta, ¿de qué estamos hablando? Ella quisiera tocar algún punto nodal del diálogo y no le sale como le sale muchas veces con Tim cuando los dos –hablando– vuelan por zonas desconocidas y van pescando cosas propias y profundas que crecen recubiertas por capas y capas de musgo. Es doloroso a veces, a veces rasquetear el musgo los deja en carne viva, y entonces Tim escapa, Tim siempre se está escapando y ella lo extraña.

Con este Jerome tan pálido, tan joven, la comunicación si es que la hay pasa por carriles menos excitantes, quizá más duraderos. A ella no le resulta atractivo.

De golpe él levanta los ojos del dibujo y le dice: Te voy a contar de un gran amor que tuve, duró como tres minutos.

Breve, comenta ella con desgano.

Intenso. Fue en París, agrega él como si eso lo explicara todo.

Ella no lo dice, pero París no le va ni le viene. Pertenece a una generación que veneraba París, tuvo amigos que chuparon allí todo el frío del mundo deambulando por las calles, deslumbrándose con cada patio y cada rincón secreto, haciendo después un alto furtivo por algún café con buena salamandra para recalentar los huesos congelados y sobre todo para poner a secar los pañuelos empapados. Los mocos del invierno, porque de las lágrimas de las cuatro estaciones ni se habla.

En qué mundo vivimos, se pregunta ella, distrayéndose, qué diseño de mundo desquiciado donde el repugnante moco es más digno que la lágrima tenue, inconfesable.

Como para romper el silencio donde a ella se le coló la imagen de un París desazonante, Jerome le relata su historia y ella puede en parte reconciliarse con el diseño del mundo.

Resulta que estaba con un amigo, cuenta Jerome, en un restaurante tranquilo del lado de la Contrescarpe. Pocos clientes, buena comida, vino excelente como corresponde y hete aquí que dos mesas más allá una mujer era desdichada y parecía estarse peleando con el novio, muy en voz baja, muy sin mostrar demasiadas emociones pero no era inglesa, no, era francesa y entonces algunas emociones se le escapaban: un temblor en la boca, unos ojos vidriosos, muy bellos, muy intensos y vidriosos de a ratos, un gesto de la mano algo desesperado sacándose el pelo castaño de la frente. No era una mujer hermosa, era sobre todo conmovedora. Y nos mirábamos, durante toda la comida nos estuvimos mirando, y yo sin poder sacarle los ojos, enternecido por ella, y ella quizá encontrando en mí alguien en quien apoyarse aunque sólo fuera ojo con ojo. El hecho es que al final de la comida la joven mujer se levantó de la mesa para ir quizá al baño a arreglarse un poco, y yo al rato tuve que hacer una llamada telefónica. Y por esa distribución de las cosas, de repente nos topamos frente a frente en un oscuro pasillo y una vez más nos miramos, y nos abrazamos así sin decir palabra y nos dimos un larguísimo beso y nunca más la vi. La amé mucho.

A ella le gustó el relato de Jerome. Y quiere replicarlo. Abre la boca para contarle algo propio, más o menos equivalente, pero de inmediato la cierra sabiendo que el camino del desquite siempre la precipita a los abismos. Algo parece haber aprendido, por fin, después de tantos años; ha aprendido a callar. No entrar en rivalidades, no abrir demasiado el juego, esa es la consigna. Y la minihistoria que podría contar a su vez no es en realidad de amor, es de otra índole. Una toreada, quizá, aunque por un instante se dibujó un pálido reflejo de amor cuando el admirador de marras trazó en el gazebo del Central Park los corazones flechados con las iniciales de ella y de él, entrelazadas, y eso fue todo. Él la había estado acechando a lo largo de su primer año en New York, cada vez que se encontraban en reuniones varias, y se encontraban a menudo. Él quería tener una relación con ella, le soplaba al oído en esas circunstancias públicas, ella le gustaba tanto, decía. Casado y buen mozo, él: mala mezcla. Ella acabó aceptando. Esta misma noche, lo conminó. Él como era de suponer propuso encontrarse por las tardes, y ella dijo no, eso sí que no, horario de oficinista en recreo no, y entonces sólo atinaron a caminar un poco abrazados e incómodos por el parque cubierto de nieve hasta llegar al mentado gazebo donde se besaron con poco fuego y él dibujó los corazones y eso fue todo.

Sería bueno poder confesarle a Jerome: yo tuve una minihistoria equivalente, terminó mal, ojalá no lo hubiera visto nunca más al protagonista. Pero ni vale la pena acordarse, porque lo volvió a ver, al protagonista de su minihistoria, muchas veces volvió a encontrarlo y él nunca más ni la saludó ni le dirigió la palabra; como si no se conocieran. Como reiterados, implacables desconocidos.

Por todo eso prefiere ahora el silencio. Y la sonrisa enigmática. Y la despedida esperanzada.

Je suis le tenebreux, le veuf, l'inconsolé

Facundo Zuberbühler –más conocido por F– era viudo, detalle para el cual ella no estaba preparada. En la facultad nadie lo sabía o al menos nadie consideraba oportuno mencionarlo. Fue un dato que le pasó Greta cuando supo que la cosa entre ella y el profesor Zuberbühler se había puesto a circular por carriles más bien personales.

Cuidate, le dijo Greta; se sopla que mató a su mujer.

¿Con siete pistolas y un alfiler?, le preguntó ella, rápida.

Con una sola pistola pero rotunda, contestó Greta siguiendo el juego sin mucho convencimiento.

¿Como Burroughs, como Althusser?

Bueno, no sé, se dice, se sopla, aura nomás que tiene el personaje.

Ella hizo por lo tanto sutiles indagaciones y pudo enterarse que la legítima en realidad se había suicidado. Pobre. Y la verdad que un viudo de esa índole le resultaba incómodo, mucho menos inquietante hubiera sido un divorciado, un jocoso separado de esos que se sienten incomprendidos por sus ex, los que lloran en el hombro de una y ya le había tocado alguno de poca monta. Poco te monta, habría podido acotar Greta.

De su amiga Greta, bastante mayor, ella aprendió mucho en el terreno erótico. Pero lo que aprendió fueron cosas de risa, las menos propicias para la intimidad. Alguna vez se las contó a F en sus largas noches de sexo oral, oral porque hablaban en lugar de practicar. Verba, non res, percibiría ella una vez salida de la escena. A Greta nunca le habló de eso.

Ahora recuerda sobre todo el romance de su amiga con el coronel, un coronel retirado, de la vieja escuela insistía Greta, y debía ser cierto dado que ningún militar de la nueva promoción aguantaría ni de lejos los desplantes de una mujer que, por ejemplo, en los más ardientes y culminantes momentos del cariño le ordenara Coronel, corra ya a calzarse las botas porque si no es a patadas usted a mí el culo no me lo rompe.

Muchas de las epigramáticas frases de Greta se las retransmitía ella a F, no todas. Nunca le sopló palabra sobre los inspirados momentos cuando Greta le recitaba a Gerard de Nerval: *Je suis le tenebreux, le veuf, l'inconsolé,* y ella se tapaba los oídos para no oír el siguiente verso: *Le Prince de l'Aquitaine à la tour abolie.*

La torre abolida, carajo.

Algunas veces la madre condescendía en preguntarle ¿por dónde andás, que no te veo nunca? Y ella lacónica contestaba Fac, sin mentir en absoluto, y como cada uno oye lo que quiere la madre oía facultad y se quedaba tranquila. Semi tranquila, es decir, porque tanto estudiar por parte de su hija la perturbaba. No vale la pena matarse tanto con una carrera, le decía entonces; las mejores ideas nacen de la intuición, mirame nomás a mí que sólo cursé hasta tercer grado y con la regla de tres simple me alcanza para desenvolverme en la vida práctica, porque lo que es en la vida creativa me muevo a mis anchas, vuelo, soy un genio. Vos en cambio pasás demasiado tiempo en tu cubículo de Congreso, es malsano, no sé cómo te arreglás sin calefacción, sin agua caliente, le recriminaba su madre.

Hice algunas mejoras, contestaba ella sin aclarar que había sido nada menos que Fac, Facundo, F, es decir el célebre doctor Zuberbühler, quien había hecho instalar el calefón y el calefactor. Quedate, nena, insistía él, quedate adentro calentita, no quiero que andés por las calles cuando yo me voy, sólo podés ir a la calle mientras yo estoy acá controlando tu regreso, la calle está muy violenta en estos tiempos. Eso repetía F, y era una orden.

En Creedmoor

Como si poco a poco y muy a su pesar se le fueran abriendo las compuertas del otrora hermético desván de los olvidos –resquicios apenas por los que asoma uno que otro harapo– en estos días ella se siente compelida a desempolvar ciertos fantasmas. Culpa del amigo polaco, el muy Bolek. Razón por la cual en este preciso momento se encuentra camino a Creedmoor con la excusa de ver los progresos en el Museo Viviente, bautizado así por los propios artistas, los lúcidos locos del hospicio. El tumulto de emociones que sintió cuando por primera vez Bolek le habló de las cartas y del departamento del barrio de Congreso necesita encontrar un cauce, porque ella no puede seguir viviendo esta ansiedad, como si le faltara el aire.

Hacia Creedmoor por lo tanto se está dirigiendo vía una compleja combinación de subtes, autobús y taxi. Sola. Necesita ir sola.

Creedmoor es un pueblo, un mundo. En sus buenos viejos tiempos, allá por los años veinte, llegó a albergar hasta doce mil internados, es decir que se trata un loquero de verdad, no como el edificio porteño donde ella tenía su bulín, que era una loquero de los otros, los que nos son familiares.

En la garita de entrada al complejo psiquiátrico el guardia levanta la barrera y le da las indicaciones al taxista: media milla más adelante, pasar bajo el puente, seguir por la ruta un cuarto de milla más, el segundo edificio a la derecha, frente al gimnasio.

Bolek la recibe con genuino entusiasmo, es lindo tener amigos que se interesan por el trabajo de uno, aprecio tu visita aunque podrías haberme prevenido con más tiempo, le dice. Pero al rato, cuando ella empieza a tratar de abrir el juego, él se pone tajante. Hay un dejo de desencanto en su voz, también de indignación.

Mirá, le dice, creí que venías a ver la obra. Yo de cartas viejas no voy a hablarte. No me interesan tus erotismos desmedidos con la humanidad en pleno.

Eran todos inventos, le aclara ella una vez más.

Tanto da. Peor. Ni siquiera tenés la valentía de poner en acto tu deseo. Tendrías que aprender de mí, pero ¿cómo?, son cosas que no podés entender, ni Vivian, tampoco, las mujeres pertenecen a otra especie. Son espléndidas, ustedes dos, cada una en su estilo ¡y con cuánto estilo!, pero esto es distinto, es distinto. Mejor hablá con Ava, ella sí sabe. Sos una mujer de imaginación desaforada pero con imaginación no basta, beautiful, ponerla en acto es la consigna, romper las normas.

Esto le está diciendo Bolek, acodado sobre la larga mesa de trabajo, cuando viene a interrumpirlo su discípulo/paciente Joe, su loco favorito. Bolek prefiere llamarlo su asistente. Joe es un hombre sesentón, desdentado, calvo, solemne cuando no larga su diminuta risa contagiosa. Viene a decirle que Ernest the Shoeshine está gastando demasiado rojo para pintar su miserable cuartucho, está usando toda la pintura roja disponible. Su salón de lustrar, le corrige Bolek. Su salón de lustrar, repite Joe agachando la cabeza; igual Ernest the Red usa demasiado rojo, no va a quedar nada para los demás y los demás también tienen derecho al rojo. Es cierto, contesta Bolek quizá rememorando sus días en Polonia, y le hace a ella un guiño a penas perceptible, casi sin querer, no es cosa de él buscar complicidades, y juntos zarpan a inspeccionar el zafarrancho. Están en el primer piso del antiguo descomunal refectorio y avanzan a lo largo de galerías como balcones tapiados de alambre tejido que cuelgan por encima de las vastas cocinas abandonadas de la planta baja.

En este piso superior Bolek ha diseñado cada una de las cuatro salas de los ángulos como uno de los ámbitos en los que se desarrolla la vida de sus artistas: Hogar, Trabajo, Iglesia, Hospital. Son los ahora llamados *Campos de Batalla*.

La sala más descomunal, la que da con ventanales enrejados a la fachada del edificio, ha sido consagrada a Madre Natura. Allí crecen innumerables plantas, muchas donadas por Vivian. Ella reconoce a Louis the Fourteenth, el potus bautizado así por Ruth Richards, la vieja y genial amiga de Vivian que acuñó el nombre de SoHo para la zona neoyorquina South of Houston. Louis XIV extiende su verde encrespada y radiante cabellera por dos de las paredes, acompañado en su empresa de forestación casi trifídica por varios ficus, un montonal de matas indiscriminadas y hasta tres arbolitos de pomelo que Vivian germinó de semillas. La Sala de la Naturaleza no es un campo de batalla, no, es la zona de repliegue, de respiro, el *Field Before the Battle*, y es también la más trabajada hasta ahora según puede ella comprobar: en las paredes hay murales de animales salvajes, de pájaros alucinantes como si el aduanero Rousseau se hubiera desatado allí más de la cuenta.

En un confín del amplísimo laberinto de campos múltiples está el reino de Ernest. Es el antiguo cuarto de las escobas. Grande el cuarto, para escobas, pero fueron muchísimas las escobas, estropajos, mopos, cepillos, secadores y toda la parafernalia para lograr limpiar –cantidad de personal mediante– los casi mil metros cuadrados del desmedido recinto. Limpiados ahora de verdad por Bolek, que supo desviar el río de la enfermedad mental y volverlo creativo.

Y cuando por fin llegan a su reducto después de haber caminado cuadras dentro del edificio, lo pescan a Ernest alias el Lustrabotas en pleno inspirado furor. Con enfáticos brochazos va pintando y repintando paredes, pisos, techos, artefactos, todo lo que encuentra a su alcance pero siempre respetando el perímetro establecido. A Bolek le encanta. ¿Vas a lustrar zapatos en el infierno?, le pregunta. No, contesta Ernest, estoy calentando el ambiente, afuera hace mucho frío. ¿Y lo calentás con fuego? Claro. Pues el fuego no siempre es rojo, le recuerda el maestro al tiempo que saca su encendedor del bolsillo. Ves, le dice a Ernest agrandando la llama, y en los ojos de Ernest, encantados, brillan los azules y los amarillos y los verdes del fuego.

El mundo está lleno de colores, acaba reconociendo. Así es.

Entonces yo también lleno de colores, y mi salón de lustrar, y los zapatos de los clientes que vendrán a montones porque este es el salón de lustrar más bello de la tierra y vendrán desde muy muy lejos para que yo les deje como nuevos los zapatos gastados a más no poder de tanto caminar para llegarse hasta acá a que les deje los zapatos como nuevos, ¿vio?

Joe aplaude y se lleva corriendo un tacho de pintura roja para completar su ininteligible, fantástico mural en el Campo de Batalla consagrado al Trabajo. Ellos dos se dirigen al nuevo taller de Bolek. Se miran, se auscultan, les cuesta retomar la conversación, pero ella no quiere cejar. Ya que tuvo el impulso y se animó a hacer el camino ahora pretende saber a fondo. Vayamos a la cafetería le pide a Bolek; Creedmoor tiene de todo, una cafetería no puede faltar en las instalaciones.

Bolek se niega, dice no puedo salir, no puedo dejarlos solos, no quiero, tengo que estar todo el tiempo atento, ni permito que vengan los enfermeros, por eso me tiene confianza, son mi amigos, no puedo abandonarlos.

Yo también soy tu amiga podría reclamar ella pero decide no ponerse a rivalizar en estas circunstancias.

Algo sin embargo ha cambiado en el ambiente. El estallido de rojo en la otra punta de la larga galería parecería haber tenido a los otros en ascuas. Y ascuas es la palabra exacta. Ahora están tranquilos, se concentran en lo suyo, Joe en medio de su mural por así decir abstracto empieza a dibujar un rectángulo rojo de plácida apariencia. Es mi valija, explica cuando ella le pregunta, es donde llevo toda mi vida y mis útiles de trabajo por eso la quiero acá. Y ríe con su risita fina que limpia el ambiente.

Sentado una vez más en el derrengado taburete frente a su mesa de trabajo, Bolek toma una carbonilla y empieza dibujar sobre un gran papel blanco como de panadería. Una cúpula, dibuja.

¿La reconocés?

La reconozco, a vos no te lo voy a negar.

¿A otros?

No sé. Me importa poco, no quiero hablar de eso pero con vos sí porque encontraste las cartas. ¿Qué hacían ahí? ¿Y vos, qué hacías allí? Ahora puedo escucharte. Contame.

Y él le cuenta, nomás. Sin ahorrarle detalle, con prolijidad y esmero le cuenta, contestando en primera instancia a la última pregunta de ella.

BAires / el hallazgo

Tuve un amante argentino, empieza diciendo Bolek porque es la información más estimulante. Un patán, hijo de familia rica, un good for nothing, ¡pero tan buen mozo! Y me invitó a Buenos Aires a visitarlo. Imaginate si yo, sencillo polaco de Cracovia, sin duda la ciudad más intelectual de toda esa loca Polonia pero Polonia al fin –y no que yo haya tenido nada contra los comunistas de la época, todo lo contrario– iba a despreciar una invitación a conocer la llamada París del sur, la extraña capital mundial del desaparecido (no me tomés a mal, no pongás esa cara, yo era muy joven, valía la pena dejar todo lo que estaba haciendo acá que total no era gran cosa y trasladarme al confín del mundo a hacer una muestra. 1982, date cuenta, estaba seguro de que tendría cosas para decir). Mi amante me tentó con eso, la idea de la muestra. Tenía un espacio maravilloso, me dijo, una cúpula increíble frente a la enorme cúpula del Congreso de la Nación, con terraza para esculturas. Así que pensé en él, pensé en la muestra, el hombre me gustaba, la idea también, todo calzaba a la perfección, y me largué a descubrir Buenos Aires y descubrí una enigmática mujer que escribía cartas para hacer parar de punta algo más que los pelos de algún desconocido y acabaste siendo vos, quién hubiera dicho.

Sobre la muestra Bolek promete darle detalles más adelante; en cómodas cuotas, por entregas. A saber:

1- La inspiración en el retablo de Isenheim de Matías Grünewald, el tema del Cristo torturado en la cruz como alusión al momento político del país.

2- Las esculturas vendadas en la terraza.

3- La alusión más que directa a los desaparecidos.

4- La tremebunda pelea con el dueño de casa devenido galerista, a causa sin ir más lejos del inciso anterior.

A esta altura, a ella la desespera la impaciencia y le dice a Bolek que hace bien en ahorrarle detalles, que por favor, por favor vaya al grano –casi diría la pústula– y hable sobre el hallazgo de las cartas.

Fue por pura casualidad. Mala suerte nomás que tiene una, cuando un simple vendaval la sopla en la vida del otro. O viceversa en este caso. Cuando un viento algo fuerte le permite al otro meterse a husmear en al vida de una.

Bolek sólo quería colgar su enorme estandarte de un mástil colocado ad hoc en la terraza de la cúpula. La esperanza era que pudiera verse desde el Congreso, aunque a la postre resultó una esperanza desmedida. Dicho estandarte, de casi tres metros de largo por uno cincuenta de ancho, lucía la siguiente leyenda:

Greczynski/ una instalación/ HOY

Pero el viento dio por tierra tamaña fatuidad. Mejor dicho, por tierra no, dado que bajo la gran terraza de las futuras esculturas estaba el balcón del sexto piso donde quedó enganchado y contrito el estandarte.

Ningún problema. Don Argentine Lover, cuyo nombre al principio Bolek intentó preservar, intención que ella a su vez intentará respetar toda su vida, era dueño de casi todo el vetusto edificio (cosas que tienen los ricos para entretenerse) y por ende el portero era su empleado. Bastó por lo tanto que don Argentine Lover le ordenara a don Portero que fuera a rescatar el trapo del balcón del sexto B, para que el cumplimiento de la orden se efectivizara de inmediato.

¡El sexto B, mamma mía, mi propio y abandonado bulincito! ¿Cómo podía tener el portero llave de mi lugar, que es mío de toda mi propiedad?, casi grita ella sin poder contenerse.

Vaya uno a saber, se alza de hombros Bolek; cosas de mi amigo, sin duda. Para él todo era como con los títulos y las acciones: cuando su parte ascendía a más del cincuenta y uno por ciento ya se sentía dueño absoluto. A tiempo me salvé, ¿no te parece?

Le parece pero no se lo dice. Que él cuente nomás la continuación.

A saber:

Don Portero e hijo subieron con el juego de ganzúas para abrir el depto –¡mi depto!, se alarmó ella en silencio– y Bolek fue tras ellos con la intención de dirigir el operativo y cuidar la tela enredada en el hierro forjado del balconcito. Pero se quedó atrás. Algo le llamó poderosamente la atención, no sabe bien por qué; quedó plantificado a la entrada, deslumbrado por unas cartas con sobres cortajeados que alguien había ido deslizando por debajo de la puerta a lo largo de meses, quizá años.

Pensó en la propuesta que Duchamps llamó la cría de

polvo. Esas cartas iban delatando su tiempo de permanencia allí por el espesor de la capa de polvo que las cubría. Algunas se notaba que habían estado quietas en ese espacio de silencio y desolación por muchísimo tiempo. No tener un polvómetro, se dijo Bolek en un arranque de inspiración idiota. No tener una forma de calibrar los años de estacionamiento de misivas enviadas a un destinatario recortado. Aquí no vinieron en primer término, se dijo Sherlock Greczynski, no fue el indiferente cartero quien las deslizó bajo esta precisa puerta. Y ese detalle anodino sólo en apariencia gatilló su curiosidad, o mejor dicho su gula. El corazón empezó a latirle fuerte y eso que no podía ni sospechar el contenido de las cartas. Polvo de tantos años, algunas algo más recientes pero igual cubiertas de abundante polvo en esa estancia cerrada, casi diría hermética hasta que portero e hijo con ingentes esfuerzos lograron abrir las oxidadas fallebas de la puerta del balcón y, ¡horror de los horrores!, el polvo le voló a Bolek en la cara y las dormidas cartas parecieron despertar y aletearon un poco, como llamándolo.

Cuidado, les gritó, tengan cuidado con el banderolo, les gritó a padre e hijo en su escuetísimo castellano de entonces, encomendándose al espíritu santo según parece aunque no habría de reconocerlo jamás, pero era evidente que en ese sublime instante prefirió abandonar toda aspiración terrenal de gloria y estandarte y se quedó tieso en un umbral tan cuajado de epistolaridad que parecía sagrado.

Sacré nom de nom!, habría de exclamar después, sacré milputas (cuando supo alguito más del idioma de los ar-

Luisa Valenzuela

gentinos), porque mientras los súbditos de don Lover
desprendían con cuidado muy relativo su precioso y pre-
ciado estandarte de las garras del herrumbrado balconcito, Bolek no pudo contener el impulso y se metió entre pecho y camisa un buen manojo de esas misivas de
polvo y espanto.

Y le empieza a decir a ella como en confesionario:

–Te conocí mucho antes de haberte conocido.

–No me importaron los desgarrones, igual había que
agujerearlo para que el viento no se embolse (ella no pudo saber si él hacía referencia a su estandarte o a su pecho).

–El Lover sobrevivió a mi intento de matarlo tirándo-
lo por las escaleras. La muestra fue todo un éxito.

Sólo frases sueltas. Tratar de hilarlas en un discurso
unívoco les quita espontaneidad y frescura.

Y ella busca otra cosa.

Esas cartas.

Bolek las tuvo en sus manos. Nada indica que no las
tenga aún y no pretenda algún día usarlas para desen-
mascararla ante ella misma, que ante los demás le importa un reverendo pito. Al menos eso piensa ella. Eso
espera. Y Bolek no es de los que chantajean, es hombre
maravilloso, es de los que azuzan. Ella lo sabe.

Sigue por lo tanto interrogándolo por el camino menos oneroso.

¿Se las mostraste a otro?

No.

¿Cuándo fue que supiste suficiente castellano como
para entenderlas?

Siempre. El sexo explícito, beautiful, se entiende en

98

cualquier idioma. Digamos los idiomas accesibles al mundo occidental y latinado.

¿Y cómo pudiste deducir que eran mías?

Ante tamaña pregunta, Bolek se siente cuestionado en la más elemental de sus capacidades deductivas. Ella lo reconoce, sabe que él es un tipo por demás inteligente, aunque para deducir lo de las cartas se ve que no necesitó especial cacumen.

El portero con adobada candidez (sólo veinte dólares, en agradecimiento por el rescate del trapo) le dio el nombre de la propietaria del 6to B. El resto fue cabos que se ataron solitos.

Quién es esta mujer dónde está esta mujer, se puso a preguntar en derredor y nadie pudo contestarle o le dio bola. Sólo don Lover empezó a alarmarse por razones de celos pero Bolek supo inventarle una historia coherente aunque poco plausible. Cuando la narrativa es buena nada importa la verosimilitud, importa darle al otro la versión que el otro quiere o querría o quisiera escuchar.

De eso se trataban, las cartas, trata de insistir ella.

Eso se lo dirá usted a todos, le contesta él citando una frase a su vez muy citada por ella en dichas cartas.

El encuentro de Bolek con su correspondencia le abrió a ella los ojos. Cartas devueltas con malas artes al remitente, es decir que devueltas, sí, pero a un destino donde el remitente no está ni, con un poco de suerte, volvería a estar jamás.

¿Qué buscó F? ¿Enfurecerla el día de su improbable

retorno? ¿Darle a entender que descontaba un eventual retorno y un retorno a la furia?

Durante cuatro años ella le escribió a F, y según viene a enterarse durante cuatro años él, personalmente o por interpósita persona, se tomó el trabajo de irle devolviendo misiva tras misiva a juzgar por el tan mentado polvo acumulado en capas de distinto espesor y tono.

¿Y el/la/los/las destinatario/ria/rios/rias? ¿Qué averiguaste al respecto?, le pregunta a Bolek haciéndose la despistada.

Destinatario, contesta él; se trató de uno solo, y masculino para más datos. No parecés haber descubierto aún los placeres homoeróticos. Tu te los pierdes, beautiful. Pero este hombre para mí innominado, desde la abyecta oscuridad de su libidinosa caverna, se encargó de borrar todas las huellas. A golpe de tijeras. Tijereteados los sobres, mutilados de buena parte de su cara delantera, tijereteadas las epístolas en su encabezamiento lo que es una lástima. No sólo desconozco el nombre apodo o alias y los términos de afecto si es que los hubo, además en caso de cartas escritas a doble faz a veces me he perdido líneas enteras de sabrosas descripciones de candente erotismo cuando no de lisa y llana pornografía.

Esto último fue dicho en tono más alto, un tanto enfático, cosa que atrajo a los llamados artistas, los internos de Creedmoor que andaban por ahí pintando sus cuadros o sus inquietantes grafías en paredes y pisos. Vinieron a reclamar la presencia del maestro y él partió tras ellos para alentarlos.

Ella toma conciencia de dónde está y sobre todo con qué cartas estuvieron jugando.

Sin marcas, las cartas. Sin siquiera las que pudo haber dejado una birome sobre el papel de abajo. Ella solía escribir los sobres en primer término, no para evitar marca alguna sino para ir armándose de coraje.

No fue fácil mantenerlo satisfecho a Facundo. A veces necesitó bastante más que imaginación y desenfado y chutzpa. A veces se internó por terrenos inexplorados de la mente, cavernas en las cuales no se pudo sentir a gusto en absoluto, a veces hizo algún módico aunque titilante y hasta incómodo trabajito de campo para alimentar la imaginación y tener dónde hincar una vez más el diente. F jamás le envió una palabra de respuesta, le enviaba eso sí cada tanto pasajes abiertos para vuelos cada vez más distantes y exóticos. Java, Nepal, Papúa Nueva Guinea, el corazón de Australia. Ella es antropóloga, llegaba a esos lugares con un ojo distinto, él pretendía que llegara sólo con el bajovientre y ella intentaba complacerlo, no en los hechos sino en la narrativa de hechos pasionales, plausibles.

Si algo logró en ese período fue afilar la pluma. Decir un deseo que creía era el de él y resultaba serle –aterradoramente– propio.

Y todo esto se lo viene a destapar este hombre su amigo, y se lo tira a la cara mientras están sentados en el centro de un salón en medio de un vasto edificio semiderruido en el corazón de un manicomio con todas las de la ley. Un manicomio vasto como un mundo y colmado de locos de todo color y laya.

Es un proyecto artístico. El de Bolek. El de ella también lo fue, percibe ahora y se cuida muy bien de abrir la boca o dar explicación alguna. Fue un proyecto artístico aunque huela a flujo vaginal y a semen rancio. Para un único expectante gozador.

Con esbozada sonrisa de sumisa determinación, Joe el adlátere viene a reclamar la presencia de ellos dos frente al nuevo mural colectivo desbordante por todas las costuras. No pueden menos que seguirlo.

El mural a ella le resulta admirable y lo dice.

Ves, le sopla Bolek en castellano; ellos son valientes y expresan lo que sienten. Tendrías que ser valiente vos también y volver a escribir tus erotomanías, podrías sacar de allí algún buen cuento.

Se hace lo que se puede, le contesta ella ya harta.

El lento aprendizaje de ir pisando terreno minado

Un huracán como el del mes anterior pone todo patas para arriba y las piedras volarán por el cielo como en Magritte y yo al recibir una pedrada en la cabeza podré moverme de lugar y enfrentar lo invisible y cubierto por la bruma del miedo, piensa ella.

Cuando Bolek terminó de narrar su encuentro con las cartas ella no vaciló en rebajarse y le rogó que no se lo contara a nadie. No porque le dieran vergüenza, eran pura ficción le aclaró por enésima vez sin darle detalles, pura ficción, pero preferiría no tocar nunca más el tema.

No te preocupés, le contestó él; te respeto, además soy un tipo muy muy reservado, ya ves, tuve tiempo de sobra para contarlo y a nadie le soplé palabra. Además me encanta que compartamos un secreto. Eso sí, me haría muy feliz, algún día, cuando te inspires, cuando se te dé la gana, recibir una carta así. Una sola aunque más no fuera.

Ni te lo sueñes.

Y ella entrevió que en el corazón del paraíso –New York, en este caso– hay un cartel ominoso. Como en el proyecto de cuento que Rodolfo Walsh supo esbozarle hace como mil años. No sabe si Rudy alcanzó a escribirlo, pero lo vivió hasta sus últimas consecuencias. Si lo escribió quizá esté entre los manuscritos que le fueron incautados por la Armada. Muchos dicen que vieron los tales manuscritos en la cárcel clandestina de la ESMA. Ella lo ha leído en el diario. Un grupo de intelectuales los está reclamando. Ojalá aparezcan y figure allí este cuento que alguna vez Walsh quiso escribir:

Un hombre avanza por un prado verde cuajado de flores. El impulso de la belleza del lugar lo lleva a desatender un aviso destartalado de No Pasar. Es un día radiante, el hombre avanza hacia un pequeño bosque, el terreno es ondulado, riente, y el hombre siente que se va adentrando en el paraíso. La hierba alta y tierna como una alfombra se va recomponiendo tras los pasos del hombre. A cada uno de estos pasos sin huella él se siente más y más feliz. Intuye en el corazón de este paraíso un arroyo de aguas clarísimas que habrá de calmarle todas sus sedes de todos los tiempos. Ya lo oye, al arroyo, como oyó el canto de los pájaros en la arboleda. Y cuando por fin llega al corazón del lugar de su éxtasis, se topa con el cartel que le enseña la que quizá sea su última lección:

Peligro, dice el cartel, Este Campo Está Minado.

Así se siente ella, ahora.

He llegado hasta el cartel en medio del Edén, un poco hacia la izquierda.

Este es el tipo de relato que ella quisiera haber logrado escribir alguna vez, y no las sucias cartas. Bolek le dijo que algunas de las cartas podrían transformarse en literatura, pero ella sospecha que en realidad él quisiera, por el simple hecho de haberlas encontrado y leído, meterse en la piel de Facundo de quien ignora todo, hasta el nombre.

A vos te falta calle, la increpó F más o menos al mes de vivir juntos. No me interesan las mujeres sin experiencia, date una vuelta por el puerto y levantate un marinero, hacé algo sustancioso, no quiero tímidas doncellas a mi edad.

Lo de tímida doncella él sabía y ella sabía que era una sobrevaloración. Igual los treintipico de años que los separaban le permitían hablarle así. Al menos eso creyó ella entonces, quizá no queriendo perderlo, quizá pensando que todo sería un juego inofensivo. Inocente de ella.

Fue al puerto, por lo tanto, sin intención de levantar marinero alguno. Levantó ideas, inspiración que le dicen, y volvió hecha otra y de su boca salieron palabras nunca antes pronunciadas por ella ni –supuso– por mujer alguna de su estirpe, y casi sin darse cuenta empezó la saga de una autobiografía apócrifa que se iría transformando en un erotismo oral desaforado. Lo novivido escapaba de la boca de ella como de un resumidero, y se alimentó de lecturas non sanctas para poder incursionar como quien no quiere la cosa en el magma del deseo.

El deseo del otro.

Por las noches Facundo se sentaba en un sillón frente al de ella y le hablaba. Le decía todo lo que le iba a hacer cuando estuvieran uno encima del otro, debajo, detrás, delante, cabeza arriba, cabeza abajo, le decía qué partes de su anatomía iba a usar para estimular, y cómo, tantas partes de la anatomía de ella. Le explicaba qué esperaba a su vez de ella y no la dejaba abandonar su asiento en la otra punta de un espacio que no era demasiado amplio pero se volvía inconmensurable.

No te movás o te ato, amenazaba, y ella sujetaba fuerte los brazos del sillón para no responder a sus encantamientos.

Nunca llegó a atarla. Ni lo intentó. Ella piensa que una ligadura hubiese roto el hechizo. La habría salvado. Le resulta insoportable atadura alguna, pero las palabras de él la adherían al sillón como resina epoxi y ella sólo atinaba a abrir más y más los oídos, los brazos, las piernas, la boca, porque la voz de F se hacía cada vez más pastosa y ella se dejaba penetrar por el poderoso aire que sus promesas de penetración movían. Como un soplo candente. Y después nada. La mayor parte de las noches se iban a dormir extenuados y hambrientos. No me toqués, ordenaba F después de los rituales de palabras, y ella no lo tocaba. La idea de tocarlo, esas noches, despertaba en ella un miedo casi mítico.

Abandoná antropología, la conminó cuando estaba ella a punto de completar cuarto año; antropología es ahora una carrera peligrosa, insistió Facundo.

El peligroso sos vos, le retrucó entonces ella convencida de estar diciendo la verdad.

Quizá, contestó él; por eso sé lo que te estoy diciendo.

Entonces, alegó ella en un relámpago de verdadera lucidez, entonces quizá lo que me conviene es dejarte a vos no a la carrera. Sí, dejarte ya mismo y acabar con el peligro.

Cree haber estado mucho más convencida de lo que percibió entonces. Al menos él lo entendió así detrás de sus palabras y esa misma noche le propuso matrimonio.

¿Propuso? Más bien dispuso. A la tarde siguiente de-

bía viajar al Paraguay en cumplimiento de pactos pree-
xistentes y la llevó consigo. Como una valija más, con su
mejor ropa puesta y un bolso. Se casaron al otro día frente al lago de Ipacaraí. Muy bello, muy romántico, muy
desconcertante. ¿Por qué no podían hacer lo propio en
Buenos Aires, en el Tigre si necesitabas escenario? Al fin
y al cabo soy soltera, vos viudo, nada nos impide casarnos
en casa, le susurró ella, pronunciando por primera vez
delante del propio cuitado la fea palabra, viudo.

Tengo muchos enemigos, sabés. Muchos enemigos. Y
quiero protegerte, condescendió en explicar F.

Y fue así como logró mantenerla callada para siempre. Casamiento secreto, aquel, ni la familia más cerca-
na de ella ni aun su propia madre debía enterarse, y era
lo que a ella menos le importaba. Cuanto más alejados
estaban de su vida más independiente se sentía. Casamiento de mis pelotas, entendió al poco tiempo, con libreta paraguaya semifalsa que se le habría de perder en
uno de los primeros viajes. Pero casamiento al fin, al menos para el doctor Zuberbühler que menos de un año
más tarde, cuando ella acababa de cumplir los veintiuno
y él de encontrar (se enteraría ella mucho después) la
horma de su zapato es decir una señora casadera en-
cumbrada en el poder, la fletó en un viaje de estudios,
según propias palabras, y el lago de Ipacaraí, con leyenda y libreta, pasó a formar parte de su olvido.

Llovizna

No puede seguir así, lo sabe, su vida transcurre hoy aquí en Manhattan, no veinte años atrás en Buenos Aires. Por eso cuando Jerome Christensen la llamó para preguntarle qué hacía el sábado por la tarde se sintió feliz de poder incluirlo en una invitación. No llegará sola a esa fiesta, no. En Connecticut, en casa de Erica Jong que la hace sentir sola siempre aunque ande acompañada porque Erica siempre está más y más acompañada aunque sea por su marido del momento. Igual ella la quiere, igual la siente amiga y cálida cuando están mano a mano. El domingo es festejo privado por su nueva novela, la invitó con quien quiera ir, Erica siempre piensa en parejas probables para todos. Y ella irá con Jerome y él se sentirá feliz porque Erica fue su ídolo en tiempos de *Miedo de volar* y esas cosas no se olvidan.

Es así como ella sale corriendo de su casa y paraguas mediante llega a la boca del subte y allí, ¡oh horror!, se da cuenta de que olvidó la dirección y las indicaciones para llegar a la mansión Jong en Westport, Connecticut. Las opciones son dos, o vuelve a casa en pos de su agenda y lo deja a Jerome angustiado esperándola en Grand Central Station sabiendo que perderán el tren de las cinco y tres y tendrán que esperar hasta el de las seis y cuarentisiete renunciando a buena parte de la fiesta, o se larga nomás sin las indicaciones y con fe en la providencia divina. Opta por la segunda instancia por motivos de pereza. Una vez en Westport cuenta con que alguien –jefe de estación o taxista– sabrá dónde vive la famosa Erica Jong. Es domingo. Tantos subtes no pasan, nadie en su sano juicio en New York elegiría viajar en taxi cuando el subte puede ir más rápido y seguro a destino, permanece piola en el molde es decir donde está, en el andén de Astor Place, y piensa en el próximo slasher que vendrá a meternos una puñalada entre los omóplatos si nos mantenemos apoyados de espaldas a los barrotes que separan la zona de quienes han pasado los molinetes de la tierra de nadie de quienes no han pagado su ficha. Como siempre, cree en un cuchillero al acecho, aquel contra el cual debemos permanecer alertas cada minuto de nuestra pautada vida, de otro modo vendrá por detrás y –como bien se dice en la literatura más infame– nos dará el pasaporte al otro mundo.

New York le gusta por eso. Porque obliga a no cerrar los ojos.

Se dirige al fondo del andén. Se sienta en un banco bien resguardado contra una pared sólida, y trata de que el paraguas no le moje el pantalón de raso, ya brillante de suyo. ¿Quiénes serán los gloriosos perversos de los trajes de goma, los que aman revolcarse en lo mojado y no se trata de líquido tan inocente como el agua? No olvidar preguntárselo a Ava en otra oportunidad, anota ella para su coleto; por ahora sólo se trata de agua.

Ella llega por fin con la lengua afuera a Gran Central porque trepó a las corridas las escaleras del subte y sospecha que dóctor Christensen estará más que impaciente y lo está, algo angustiado por añadidura porque piensa que van a perder el tren. Tenemos dos opciones, le dice, perderlo e ir a mi casa a buscar la dirección correcta, o largarnos a ciegas porque alguien ha de conocer la dirección de Erica en su zona del mundo. Él no sabe qué contestar, se largan nomás para desconcierto de Christensen y ella le dice que es así como dicta sus clases: un tiro a ciegas. Una metáfora digamos de la vida que a cada paso nos enfrenta con caminos inciertos obligándonos a avanzar sin saber si llegaremos a destino. Enfilamos también en mis clases hacia la posibilidad de no llegar nunca a donde pretendemos ir pero quizá, con mucha suerte, alcanzar una zona aún más rica, insospechada, le aclara.

Yo hoy quisiera llegar a lo de Erica Jong si no te importa, le informa el historiador, el muy desangelado.

La cosa no se les hace fácil. Una vez en Westport no encuentran a nadie en la estación. Ni un alma, ni un guardabarreras ni nadie en este mundo de la automatización a ultranza. Hasta el punto que cuando recurren al teléfono público y piden el número del jefe de estación (porque como era de suponer el de doña Erica no figura en guía), al llamar oyen la campanilla que suena y suena en la vacía oficina contigua.

Por fin después de larga espera aparece un taxi. El chofer no conoce la dirección y en la central nadie sabe informarle, y se largan a ciegas por donde ella piensa, cree recordar, está la casa de Erica Jong, a varios kilómetros de allí, y vuelta va vuelta viene por fin la encuentran y llegan tarde pero aliviados.

La casa está profusamente iluminada por ConEdison, ni una de esas velas que harían el ambiente más íntimo, más propicio a la caricia, pero la voz de Erica es acariciante al recibirlos y pretende bendecir la unión al preguntarle a ella, como en secreto pero asegurándose de que Jerome la oiga: ¿No es cierto que se escribe mucho mejor cuando se hace el amor?

Ella piensa que no ha estado escribiendo nada sustancioso en los últimos tiempos, no lo dice, los deja a los dos con la ilusión de un erotismo que genera escritura, y si bien Erica está construyendo su leyenda con esmero, algo de eso hay, y ella mira con cierto afecto a su Jerome de cuerpo presente pero él anda como distraído, interesándose más bien por las vituallas y el champán, deslizándose en la charla banal que tan bien practican los norteamericanos cuando les resulta de mal gusto expresar idea alguna.

Como ella conoce la casa, lo rescata a Jerome y lo invita a visitar el estudio de Erica en el primer piso, con vista al valle y a los árboles fastuosos, brotes de tierno verde brillando bajo la lluvia y a la luz del poniente. Se sientan un rato allí a salvo de los que quieren hablar sin decir nada, y Jerome le toma la mano, nada más que la mano pero es un paso adelante, la tibia llovizna parecería encerrar alguna difusa promesa, y entonces, quizá para saber si es cierto eso de que se escribe mejor etc., quizá para alentarlo a penetrar esa escena tan clásica de la pareja en la fiesta yendo furtivamente a coger al baño o sobre la cama entre los abrigos de los invitados o, en este caso más específico, en el propio estudio de la escritora erótica, como para dejar marca, ella se acerca bien a él y susurrando por encima de la música que les llega de abajo, le cuenta:

¿Sabés por qué estamos acá? Porque de alguna forma estoy presente en la última y hoy celebrada novela de Erica. Como me oís. Yo se la presenté a Ava la dominatrix, Erica no sabía bien cómo sacar a su protagonista de cierto atolladero y le sugerí la idea. Y fue así como Erica aterrizó en el salón de Ava, y Ava como era de prever quiso convertirla a la causa sin demasiado resultado, creo, al menos eso cuenta Erica, y todo culminó en una escena del libro en la que me rinde un secreto, minúsculo homenaje, porque su protagonista, en el fondo su alter ego, visita ese salón de dominadoras y para hacerlo se hace llamar por mi nombre y se pone una peluca negra, de rulitos. Tomá pa'vos.

Ajá, le reprocha él; conque ahora figurando en novelas eróticas...

Sí, contesta ella estirando la mano; ¿querés ver cómo se hace?

No, por favor, cuanto más lejos de la ficción, mejor.

Y se larga a caminar por el cuarto, observando los cuadros que son tapas de revistas con la foto de la anfitriona.

Perdido por perdido retornan a la planta baja para una nueva inmersión en la pavada. Ya la fiesta está llegando a su fin, y cuando cierta destacada autora de libros para adolescentes les ofrece llevarlos en coche aceptan, contentos de no tener que encarar una vez más la lejana estación fantasma.

Durante el viaje, lentificados por causa de llovizna, ella

piensa más de una vez en el suicidio, en las ganas de morirse ya mismo de un síncope o en la posibilidad de abrir la puerta del coche y tirarse a la carretera. ¿Por qué, dios mío, por qué tengo yo que ser público cautivo de tanta estupidez, qué le habré hecho a los dioses?, grita para dentro. La escritora habla y habla, su legítimo esposo asiente, y Jerome le hecha leña al fuego.

Jerry, el muy banal, piensa ella.

Mi marido come tanta pero tanta ensalada, está diciendo la escritora, lo viene diciendo desde que zarparon; creo que se casó conmigo para que se la lave. Sí, acota el susodicho enriqueciendo el diálogo; yo antes sólo me lavaba dos hojas si quería comer dos hojas, pero ahora con ella sí que me doy el gusto... Claro, dice Jerome; se comprende, la Boston por ejemplo viene con mucha arena. Detesto la arena en mi lechuga, dice el marido, y gracias a mi mujercita ahora estoy a salvo de ese flagelo. Tendrán muchas centrifugadoras, se interesa Jerome. Oh, dice la escritora contentísima, una batería de spinners, de distintos tamaños, la ensalada lavada hay que secarla muy bien. Por supuesto.

Ella se muerde la lengua para no gritar porque esto que está oyendo es apenas la punta del verde iceberg de lechuga. Tanta protesta tragada le infla el estómago, le sale en eructos, es una protesta disfrazada de aire siseante, silbante, hissing. Y después ella se enoja si le dicen víbora. Pero se contiene, suspira, bosteza, y calla. Hace lo imposible por abstraerse e inventar en silencio bellas frases del erotismo vegetal:

–Vení, lavame mi lechuguita hoja por hoja.

–Busco lavador/a de lechuga para noches de descontrol orgiástico con aceite y vinagre.

–Yo te lavo la lechuga, vos pelame los tomates...

Sin olvidar que la lechuga ingerida en cantidades industriales puede resultar –es un hecho científicamente comprobado– alucinógena. Quizá tan afrodisíaca como les resulta a estos tres hablar de la misma.

Ella se mantiene muda e hipante todo el trayecto, aun cuando la conversación se desvía por carriles algo más interesantes. En Lexington y la 57, donde por fin los depositan, con la excusa del cansancio ella le dice Bye bye a Jerome.

Necesita un respiro.

El viaje, los viajes

Tanto hay en ella que reclama lavado y ahora se deja distraer, enfureciéndose, cuando sin la menor maldad se habla de lavar la vil lechuguita.

La furia puede ser una maniobra diversiva para no tocar lo que duele en esa zona de dudosa existencia: el alma.

Ella tiene en derredor a quienes se encargan de remover el agua de su pantano interno hasta provocar emanaciones tóxicas. Bolek, sin ir más lejos, y también la elusiva Ava; agentes del demonio o de alguna incalificable entidad mandada a hacer para devolverme a mis abismos, piensa.

Mis abismos también tienen nombre. Nombres. Facundo, Buenos Aires. Pensar que esta vertiginosa New York tan simultánea me pareció alguna vez el sitio ideal para mantenerlos a raya, es decir detrás de la raya, más acá del olvido pero justo en el borde.

No se puede decir que no haya andado cambiando de piel desde sus tiempos facundinos. Tiempos de locura amorosa, pero no de amor, no, no cree que haya sido amor aquello que la ligó al hombre inconfesable en un pacto de silencio al que se aviene hasta el día de la fecha, cuando ya nadie le reclama nada. Ni siquiera ella misma.

De piel, reconoce, cambió un montón de veces. Tantas como cambió de residencia. Ciudades desfilando por su vida como si ella fuera un punto estático alrededor del cual el mundo gira enloquecido.

 En realidad esa nunca fue la sensación. Enloquecidos ambos, el mundo y ella, girando en sentido opuesto, rozándose apenas.

Tampoco esto es acertado. Más bien se trataría de un entrevero de los seres que fue y es ella ahora, seres alocados, ardientes, aterrados, temerarios, ecuánimes, atrabiliarios.

Fue de piel tan pero tan fina, por momentos. Coriácea otros.

Do anger, solía decirle una terapeuta para que soltara el nudo de sus desdichas, y ella percibe que sólo pudo hacer rabia anoche, boluda de ella, alrededor de una boluda charla sobre legumbres varias. Como quien se desahoga, como quien internaliza el spinner de centrifugar lechugas recién lavadas y se vuelve una pura conmoción, mierda al ventilador y la cabeza le da vueltas, me da vueltas, me da vueltas, me da vueltas.

Tan propensa como fue al mareo.

Pieles suyas como lonjas han quedado abandonadas en Ubud, en Mount Hagen, en París, Barcelona, Alice Springs, Melbourne. Parte de los viajes podríamos calificar como trabajos de campo, desde el punto de vista de la antropología. Otra parte resulta incalificable. Sobre todo en las ciudades de soledad y desdicha donde no la acompañó el deslumbramiento. Tampoco la acompañó el amor, la más de las veces, o la acompañó y no supo darse cuenta.

Cierto es que despechada empezó el periplo y el periplo continúa. Todo viaje del héroe culmina con el retorno a casa, pero esta pobre heroína ni quiere oír hablar de volver a BAires y siente que ni siquiera tiene casa.

Se puede decir que ya no la tuvo en los meses anteriores a su partida.

Todo se había desmigajado, el cariño de F, la facultad, los compañeros. A Juancho sobre todo lo buscó insistentemente para despedirse, ella quería partir con un corazón limpio, contarle por lo menos un poco de la verdad del encuentro entre ellos, pero nadie sabía nada de Juancho y en su casa no contestaban el teléfono y Facundo con tono displicente la tranquilizaba diciéndole se habrá ido de viaje como te vas vos, quizá te lo encuentres en algún lado, y ella no fue capaz de reconocer la sombra ominosa que podía empañar esa palabra tan rutilante para ella, viaje; se habrá ido de viaje, y le pareció positivo para Juancho, dada la amenaza que planeaba por entonces sobre la carrera de antropología.

Sin lugar a dudas 1977 era un buen momento para alejarse de la Argentina. Y a ella le acababan de regalar un vuelo transpolar a Sydney con conexiones a Bali y Java y posibilidades de más, y le acababan de regalar un buen talonario de cheques de viajero y una patada en el culo. Todo tiene su contracara, lo supo entonces, y cuando no sin angustia le preguntó a F a qué se debía tanta generosidad él contestó es mi regalo de bodas un poco tardío. Más bien parece de divorcio, le retrucó ella y él se alzó de hombros: Tomalo como más te guste, pero respetá siempre nuestro pacto de silencio, así nunca te va a faltar transporte.

Camino a Ezeiza no se contuvo y le escupió, sabiendo que ya no tenía nada que perder: Vos pretendés algo de mí, vos, siempre, querés algo a cambio.

Él no lo negó. No dejés de escribirme, le dijo; escribime contándome lo que tan bonita y ardientemente me contabas al oído. Vos escribime, nomás, y yo seguiré alimentando tu viaje de estudios, tu trabajo de campo.

Esa fue su despedida, con un pie en el avión, ella, y él –aunque ella tardó más de un año en enterarse– con un pie en el altar.

Y con tan casi cándida sencillez, habiendo cumplido los veintiún años unos diez minutos antes, ella fue fletada a cumplir a lo bruto su sueño de viajar por el mundo.

Y fue así como se convirtió en escritora fantasma para un solo lector. Y del sexo oral o mejor dicho narrado pasó al sexo escrito, como en examen ante la mesa del profesor Zuberbühler.

Y fue así cómo, durante unos mil quinientos días, horas más horas menos, alimentó vía casilla de correo los fantasmas de alguien que en un nuevo hogar bien constituido hacía como si ella no existiera.

Escribir fue para ella un acto impensado, casi anónimo, hasta que este Bolek de su corazón, movido por las más putas casualidades de la vida, destapó la olla recordándole el hexagrama 18 del I' Ching, vasija de podredumbre hirviente de gusanos.

#18. Work on what has been spoiled

Asomarse a esa su actividad oculta: sus cartas a F.

Por qué las escribió, se pregunta ahora como se ha preguntado mil veces, sin atinar respuesta. Sin osar formular una respuesta.

Durante años, cuando por fin lograba redondear alguna de las historias venciendo sus propias barreras, accediendo con saña y alegría a todo lo que consideraba indecible y lograba ser dicho, por ella, como confesión de actos inconfesables e irrealizados pero confesados que es una forma incuestionable de la realización; anotados sin pudor, sin límite, sin miedo ni vergüenza, sentimientos todos estos que bien podrían aquejarla en el acto sexual pero no en el acto de escribir sobre el mismo aunque también, también en el acto de escribir la asaltaban el miedo y la vergüenza y el horror porque ¿quién era esa, de imaginación babeante y viscosa, inundada de flujo?

A veces quiso detenerse sin lograrlo. A veces al intentar alguna nueva carta encontró resistencia, la historia se resistía, insistiendo en morar en ella, negándose a liberarla.

Como una droga.

Su lejano, atrabiliario marido secreto y fascinante la había alejado de su lado, dejándole apenas el cordón umbilical de las cartas. Cordón unilateral pero cordón al fin, un puente no sólo tendido hacia él sino también hacia sus propias regiones menos transparentes.

Como una droga.

La droga de las cartas a F que un buen día, en Barcelona, abandonó cold turkey. Despertó cierta mañana de octubre con la necesidad absoluta de cercenarse del vicio. Esa noche entrevió que estaba peligrosamente empezando a poner el cuerpo allí donde hasta unos meses atrás había logrado poner sólo una chispa de intelecto.

En el bar donde se había metido a trabajar de camarera –como trabajo de campo en antropología urbana, como fuente inagotable para alimentar las cartas– las cosas se le iban poniendo espesas, como si estuviera perdiendo el control. Empezó a sentir una ansiedad difusa y entonces decidió terminar con el tema de las cartas. Soltar amarras. Y ni el brutal síndrome de abstinencia llamado soledad logró doblegar su determinación, y juró que nunca más su pequeñísima y querida Cannon electrónica, y menos aún su pluma, serían usadas para fines espurios. De aquel momento en adelante, sólo trabajos de verdad. *Anthropology Today* acababa de aceptar su primer artículo y había llegado la hora del viraje. De dar vuelta la página. Un compatriota le ofreció trabajo como traductora y asesora en su pequeña editorial científica, ella entonces pudo dejar sin previo aviso y sin remordimiento su puesto en el bar del barrio gótico, decidió mudarse del diminuto apartamento en el bellísimo, derruido palacio de la calle des Escudellers llena de putas y cruzar la Diagonal como quien cruza una frontera para no volver nunca más al territorio prohibido. Era el

24 de octubre, lo recuerda muy bien, día de la Merced. Antes de alejarse de los oscuros laberintos del barrio gótico –de los llamados ciegos como el de San Cucufat, esos pasajes apenas anchos para permitir el paso de dos personas hombro con hombro donde le gustaba perderse por las madrugadas al salir del bar– fue a despedirse de todo ese submundo tan denso donde había intentado buscar alguna forma de la verdad. Y se encaminó a la catedral y como era su día los gigantes y cabezudos desfilaban por el atrio y la muchedumbre no la dejaba avanzar. Una clara y pertinente lección de la realidad. Los gigantes y cabezudos, tan viriles ellos, habrían de darle mucho más sentido a su renuncia. ¿Qué esperaba, una declarada iconoclasta como ella, al acercarse una vez más al altar de la Virgen? Ya le había prendido demasiadas velas a la muy ingrata, pidiéndole amor y todas esas cosas que se le escapan a una entre los dedos. A quién se le ocurre. Más sensato habría sido pedírselo a los gansos de Santa Gertrudis que siempre andan alborotando por el claustro con sangre caliente circulándoles por debajo de la blancura, tan igual a la blancura alabastrina de la bella y fría imagen. Ella se quedó buena parte de la noche siguiendo la procesión. Antorchas y hachones poblaban las callejas góticas con luces de desconcierto, y de la multitud en sombras surgían voces fervorosas. Que la esperaran allá en el bar, para siempre, nunca más volvería ni siquiera para recoger sus ganancias de la última semana, como no volvería nunca jamás a escribirle a F. Nunca.

Cuando llegó tras la procesión a las escalinatas de la

Plaza del Rey, su lugar favorito en toda Barcelona, prometió involucrarse en su tesis doctoral sobre la prostitución sagrada de manera menos pragmática, más libresca y académica. Y sobre todo prometió, y se juró con rabia, no pensar más en la redacción, concepción, ejecución y envío de las malditas misivas. Quemaría los borradores en un acto expiatorio, en una ceremonia privada con abluciones rituales, incienso y esparcimiento de cenizas a los cuatro puntos cardinales. En pleno parque Güell, como homenaje de una loquita mansa a un loco sublime.

Un verdadero sacrificio. Si hasta había llegado a soñar que algún día las cartas podrían convertirse en su modus vivendi. No le parecía del todo desatinado convertirse en una nueva Anaïs Nin. También Nin había escrito obscenidades por encargo, a un dólar la cuartilla para poder comer y cada tanto tomarse unos buenos vinitos con Henry Miller y demás amantes. A ella le resultó un alivio encontrar en una librería de viejo de las Ramblas la colección de cuentos eróticos, aunque a decir verdad nunca o casi nunca había sentido como Nin el peso de las cartas mientras las escribía, más bien había sentido cierta euforia, y una forma de solaz cuando por fin el buzón se las tragaba.

Anaïs Nin también escribió para un solo lector, un coleccionista anónimo. Pero el lector de ella no era anónimo, todo lo contrario, ella podía muy bien prever sus actitudes, sus enojos y apasionamientos y entusiasmos mientras él la iba leyendo a escondidas, y ése era en buena medida el combustible que la impulsaba a escribirle una nueva carta. Había otro incentivo: la deleitosa certidumbre de estar engañándolo. Él me alejó de sí –¡aparta de mí ese cáliz!– y me mandó al mundo a tener aventuras sexuales para después contárselas. Yo salí al mundo y le conté aventuras que no tuve, aunque el mundo fue generoso conmigo y me brindó suficiente material de inspiración. Una palabra por ahí, un incidente o algún encuentro por allá, todos viables de ser magnificados y mancillados hasta darles un baño de viva lubricidad. Como bañados en oro, o mejor en chocolate espeso.

Nunca pretendió vestir sus historias procaces de erotismo. Jamás pretendió brindarles atenuante alguno. ¿Para qué? A diferencia de Anaïs Nin, ella nunca fue ni pretendió ser escritora. Es antropóloga, de formación y vocación, escribe por necesidad y urgencia. Si le interesa el estudio de la conducta humana, la etología, no ve por qué no habría de inventar conductas propias que total nunca serían del todo inventadas, tan sólo trasladadas de un plano a otro.

Nin odiaba a su coleccionista que le exigía borrar toda poesía y literatura de sus cuentos y limitarse a una descripción de sexo explícito. En cambio Facundo, su ex marido, no pretendía nada por el estilo, quien no lograba meter poesía en parte alguna era ella, ella era la que siempre metía y mete un ojo clínico donde más valdría una visión romántica.

Nin necesitaba de su dólar por página para poder comer y para ayudar a sus amigos que también tenían hambre o sed etílica. Y trabajaban en conjunto y juntos hacían acopio de imaginaciones eróticas y saqueaban bibliotecas y anécdotas propias y ajenas para poder satisfacer la lujuria del ignoto coleccionista anónimo. Ella en cambio actuaba sola, en el mayor de los secretos, porque conociendo muy bien el nombre de su "coleccionista" no debía ni podía ni quería pronunciarlo.

Medios de vida

Plata no le hacía falta. No del todo, al menos. Había heredado de su madre dos cosas invalorables: un patrimonio discreto y un puntilloso administrador para cuidárselo. Ella sospecha que el administrador estuvo enamorado de Lucila en alguna época y la siguió queriendo a través de su hija. Fue él quien le aconsejó invertir el dinero del campo mal vendido en esos dos departamentos frente a plaza San Martín cuyas rentas durante años le permitieron vivir –con modestia– como se le dio la gana. Rodolfo Anzoátegui, buen hombre; cada tanto ella le manda tarjetas de saludo, reemplazando los angustiantes pedidos de plata de otras épocas. Ahora ella deja que los alquileres se acumulen, nomás, a la espera de descubrir su lugar en el mundo para poder por fin sentar cabeza y comprarse un nido. En New York se gana bien la vida, no necesita por ahora la que se va acumulando en BAires, Anzoátegui por supuesto es mucho más sensato que ella o que cualquiera y cuida bien las inversiones.

En cuanto al bulín de Congreso, ni mencionarlo quiere. Anzoátegui quedó a cargo de las cuentas y ella ahora espera que nunca pero nunca haya puesto sus ya ancianos pies en dicho antro. Las cartas, ¿qué habrá pretendido el siniestro F escurriéndolas por debajo de su puerta? Ella cree verlo, embozado, subrepticio como siempre

125

fue –sus bellos ojos grises titilantes en el filo entre capa y sombrero– deslizándose en el misterio de la noche para devolverle sus vergüenzas. Aunque seguramente ni se molestó en ir en persona. Nunca que ella sepa puso F su cuerpo en menesteres poco gratificantes. Algún sumiso le habrá hecho con gusto el reiterado favor de llevar esas sucias misivas a esa sucia casa, sin saber que allí había vivido la remitente, sin saber siquiera a quién estaban dirigidas las tales sucias misivas dado que según todas las apariencias el propio doctor Zuberbühler de propia mano se había encargado de tijeretear su comprometida identificación con el corpus delicti.

F algo intentó decirle, qué duda cabe, tomándose tamaña molestia. Porque para deshacerse de las cartas tenía recursos muchísimo más sencillos, del fósforo a la cadena del inodoro. Pero no, se las reinsertó por debajo de la puerta. Como una penetración más. Como una violación.

Cambio ranura propia por ranura de puerta de entrada. Cambio una entrada por otra, a ver dónde metés tu placer teñido de venganza.

¿Pretendía F acaso que las leyera el portero, tan poco relevante? ¿El administrador del edificio, acaso el pobrecito Anzoátegui que habría recibido el disgusto de su vida? La hija de la bella Lucila, nada menos, de la tan espiritual Lucila, la tan poética Lucila, manchándose las manos o la mente con estas porquerías.

¿Habrán sido en verdad porquerías?, se pregunta ella de pronto, ¿sucias cartas habrán sido, vergüenzas? ¿No será que tenían otra connotación, diferente carga; no habrán abierto un resquicio de goce?

Ella culminó con honores su tesis doctoral sobre la prostitución sagrada, tema que presenta la otra cara de lo abyecto, el eje donde la degradación –como tributo a los dioses– se hace sublime. Pero en eso de haberle seguido el juego a un perverso, ¿de qué lado se encuentra? Es esta la pregunta del millón, se dice.

Sin solución de continuidad y sin pensarlo descuelga el teléfono y llama a Bolek, sintiéndolo su tabla de salvación, su remolino. Es domingo, son las tres y cuarto de la tarde, el teléfono suena un rato largo pero por fin él contesta.

Me acabo de despertar y estaba en la ducha/ Feliz de vos, yo casi no pegué un ojo en toda la maldita noche.

La noche del sábado no fue hecha para dormir.

Para preocuparse, fue hecha. Llamo para... ¿Cuántas cartas te llevaste por fin, cuantas dejaste ahí tiradas en el piso?

(De golpe siente pánico. Su padre, su pobre padre que murió de un infarto masivo durante su ausencia, ¿no habrá ido así porque sí, se preguntó, al estudio que él mismo le regaló en un extemporáneo ataque de grandeza y al encontrarse con semejante corpus delicti filial, no le habrá dado el soponcio?) Bolek está hablando, ella se esfuerza por escucharlo. Trueque de información, le está diciendo Bolek. Qué pretendés, le pregunta ella.

Que me digas qué beneficios obtenías escribiendo esas cartas. La prostitución epistolar exige un pago.

¿Prostitución epis...?

Decime qué recibías a cambio y yo te cuento qué pasó con las otras cartas polvorientas, como en la conocida expresión argentina "echarse un polvo".

Por qué te lo voy a decir ¿eh? ¿Por qué, por qué?

Porque estoy limpito, me acabo de bañar. Porque vos te lo buscaste, yo no te llamé. Porque sí, me lo podrías decir porque sí, porque somos amorosamente amigos y con alguien tenés que hablar. Y sobre todo me lo vas a decir porque te propongo un canje; yo tengo información que te puede ser útil, vos a cambio me das la que te pido y que en realidad no sirve para nada.

Para nada.

Y como en el fondo Bolek tiene razón, para algo lo llamó, y ella necesita saber y con alguien debe hablar y algún día encarar el embrollo, y eso mismo es lo que está intentando en estos momentos, le cuenta que las cartas –cartas, no olvidemos, a veces breves epístolas, sólo algún incidente escabroso y nada más– las escribía a cambio de pasajes de avión. Sí. Tickets que le dicen, frecuentes pasaportes a otra parte, al culo del mundo a cambiar de escenario.

El destinatario de las cartas le mandaba cada tanto vía American Express un boleto abierto y así ella lograba viajar, realizando el sueño de su vida de no estar nunca en parte alguna. ¿A quién podía importarle? Su madre había muerto, hermanos no tenía, a su padre poco le interesaba su paradero siempre que la supiese con vida.

Del destinatario no quiere en absoluto hablarle. Ni a Bolek ni a nadie.

No quiere en voz alta aludir a su ex marido, tan poco marido que nadie nunca supo de esa unión.

Durante el largo periplo, cada tanto, sin querer, caía en manos de ella un diario de la Argentina. La cosa andaba muy mal por casa, y ella lo podía entrever más por lo que el tal diario silenciaba que por lo que lograba decir. Después empezaron a aparecer las noticias en los diarios del mundo. Eran aterradoras.

Yo trabajaba en antropología, una disciplina altamente subversiva a los ojos de los militares vernáculos. Me alegré de poder mantenerme lejos e irme armando un lugar en el mundo. No me vendí al escribir las cartas. No fue prostitución. Yo también hice canje, como vos. Yo también hice trueque, qué te creés. Mandé cartas inventadas, inspiradas en tan noble material como Screw o Penthouse –intertextualidad, que le dicen– y con los pasajes que recibía a cambio pude profundizar mis estudios. De antropología, entendelo bien. Se ve que a alguien o a álguienes les importaba mantenerme a distancia.

Bueno, acepta Bolek como quien le da un terrón de azúcar al caballo, el caramelo al chico que se portó bien. Bueno, te voy a contar el destino de tus cartas.

A puertas cerradas

En el edificio de la Avenida de Mayo, frente al Congreso de la Nación Argentina, el artista polaco residente en Nueva York Bolek Grecksynski preparaba su muestra. Había llegado a Buenos Aires atraído e invitado por un amante pudiente. Pudiente en más de un sentido, según se pudo deducir con sólo escucharlo un poco.

Y con el amante argentino se instaló en una bellísima antigua cúpula estilo neoclásico que le recordó su Cracovia natal. También le trajo a la mente, por desgracia, los sucesos que según se fue enterando por conversaciones varias tenían lugar en el país. No sólo las conversaciones en sordina, retaceadas, le dieron la pauta del horror. A cada paso por las calles de Buenos Aires la policía lo arrinconaba por el simple hecho de usar barba. Rápidamente aprendió que por las calles de la dictadura hay que andar a cara descubierta, pero la lección no le gustó. Le hizo hervir su sangre romántica contaminada por la duda, según propia definición del espíritu polaco. Y poco a poco empezó a pergeñar una muestra allí mismo, en esa bella insólita cúpula frente a la otra cúpula enorme del entonces clausurado Congreso Nacional.

Después de semanas de mantener encuentros clandestinos con familiares de desaparecidos, de escuchar por ejemplo sobre la tortura de una nena para extraer-

130

les información a sus padres, o de oír sobre los cuerpos
que habían sido arrojados vivos al río desde aviones militares, se volvió inevitable que la tal muestra tomara partido y aludiera al miedo, la represión y el delirio. Para lograrlo se apoyó en la metáfora del Cristo retortijado de
Matías Grünewald, y entre otras instalaciones construyó
una celda y una cámara de tortura con instrumentos de
"persuasión ideológica" para romper manos y pinchar ojos
y demás.

Considerando que la muestra tendría lugar en su propio ámbito, tanta inquietud política por parte de Bolek
inquietó al amante argentino. Algunas peleas se fueron
insinuando, con fogosas reconciliaciones de esas que hacen crujir los dientes. Pero el amante no era ajeno al tema
del arte, todo lo contrario, y poco a poco se dejó entusias-
mar por el proyecto y se fue extasiando ante las esculu-
ras íntegramente vendadas que poblarían la terraza, y ad-
miró sobre todo los enormísimos dibujos que Bolek trazaba
febrilmente con carbonillas sobre metros y metros de papel de panadería.

Fue cuando Bolek sacó a flote las cartas recientemente halladas que la cosa empezó a ponerse fea.

Bolek en un principio creyó que se trataba de cartas
de una desaparecida. No podía ser menos, con el clima
que reinaba entonces en la Argentina. Bolek estaba listo
para llevar esas piezas de convicción a la casa de fotocopias, con el firme propósito de hacer ampliaciones gigantísimas e impactantes, cuando se desató el pandemonio.
No, empezó a gritar el Lover; no no no, esto ya es demasiado, demasiado comprometedor, demasiado horrible.

Bolek sintió que el ataque de su amado era más de celos que de terror, y eso le hizo hervir la sangre. Estas cartas tienen un valor testimonial incalculable, lo chumbó; no sólo voy a ampliarlas para exponerlas, las voy a hacer leer por una actriz y grabadas en una cinta sinfín serán el sonido de fondo de la muestra. Acá nada de elementos tan pero tan comprometedores, chilló el amante. Claro que sí, estas cartas son la metáfora de mi arte, son alegatos contra la represión en el plano erótico y señalan con luz roja el erotismo solapado de toda dictadura.

El amante argentino lo acusó de burgués. Fue lo peor que pudo haberle dicho. Bolek vio fracasar su muestra, que en definitiva era lo único que le importaba en el mundo y particularmente en Buenos Aires. Razón por la cual decidió matar al antes amado amante pero sólo logró agarrarlo de los fundillos y revolearlo escaleras abajo. Con tan mala suerte que el tipo aterrizó en el sexto piso en medio de un charco de sangre porque se acababa de romper la nariz. Bolek tuvo que lavar todo antes de animarse a llamar a la ambulancia y hablar de un accidente –ojalá se hubiera roto la crisma, ojalá le hubiera dado conmoción cerebral o algo, anheló–, y limpiando limpiando la mancha delatora de sangre se encontró en cuatro patas frente a la famosa puerta del sexto B y no pudo contener la tentación de subir de una corrida –el contuso ya debidamente instalado en la cama con una bolsa de plástico llena de hielo cubriéndole la cara– y buscar su larga regla T para con toda prolijidad y esmero ir rescatando por debajo de la puerta todas las cartas que habían dejado todavía allí, abandonadas.

Algunas se mancharon un poco con la sangre del herido, enriqueciendo así su mentado valor testimonial. ¡Mejor que fotocopias! Las colgaría tal cual de paredes y techo para que las leyera quien quisiera, las fotografiaría en diapos para proyectarlas, gigantes, las haría leer en vivo por alguna actriz de voz pastosa, cada tanto, la cinta sinfín en marcha durante los quince días que habría de durar la muestra.

Pero aquella misma tarde, visitándolo en la clínica a su amigo nuevamente amado por apaleado, le agarró la contrición y renunció a la idea.

No por eso –terminó de contar Bolek, pretendiendo tranquilizarla a ella– dejé de preocuparme por tu suerte que claro, entonces no era la tuya sino la de una pobre infeliz que durante un buen tiempo escribió cartas de encendida lubricidad y después se la tragó la tierra. Convendrás que en tu patria, entonces, los tiempos estaban como para albergar las peores sospechas por más que muchos dijeran que todo andaba normal y ahí no pasaba nada.

Por fin, confesó Bolek, tuvo que prometerle al amante argentino no inquirir más ni mostrar las cartas a nadie cuando dicho amante, valiéndose de su condición de propietario mayoritario en el edificio, interrogó al administrador del consorcio y pudieron saber que la dueña del sexto B, departamento abandonado sólo en apariencia, estaba en viaje de estudios, largo por cierto, y siempre prometía volver pero nunca volvía.

Me tranquilicé, Bolek acabó diciéndole a ella, porque reconocí el síndrome. Y no sólo eso: me dio más ganas que nunca de conocer a la autora de las cartas.

Ahora la conocés. Las cartas ahora tienen dueña. Devolvémelas. Y gracias, gracias por recuperármelas.

Debo haberte salvado de más de un lío confiscando
tan candente botín. Pero ya hablé demasiado. Corto, bye,
hasta la próxima.

2 consuelos 2

1 - (menor)

Mucho antes de que Bolek apareciera de la nada para envenenarme la vida, yo surgí de la nada y le envené la vida a él, con creces.

2 - (mayor)

¡La metáfora de su arte, mis cartas!... La lucha del erotismo privado contra la represión de estado o algo por el estilo. ¡¡¡Mamita!!!... Y ahora ¿qué?

* consuelo supernumerario

Entre nosotros dos palpita algo. Un sentimiento sólido ¿cómo se llamará? ¿Cariño? ¿Amistad profunda? ¿Entendimiento, comprensión? ¿Compinchería? ¿Solidaridad? ¿Complicidad? ¿Una forma de amor, acaso?

Ava

Ha llegado por correo, camino demasiado trillado para algo tan poco ortodoxo, le ha llegado por correo la invitación a una conferencia de Ava Taurel en Columbia University: *El Sadomasoquismo como una de las Bellas Artes*, con proyección de diapositivas. Si presentara videos quizá no, pero tratándose de fotos fijas ella decide ir, con espíritu de investigación, se justifica una vez más. El horario le conviene aunque tenga que atravesar todo Manhattan bajo tierra.

Sin querer queriendo llega un poco tarde, pero como no se trasladó hasta la calle 116 sólo para escuchar a Ava decir cosas que le ha oído otras veces y en términos bastante más gráficos, al finalizar la conferencia se queda un rato merodeando por el salón mientras la conferenciante se despide de algunos de los asistentes y junta sus petates.

Ava al rato se le acerca, sorprendida de no haberla visto antes, de no haber sabido nada de ella después de su tan memorable actuación en el Museo de Arte Moderno. Memorable para Ava, según la susodicha le confiesa a ella en voz baja –y es lo único que dirá en voz baja en casi toda su vida, porque lo demás lo clama a las cuatro vientos. El susurro lo reserva para alguna información muy íntima, quizá vergonzosa, como confesar por ejemplo que se ha ¡enamorado! sí, enamorado del hombre de la cita a ciegas y ahora está urdiendo todo tipo de artilugios para volverlo a ver a cada rato y él trata de eludirla pero claro la cosa no le resulta tan fácil y cada vez con mayor frecuencia sucumbe a la tentación de verla y de jugar a la víctima.

No te volví a llamar, se disculpa Ava, porque el tipo me dio vuelta el seso y me tiene muy desconcertada, pero afligirte lo que se llama afligirte no tienes que afligirte por mí porque estoy contentísima y trabajando con más inspiración que nunca, lo prueba este ciclo de conferencias y ya verás las siguientes, van a ser todavía más intensas y risquées, ven a escucharme.

Gracias, le dice ella. Y sobre todo gracias por no seguir metiéndome en tus tramoyas.

Faltaba más, contesta Ava.

Y quedan así mirándose por encima de sus sendos capuchinos, sentadas a una mesa en la cafetería frente a la Universidad sobre West End Avenue.

Me pido un falafel, dice Ava de golpe; estas cosas me dan hambre.

Ella asiente con la cabeza. Por fin se arriesga a preguntarle:

¿Bolek te habló de mí?

Me dijo que te ama.

No digas pavadas.

Bueno, quizá yo ahora vea a todos bajo el prisma del amor. Fíjate cuán romántica me he vuelto. Pero no hay duda de que lo tienes muy impresionado y te quiere con amistad verdadera.

Llega el falafel desbordante de bigotes de brotes de

soja, y a ella el sólo verlo le abre el apetito. O quizá necesite dejar de llenarse la boca de palabras. Pide hamburguesa a las brasas. Medium, la pide, bien jugosa, sólo con tomate, nada de queso derretido y panceta y cebolla y demás infamias.

¿Por qué me preguntas de Bolek?, inquiere la masticante.

Porque.

¿Porque?

Él sabe algo de mí que yo no sé. ¿Te dijo algo?

Te convido un mordisco mientras te traen el tuyo.

Bolek.

Está rico el falafel, aunque le pusieron demasiada salsa de sésamo.

Bolek me dijo que vos tenés ciertos datos que él tiene que yo debo saber.

Eres insaciable.

Algo sabés vos de mí. Acaso te dijo Bolek.

No necesito que nadie me diga nada, soy una fina calibradora de la psiquis humana, a esta altura podrías haberte dado cuenta, insaciable.

Una muchacha lánguida aparece como salida de la nada, quizá del fondo del oscuro salón, y sin decir palabra se sienta a la mesa de ellas dos. Nadie la ha invitado pero le da lo mismo. Estaba en la conferencia, la conoce a Ava, cree tener todos los derechos, al menos en lo que a Ava respecta.

No me gusta la vara de mimbre que hace chorrear mucha sangre, empieza a explicar la muchacha lánguida como si alguien le hubiera preguntado algo. Es antiestético, agrega, prefiero el látigo y me gusta cuando afloran apenas unas gotitas de sangre como lágrimas brillantes, son muy bellas en una espalda tersa.

Ella la deja hablar a la lánguida, abandona todo intento de conversación con Ava y se concentra en hincarle el diente a su hamburguesa. Se relame, este jugo es la única sangre que a mí me gusta, la bovina, mascula entre dientes...

Una amiga de la lánguida viene a incorporarse a la mesa para cortarle a ella el placer del bocado; es aún más lánguida, más pálida y hasta más bella que la otra, pero no por eso menos habladora.

Pobres animalitos, suspira la recién llegada y no hace alusión a espalda sangrante alguna sino a la humilde vianda que ella está intentando saborear. Yo soy *vegan*, agrega; ni huevos ni pescado ingiero, sólo verduras y eso no sin cierto dolor porque los vegetales también son seres vivos. La única carne que justifica ser comida es la carne humana. El canibalismo es la más noble de las gastronomías, opino, porque es una forma integral de reciclaje. Todo vuelve a su origen, al hombre lo que es del hombre y a Dios lo que es de Dios. Todo ser humano que se comió a otro es una tumba ambulante, merece doblemente mi respeto.

Ella deja de comer. No por una conversión fulgurante al vegetarianismo sino por culpa de cierta arcada que se le está gestando en las tripas. Una palabra más de esta tipa y vomita, lo presiente.

Ava acude en su socorro, retoma la conversación interrumpida como si las otras dos no existieran.

Cuídate, le aconseja; Bolek siempre sabe mucho más de lo que deja traslucir. Es un tapado.

Y ella, recuperando el habla, le lanza por fin a Ava la crucial pregunta:

¿Cómo hacerle escupir todo lo que él sabe?

Existen dos formas de arrancar información, ambas muy recomendables. O bien te humillas y le ruegas de rodillas y no creo que eso lo conmueva en absoluto, o lo castigas. Le extraes la información por las malas. Después claro le pides disculpas y le restañas las heridas.

Arenas

Por todo territorio de arenas movedizas hay que irse adentrando muy lentamente, se dice ella en voz alta para calmar las ansias. Alguna vez supo cómo hacerlo. Estudió sobre un pueblo nómade que atravesaba el tembladeral y llegaba ileso a la otra orilla. Se trata de un conocimiento de la tensión superficial y de distribuir el peso en la más amplia superficie posible. Si no se equivoca, si mal no recuerda. Eso sucedía en Australia, son las notas que debe de haber perdido en las Molucas si mal no recuerda, cuando casi se da vuelta el bote y ahí nomás se fue su bolso azul al fondo del azul profundísimo. El brazo de mar que atravesaba el atolón tenía ese atractivo, además de conectar el océano con la laguna: permitía en su perfecta transparencia ver desde la superficie las inconmensurables profundidades donde se iba perdiendo su bolso azul de libros y de apuntes, entre medusas letales.

Bonita frase. La anota ahora y sabe que también la va a perder, en el mar de papeles, como en el mar endeveras perdió sus anotaciones sobre las arenas movedizas y la forma de transitarlas. Las medusas letales, gigantes... No y no, le dijeron los buceadores locales, entre esas no nos metemos ni borrachos, los buceadores australianos que se les arriman usan pantimedias de mujer, dos pares, el segundo para brazos y torso y otra media cubriéndoles la cabeza, el fino tejido de nailon es lo único que no puede ser atravesado por el veneno mortal de las medusas gigantes, pero nosotros no les creemos y además mariconas pantimedias no tenemos, claro que no; ni plata para comprarlas.

Quizá como esto ultimo, todo un cuento, piensa ella. O un mito. Quizá perdí lo que ya estaba perdido de antemano porque ni Cristo pudo nunca atravesar arenas movedizas de las buenas y eso que ya se sabe, Él caminó sobre las aguas y esas cosas. Pero el magma de lo que ha quedado atrás es bien otro cantar y yo ahora tengo que preparar mi clase de mañana y dejarme de embromar con enigmas caseros de poca envergadura.

Enciende entonces la computadora, pero antes de ir armando las notas para que sus abnegados alumnos no sientan que están perdiendo el tiempo malamente decide registrar en el archivo *suenos* (porque la eñe todavía no la había encontrado cuando empezó ese rubro, y ahora le gusta así, suenos de sonar, que es lo que suele ocurrir a menudo con los sueños) al que la visitó anoche, en realidad una visualización, como un ensueño dirigido ¿pero por quién?, se pregunta. Y sin introducción ni nada, escribe:

Muy oculta en mi fuero interno, detrás de mi sonrisa de gitana, alcancé a ver a una mujer desesperadamente sola. Está en medio de un páramo yermo y tiene la boca abierta en un ahogado grito. No pude ni acercarme a ella, su existencia depende de su soledad sin consuelo.

Lucha y luchará a muerte por no ser reconocida y menos integrada porque al perder soledad desaparece. No entendí de qué podría servirle vivir tan desdichadamente pero supe que es esa la única vida que le toca en suerte. La llamé la Solari. Me hubiera gustado preguntarle qué espera ella de mí, y si me representa.

Quienes pretenden no querer nada y dicen estar simplemente clamando en el vacío son los peores. En el fondo lo quieren todo, la otra cara de la nada.

Como tiene que preparar la clase no descarta el tema sueños y se concentra en los aborígenes australianos, su concepto de Dreamtime, la cosmogonía de un mundo que debe ser cantado anualmente para conservar existencia. Y es así como, sin querer, las arenas –movedizas o no– vuelven a representársele. Es la arena roja del corazón de Australia. Es la arena rosadorada del Sahara en Marruecos, esa que dicen canta cuando el Simud, grano por grano, va desplazando los gigantescos médanos, es la arena blanca donde el playboy dos coqueiros, como acabó llamándolo, se le acercó una tarde para llevarla a la fiesta de la noche bahiana. Es la arena de la que se desprende Sandman, el hombre de la bolsa que viene a tirarles unos mínimos granitos en los ojos a los chicos para que se duerman. Es. No señor, es la arena como terreno de lidia, la arena romana, donde también ella –acaba de descubrirlo– presentará batalla enfrentándose a cada uno de sus monstruos. Si puede, si se anima.

Entonces se mete en la bañera, ese tibio antro materno refugio de seguridad, y se pone a cavilar sobre el pánico que siente ante el tema de las cartas. Al fin y al cabo, reconoce, son apenas uno burdos pedazos de papel bastante mal escritos con historias quizá subiditas de tono pero tan poco originales. Ahora que entiende algo más de los oscuros vericuetos de la conducta humana sabe que las cartas son inofensivas aun en manos del amigo Bolek. Están descargadas puesto que el verdadero destinatario decidió desprenderse y alejarse de ellas para siempre, recortando toda mención del propio nombre.

En el agua tibia de la bañera ella puede permitirse flujos y reflujos del pensamiento sin sentirse amenazada, y dejándose estar, meditando como tantas veces con Raquel o con Vivian –y qué ganas de verlas, qué ganas de salirse del agua y chorreando alcanzar el teléfono para establecer contacto pero no. Ahora sólo transitar los caminos de quien apenas fija la mirada interior en la respiración y la sigue, dejándose llevar, como meciéndose en el columpio del propio aliento que entra y sale y hamaca; se le presenta una escena y la observa, nomás, haciendo lo que se recomienda en estos casos de meditación a ultranza, le pone su rótulo y le permite desarrollarse sin concederle peso alguno, y en este caso el rótulo dice Dialoguito en el Sex Shop y ya no es más ella la protagonista como en la carta que le mandó a F sino la espectadora de esa mínima epifanía, esa especie de satori que se dio en inglés en el sex shop de Amsterdam al que había acudido en busca de inspiración y los dioses le brindaron un regalo hecho de palabras porque entró la parejita joven y la muchacha tomó gracilmente entre sus

gráciles manos un par de bolas de metal del aproxima-
do tamaño de las pelotas de golf y preguntó para qué
servían y la vendedora con cortesía oficinesca de vendedora de tienda de artículos para el hogar o algo parecido le dijo Son las conocidas esferas japonesas, usted se
las inserta en la vagina, se hamaca en una mecedora columpio o lo que tenga en casa y le producen un orgasmo
en tres minutos. ¿Tres minutos?, se asombró/interesó la
muchacha. Sí, garantizado, en caso contrario le devolve-
mos el dinero, le contestó la vendedora sin el menor ru-
bor o sonrisa cómplice.

En la carta a F ella procedió a narrarle que compró
las bolas metálicas, esa misma noche se dirigió a una plaza de la ciudad para estrenarlas, el desconocido que me
hamaca no entiende por qué suspiro y me río tanto, sin
embargo se me pone de frente, yo me hamaco bien
abierta de piernas e intento ensartarlo, el resto de la carta ni vale la pena ser rememorado en la bañera y de golpe a ella la asalta, como un tren que se le viene encima
a toda marcha, la sensación de angustia, la enorme desolación de soledad que esas cartas representaron para
ella sobre todo al principio, en aquel primer gran viaje
cuando un pasaje abierto para dar la vuelta al mundo
—el sueño de su vida— inexorablemente la alejaba y alejaba del único punto del mundo que a ella podía importarle. Y en el agua del baño que se le va enfriando, su-
biéndose al tren para nada existente pero tan aquí y ahora,
llega a la verdadera arena que la espera desde el principio de este domingo cargado de arideces. Y se trata de
la arena del desolado páramo donde aquella que está so-

la sigue con su boca abierta en un grito mudo de dolor y esa es la Solari y también es ella y sabe que ella no puede ni debe acercársele. Sin embargo ha llegado el momento de ofrecer su consuelo a la que está sola. Pero no de matarla. Ella descubre que acompañarla significa aniquilar a la dama de la soledad, y ¿quién aniquilaría a quién en este caso? Abrazando a la Solari corre el riesgo de quedar para siempre sepultada en su cuerpo de soledad y desgarramiento. Por eso sabe sin entenderlo del todo que no debe ni acercarse a la Solari. Pero puede, eso sí, modificarle el páramo. Ella entonces, muy lentamente, se pone a arar con uñas imaginarias la desolación que circunda a la Solari y siembra imaginarias semillas y las riega y ahora debe esperar porque pronto le crecerán en derredor todo tipo de flores y si entonces la Solari sigue sintiéndose sola que se embrome, ella ha hecho lo posible, le ha dado sustento.

Ya puede abrir con ganas la canilla de agua caliente y al rato salir y secarse con toalla afelpada, dulce.

Algo está dispuesta a hacer y algo hará en el mundo externo para que el miedo a la soledad no le siga empañando la mirada.

Listas

Llaman sus amigos locales. No puede atenderlos, necesitaría escuchar el llamado de alguien más próximo a ella, más propio. La soledad la viene persiguiendo desde otras latitudes y hoy le muerde los talones.

Es así el mundo de la interpelación. La máquina contestadora le hace guiños en cuanto vuelve de la calle, el teléfono no deja de sonar, y no se siente en absoluto acompañada. Le haría falta un retiro monástico. Sabe que los teléfonos hoy y siempre han sido desenchufables, pero eso es pedirle demasiado. ¿Quién soy, se pregunta, quién sería si los amigos no me estuvieran convocando? La gente a mi alrededor. Los necesito. Me modelan, me molestan. Tengo que desenredar esta maraña.

Ella no querría guardar más secretos para nadie, pero antes debe saber a quién quiere contarle qué. Como tantas otras veces, hace una lista. Bastante sui generis, la pobre lista, porque acá no tiene tantos amigos pero reconoce que la variedad es vistosa y la amistad de cada uno de ellos enormemente enriquecedora.

- Bolek
- Vivian
- Gabriel
- Raquel, y su compañero José Luis
- Tim

147

- Jerome, por qué no
- Erica que podría sacar material para una nueva novela
- Ava, no olvidar a Ava

Ava ni me escucharía. Las historias escritas en las cartas le parecerían de una puerilidad patética, para no hablar de todo el resto. Raquel me aconsejaría que las marcas del pasado las deje donde pertenecen, en el pasado; yo podría recordarle que soy argentina y por lo tanto restañar heridas olvidándolas es precisamente lo que las autoridades pretenden de nosotros, que nuestro deber es nadar contra esa corriente, y de golpe me vería atrapada en mi propia trampa reconociendo heridas de veinte años atrás, todavía sangrantes.

Corte.

Pretende borrar estas cogitaciones retomando la lista:

Gabriel no quiere saber nada con mis historias. A Jerome lo descarto por inconstitucional para decirlo de alguna manera, y a Tim sí, a Tim se lo podría contar pero se ha mudado a miles de kilómetros de distancia y por teléfono no es lo mismo y vaya una a saber si tiene tiempo y disposición de ánimo para escucharme por teléfono, está demasiado enfrascado estudiando el modelo de conducta de los asesinos seriales.

Parece ser que hay algo en la química cerebral de estos personajes que falla. ¿Por qué son todos hombres?, le preguntó ella alguna vez. *Casi* todos hombres, contestó Tim; no creas que las mujeres se salvan, en realidad ustedes se salvan de muy poco, beautiful, le dijo.

Para demostrarle cuán en lo cierto está, ella siente que podría ahora descolgar el teléfono y espetarle su historia facundina de cabo a rabo, pero no cree que a Tim le interese demasiado. Eso no fue asesinato serial, fue muerte individual a cuentagotas.

¿Y Vivian? Sofisticada, compasiva Vivian, sería la confidente perfecta, pero a pesar de toda su discreción y dignidad ella no la siente capaz de guardar el secreto, de callar si Bolek la azuza. Y Bolek huele los secretos a distancia.

Vivian se rinde ante Bolek, lo ama y lo admira y sabe que él se merece todo, hasta merece que ella le acepte un amor carnalmente platónico. Eso que él es sensualidad viva, sobre todo con ella en este encuentro bizarro donde los cuerpos juegan un papel tan pero tan preponderante. Sin ir más lejos, la otra tarde Vivian y él fueron a visitar a la vieja Ruth Richards y se apersonaron desnudos, los dos, la ropa que se habían sacado en el palier prolijamente doblada en un bolso. Ruth naturalmente no hizo comentario alguno al respecto, tomó la naturaleza de sus bellos cuerpos desnudos con toda naturalidad, comentó eso sí lo bien que se los veía –no mencionó lo mucho– y procedió sin más a servirles el té con todos esos sandwichitos y bocaditos que tan bien prepara. Una delicia. Vivian y Bolek hicieron los honores con toda galanura, y salieron como habían llegado. Como habían llegado al mundo.

Vivian le describió a ella la escena con su sonrisa insinuada, feliz. La misma que usa para hablar del vaporoso traje de sílfide con alitas, del ballet Las Sílfides se entiende, regalo de una bailarina amiga. A menudo cuando está en lo de Bolek Vivian se pone el traje hasta para ir al supermercado. Quizá la evanescencia de los tules te proteja de una desnudez que puede resultarte amenazadora cuando estás a solas con Bolek, le sugirió ella... Nada de eso, contestó Vivian; dormimos o mejor dicho nos pasamos las noches en vela en la cama desnudos, abrazados. Se trata, trató Vivian de explicarle a ella, de un miedo a algo mucho más sutil que el miedo a la unión de los cuerpos. Nosotros dos alcanzamos verdadera intimidad en un intercambio que va muchísimo más allá de las caricias.

¿Intercambio de palabras?, inquirió ella con cierta trepidación porque la pelota picaba peligrosamente dentro de su área.

Bueno, intentó explicar Vivian; bueno, podríamos decir que con palabras tocamos un punto de silencio, y en lo nodicho de todo lo dicho (suena loco ¿no?), en lo nodicho de todo lo dicho, y la pucha que hay mucho dicho, se nos da el verdadero encuentro.

¿Y entonces le tenés miedo a qué, decime?

Quizá a que el chorro se corte y nunca más podamos seguir con este juego... O a que el juego nos lleve demasiado lejos.

Por estas confesiones ella sabe que Vivian es la única en todo New York que comprendería su historia con F, y hasta podría aclararle ciertas zonas de sombra, pero en Vivian late Bolek y a Bolek ella le tiene un respeto casi sagrado: siente que él la desnuda demasiado ante sus propios ojos –los de la misma Vivian–, la cala demasiado hondo. Ella también percibe un miedo latente en la relación con él, miedo a que Bolek se largue a galopar con furia por su frágil territorio emocional y se lo haga pomada. Tan sólo con la risa.

Por otra parte, piensa, ponerse a hacer confidencias aquí y ahora sería como estar pasando una vieja película en blanco y negro, toda rayada, cortada, hasta aburrida. Mejor resignarse al silencio. Y a la consiguiente tristeza.

De tripas corazón

Años atrás ella debió haber hecho de tripas corazón y haberse animado a contarle su vida oculta a la buena, querida, sólida Greta. Mientras era aún tiempo. Greta, que tenía un atisbo de la historia, solía llamar para invitarla o para reclamarle su presencia, y ella la rehuía con estúpidas excusas. Necesitaba evitarla a toda costa para no verse obligada a confesarle su casamiento secreto e inútil con el zorro, como Greta llamaba a F, zorro con minúscula según se encargaba de aclarar la misma Greta porque, decía, no se trataba de aludir al personaje vagamente legendario sino al simple cuadrúpedo al que la inicial del apellido hacía alusión: animal astuto, avieso y traicionero.

¿Qué supo o detectó Greta en aquel entonces? Ella ni quiso enterarse. Durante su ultimo año en BAires ella la evitó en lo posible, nunca nunca un encuentro a solas. Sabía que si Greta tan sólo llegara a mencionar al tal zorro con minúscula a ella le sería imposible contener una catarata de confesiones y de quejas. De todos modos no estaban las condiciones dadas, los tiempos exigían moverse rápido, meterse en otras honduras, tanto que hacer, buscarlo a Juancho que no aparecía por ninguna parte, rendir las ultimas materias antes de que la junta militar cerrara la facultad, desatender las conminaciones de F para que dejara los estudios. Poco tiempo tenía ella para Greta y sus romances épicos. Pero quizá también la evitaba por miedo a que la loca sensatez de su amiga mayor la alcanzara y entonces chau zorro con minúscula, y sus manos vacías.

Total que Greta solía llamarla reclamando su presencia y ella le decía Hoy no puedo, tengo parcial, o tengo una reunión impostergable en la facu, o me siento mal, o lo que fuera, y Greta insistiendo en verla y ella sintiéndose malamente traicionera más por el hecho de ocultarle a su amiga la información crucial sobre su vida íntima que por evitarla así, con excusas mal barajadas. Y llegó el día de la partida y Greta fue a despedirla y ella la notó flaca, demacrada, y lo atribuyó al agotamiento, a algún amante más fogoso que los anteriores, quizá a algún inesperado retorno o resurgimiento del milico retirado aquel a quien Greta cierta noche le dijo lo de las botas y el culo. El mismo incauto que en otra de esas apasionadas noches, había contado la susodicha, pidió tregua hasta el amanecer y entonces Greta le cantó la Marcha de San Lorenzo que como todo buen argentino sabe empieza diciendo *Febo asoma*. Aunque esas eran anécdotas previas al golpe, porque después Greta con muy buen criterio abandonó sus infatuaciones castrenses y volvió a juntarse con el gordo Solís, su enamorado de toda la vida a quien en su eterno afán zoológico –cuando no zoofílico– Greta llamaba Pointer porque el pobre sufría de vitíligo.

Con Solís se apersonó en casa de ella para despedirla en una tarde triste y lluviosa, y juntos ya no parecían la pareja de alegres pugs de sus mejores tiempos, y ella lejos estaba de tener el ánimo festivo de quien parte en magnifico viaje de trabajo y estudios y placer y locura a Oriente. Fue lastimoso. Muchos meses más tarde le escribió a Greta desde Java para disculparse por sus distanciamientos y puso como remitente la dirección de Barcelona que sería su base por un par de años. Y cuando por fin recaló en Barcelona se encontró con la infausta noticia en una carta firmada por Solís: Greta había muerto el 4 de agosto por la noche, un cáncer que la tenía a mal traer desde un año atrás aunque se negara a reconocerlo. Y dentro del sobre hecho de lágrimas de Solís, encontró la carta de ella cerrada porque según él esas palabras eran para Greta y Greta ya no estaba.

Y cerrado quedó así el secreto de ella, apenas insinuado en esas líneas. Hubiera querido contárselo todo a Greta pero sólo había esbozado una pista. Algo debí haberte dicho mientras estaba en BAires y no pude, decía la carta que tampoco podía decir gran cosa. Y en el fondo de un bolso ella guardó la carta cerrada para Greta como guardó en alguna parte de su corazón cerrado, sin volver a mencionarlo jamás, el nombre del ausente que llenaba entonces los días de su vida.

Por primera vez sintió sensación de exilio. Ya no podría volver. Y no sólo a causa del insalubre F, no. Todo Buenos Aires se había vuelto ominoso.

Quizá, recuerda haber pensado entonces, F tenía razón cuando la instaba a dejar la carrera. Yo te protejo, le decía él, dejá todo y yo me ocupo de vos, decía, para eso soy tu marido, para hacerte las cosas: a ver, abrí la boca que te doy la comidita, cerrá los ojos que voy a ser bueno con vos si te portás muy bien.

No quiero, no quiero, se desesperaba ella entonces, y él reía. Se reía mucho de ella, es cierto, pero muy poco de sus bromas.

La mujer es la tierra viviente, solía decir F en sus momentos inspirados; la mujer está en el mundo para nutrir al guerrero, para darle el descanso que merece, para ofrecerle su calor y su hombro quieto.

¿Y el hombre?, le preguntaba ella; vos, por ejemplo ¿para qué estás?

Yo estoy para defenderte cuando ataque el enemigo, contestaba F sin que se le moviera un pelo.

Lágrimas

Lágrimas. Las está convocando sin demasiado éxito. En el aquí y ahora de Manhattan necesita que se le escurran de los ojos, se deslicen, deslíen, para ir desligando todo lo que está atado y la retiene. Como el lastre en un globo, las lágrimas no lloradas le pesan y le impiden retomar altura.

Altura donde inevitablemente estará sola. ¿Será por eso que se resiste al llanto?

Lágrimas petrificadas, coaguladas, añejas lágrimas secas parecerían retenerla en tierra. Duelen. Es lo peor. Le duelen de físico dolor de espalda, de cuello, de contracturas varias trepándole a la cabeza.

Soy un árbol y su copa sufre.

Estuvo por decir –no quiso–: soy un árbol de sufriente copa. No es cierto. Esta copa a veces se retoba, se sacude hasta echar lejos de sí las hojas muertas.

Mucho bien le harían las lágrimas a esta copa de árbol desbordante a veces y no siempre de pena. De felicidad, a veces. Retomar ese cauce.

Sondear en el recuerdo la deja desprotegida. Desnuda. Los Dogon de Mali dicen que el hombre desnudo no tiene lenguaje. La idea la desespera. El lenguaje es su verdadero amante. Los Dogon están desnudos cuando no lucen tatuajes o escarificaciones rituales. Las cicatrices de ella no se ven pero igual son rituales y marcan sus períodos de iniciación y de pasaje. Hoy no tiene nada que hacer, nada quiere hacer en este domingo muerto. Como en otros momentos más compartidos, toma los marcadores y en esta oportunidad se dibuja en el cuerpo las mismas incisiones que siente en el alma. Las hace de colores, costurones festivos: son heridas de guerra, como dijo Greta tantos años atrás al mostrarle su tajo de dolor bajo la teta izquierda.

Greta murió a partir de esas cicatrices, yo voy a sobrevivir porque las mías por ahora son sólo dibujadas.

As de pic

Suena una vez más el teléfono. Ella lo contempla y le dice soná nomás, yo necesito llorar tranquila, necesito poner mis ideas en orden y no andar metiéndome a cada rato en nuevas circunstancias.

Decide prepararse un café o mejor cortar una rebanada de salame o cualquier cosa para llevarse a la boca, lo que sea que la haga sentir acompañada. Acompañada por unos kilitos de más, se reprocha al instante, y entonces en lugar de abrir la heladera levanta por fin el tubo.

Lo bien que hubiera hecho en contenerse –lo percibe al instante– porque con voz del fondo de la cueva, con culpa latiendo en cada pausa, la saluda Joe. Joe, sí, el mismo de sus desvelos quinceañeros de nueve, diez meses atrás porque el último mes con él no debería computarse en la cuenta de existencia alguna. Ella está consciente de cuánto intentó guardar los momentos dulces que pasaron juntos, desligándose del caos de emociones y el magma de sufrimientos varios en que se convirtieron los últimos días con él y que ahora, con el tubo del teléfono en la mano, vuelven a asaltarla como si hubiera sido ayer.

Me dijiste que si me metía en algo pesado no te llamara más, le recuerda Joe desde el otro lado del hilo –lejos, lejos. Bueno me metí, fue sin querer, casi sin darme cuenta, pero me metí de nuevo en la heroína después de tantos años de andar limpio, imaginate, y ahora estoy saliendo una vez más, desesperadamente una vez más, vos sabés lo duro que es esto pero yo soy un duro y estoy saliendo y necesito verte, me pediste que no te llamara nunca más si, bueno, pero ahora te estoy llamando porque. Entendeme. Fuiste la única que siempre me entendió.

¿Y ella qué hace? Ella sin pensarlo acepta, dice que sí, que tratará de entenderlo aunque le cueste, y él promete o mejor dicho amenaza con venir a visitarla el miércoles próximo.

Al colgar queda pegada a esa voz.

Joe, rememora ella.

Hubo días cuando, en sentido real o figurado, lo buscó con furia. Lo buscó hasta en los carteles que podrían estar buscándolo, vivo o muerto. Pero no era él. Nunca era él el buscado, aunque una que otra vez el del cartel se le parecía. En esos casos se trata en general de retratos compuestos en base a las descripciones de testigos, y ella llegó a pensar que los testigos lo verían a él en otros rostros. Cuánto error, comprendió. Nunca otros rostros podían ser ese rostro de Joe, nunca sus pómulos tan altos o sus ojos tan inmensamente alargados, cometiendo los actos más atroces.

Pero la promesa de actos atroces está implícita en Joe y lo hace irresistible por efímero. Un solo paso más y se desbarrancaría en el abismo.

La última vez que se vieron lo conminó diciéndole: si llegás a, no me vuelvas a ver, no vuelvas a llamarme nunca más.

Y por meses y meses no escuchó su voz y pensó todo

lo peor dadas las circunstancias, y también pensó que se había olvidado de ella. Cosa improbable porque son absolutamente diferentes, opuestos, y es esta oposición que los imanta.

Hasta el día de la fecha, cuando Joe llama contrito y ella acepta acogerlo –espera que no tanto, no tanto– una vez más en su seno.

Joe es una respuesta a sus anhelos y ahora se asusta.

Porque un buen día ella entendió eso de los carteles y captó la alusión implícita. Porque en este país los carteles dicen Por tráfico de drogas, por robo, por ataque a mano armada, por intimidación y secuestro, o por atraco. Pero como lo dicen en inglés, en las letras gigantes nunca puede leerse SE BUSCA sino WANTED. Y wanted también significa querido, requerido, ansiado, deseado, necesario.

Por eso en noches de desesperante soledad se le ocurrió la peregrina idea de salir a su vez a pegar carteles. ¿SE BUSCA? No. SE REQUIERE. Vivo o Vivo. Y entero, y sanito. Ileso. Sin el más mínimo tajo en la frente, sin un ojo en compota, sin algún hueso roto o las tripas al aire. En buen estado de funcionamiento.

Pensó que sería preferible para ella no buscarlo por los sitios infames frecuentados por él. Joe siempre le describió los peligros del Bronx y ella no tenía por qué ir a meterse de cabeza en aquellos peligros conocidos. Debía buscarse nuevos. No meterse en la vida de Joe sino armarse ella misma una vida propia, pesada, densa, para estar a su altura.

Un poco por eso y otro poco sin querer fue que la buscó a Ava. Joe nunca la conoció, ni jamás debió imaginar que ella pudiera frecuentar un personaje al estilo de Ava. Por eso mismo ella se acercó a Ava, sin confesárselo, como quien quiere encontrarlo a Joe allí donde era imposible que estuviese.

Los peligros propiciados por Ava son de cartón pintado, son como instalaciones en un museo no de Arte Moderno sino en un museo apenas viviente de Degradación Inocua. Joe en cambio no busca el espanto del lado seguro de las cosas. Joe lleva su vida a extremos, él consume las drogas y ella cree ser la alucinada. Quizá él llegue a ser la mano ejecutora pero el aguijón está clavado en ella. El estigma. ¿Acaso será así el verdadero compartir?, se preguntó ella a menudo en las sofocantes noches de búsqueda in situ.

Para contestarse a esta y tantas otras preguntas se pone ahora a buscar fotos que lo representen a Joe de frente y de perfil, como se estila, pero sólo encuentra la última serie de fotos que ella misma le tomó, y en todas aparece con máscara. Interesante variedad de máscaras, cuerpo desnudo mucho más interesante aún, si cabe. Llamarada. En una foto lo ve –una vez más las tiene frente a ella– como felino monstruoso de bigotes hirsutos, y no sólo los colmillos lucen enhiestos. En la siguiente foto es un felino apanterado más acorde con su cuerpo oscuro y en este caso lánguido. En otras es un viejo narigón de larga barba, una bella oriental hermafrodita, es el dios Tezcatlipoca espejo humeante de ojos refractarios. Es otro dios de la piedad y el miedo. Joe es exactamente quien es con cualquiera de estas máscaras, pero no habría forma de lograr que se lo identifique.

161

Sólo ella puede, así enmascarado, reconocerlo para sí y retenerlo.

Lo quiso. Hoy preferiría no quererlo.

Sabe que él es quien ella quisiera ver en él sin admitirlo, transformándolo siempre. Por eso mismo siempre lo fotografió con máscaras. A veces fue una mansa vaca azul con lengua de trapo –y ella no ignora que la lengua en las máscaras representa el espíritu; también sabe de la lengua de Joe y las delicias. Aquí de nuevo está desnudo con la máscara negra de larguísima nariz como serpiente y su otra serpiente por demás prometedora. Aquí tiene puesta la máscara de chala de los indios Iroquois, que sirve para atraer los sueños. Y ella olvidada ya de tantas otras ansiedades sospecha que sus propios sueños quedaron ahí agazapados y sólo podrán volar de nuevo cuando él vuelva a sacarse las máscaras.

Prestame una máscara.

A Joe, a cara descubierta, se le estampaban en los ojos mis sueños que tienen la indefinible coloración de mi deseo. Ante él logré por fin enfrentarme a mi deseo, ¿dónde habrá quedado F en todo esto?

Joe tiene la piel oscura. Con él por momentos ella logró sentirse amada y bondadosa, como si él usara la máscara de Rangda y ella fuera Barong. En una inversión de géneros ella fue Barong el dragón bienhechor, aquel que no tiene ni fuerza ni existencia sin la fuerza y existencia de la bruja Rangda. Sus poderes se oponen: Rangda amenaza y mata al menor descuido, Barong protege y resucita. Luchan y se complementan y ambos son igualmente sagrados porque en la necesaria lucha logran integrarse.

Pero es sabido que sin Rangda, Barong no sirve para nada, no existe.

¿Existiré sin F?, se cuestiona ella. ¿He existido acaso, en todo este tiempo sin siquiera el nombre fatídico de F?

Con Joe la lucha no solía ser antagónica, era un enfrentamiento cuerpo a cuerpo sin asomo de agresión. Delicuescente.

Con F se produjo un encuentro mucho menos directo. En cambio con Joe: full contact, él se licuaba en ella, ella se licuaba en él y después solían retomar la lucha sin cuartel aferrándose a lo poco propio que les iba quedando. Sólo así lograban recuperar el estado sólido, distanciado.

Con F nada de eso.

Y ahora Joe del todo sólido, ajeno, parecería querer estar de regreso, cubierto de pinchazos, justo cuando ella ha logrado no esperarlo más. Cuando F se le ha colado en la memoria obturándole la mira.

Una vida tan rica, la de ella... ¿Cómo hará para defenderse?, se pregunta.

Vivian

No despertar al perro que duerme, dice el viejo refrán o aconseja. Ella más que perro aislado percibe toda una jauría parando ya la oreja, respirando de manera más intensa porque el sueño empieza a evaporarse. Se van a despertar solitos, estos perros interiores, y ni quiere imaginarse el zafarrancho. Por eso decide ir por partes en estos días previos al retorno de Joe. Se va lamiendo heridas y trata de prepararse para nuevos desconciertos.

Se citó con Vivian en el *Omen* a la salida de clase. Son las diez y media de la noche –ella dicta clases nocturnas. Con Vivian, ya que están en su restaurante japonés favorito del SoHo, toman sake frío en cajitas de madera con algo de sal gruesa en el ángulo y una raja de pepino.

Vivian luce espléndida como siempre. Se entiende que Bolek esté enamorado de ella, a su manera pero firme en su constancia, mucho más constante y convencido que con cualquiera de los señores formales o no que ha tenido a lo largo de este tiempo. No que él ande navegando las ambiguas aguas de la bisexualidad, como otros, él es gay con todas las de la ley y valga la rima, aunque no se le note para nada, aunque logre confundir hasta a sus pares más pintados porque si bien no lo oculta de palabra, en actitud y voz y atuendo y modos es viril como el que más. Pero es sabido que en sus treinta años largos dos mujeres lograron enamorarlo –porque ambas tenían estilo, sobre todo por eso. La segunda de dichas mujeres ha llegado al *Omen* enfundada en un maravilloso frac gris perla que había sido de su tío el londinense. Le queda a la perfección porque es longilínea y un poco hierática. Tres noches atrás Bolek la maquilló para ir al teatro. Con ellos fue todo el grupo, Gabriel y Raquel y ella y tutti quanti, a escuchar los tambores de Kodo, ritmo samurai, se ve que andan de ánimo nipón en estos últimos días. Y en el *Omen*, mirándola a Vivian durante el silencio que siempre se produce cuando alguien se prepara para hablar de los asuntos del corazón, ella añora el maquillaje que Bolek le hizo a Vivian entonces: el pelo lacio anudado en la coronilla con un palito laqueado, muy oriental por cierto, y la cara blanca de albayalde casi como los actores butoh y, oh sorpresa, una leve sombra sobre el labio superior como insinuación de bigote. Vivian estaba bellísima e inquietante. Reían mucho con Bolek y era envidiable: juntos inventan una nueva forma de arte que se va modificando a cada paso.

En el fondo es una suerte que esta noche no haya ni el menor atisbo de bigote o de maquillaje blanco. De otra manera, seguro se ponían a hablar de la fascinante fascinación que la obsesiona a Vivian a pesar de ser gerente de una banca internacional en su rutina diurna, pero eso también forma parte del teatro. En realidad Vivian persigue el arte a cada instante de la vida, como los actores butoh, como los tamboreros Kodo. Fíjate, le dice a ella; todos los días, pero todos todos los días de su vida durante veinte años, Hijikata Tohoku sacaba su pequeño tambor y le iba nombrando emociones o movimientos del espíritu para que Yoko Ashikawa los interpretarse.

Vivian también, durante las comidas con Bolek o quizá despertándolo en medio de la noche, nombra alguna emoción inesperada y él la interpreta. Conforman una pareja perfecta. Intentan una práctica constante, una vida dedicada a dibujar con movimiento lo que está agazapado en los ignotos repliegues del ser. Eso busco, dice Vivian en sus momentos más lúcidos; pero de otra manera, dice. De ahí la idea de buscar un lenguaje, de ahí el amor, tantas veces el amor y en forma tan diversa –aunque de amor casi nadie hable en este grupito humano y menos Vivian, que siempre fue tan reservada. Hasta la aparición de Bolek.

Bolek le destrabó la lengua y le encauzó las ansias de moverse. Fue Vivian quien los impulsó la otra noche hasta los tambores Kodo, porque había leído que estos tamboreros japoneses vivían en comunidad en la pequeña isla de Sado a cuarenta kilómetros de la isla mayor, compenetrándose con la naturaleza, meditando y entrenándose mañana tarde y noche para tocar los gigantescos tambores, a veces desde la imposible posición supina como dicta la milenaria tradición.

Necesito un lenguaje, hay cosas que me pasan por la mente, por el cuerpo, manifestaciones, intenciones, y no logro expresarlas, solía quejarse Vivian la muy hierática. Es un holograma de Garbo, la definió Raquel alguna vez, y un poquitito holográfica parecía hasta que vino Bolek y le dio carnadura. Le dio un lenguaje. Ella ahora se siente feliz de haberlos presentado, aunque más de una vez temió perderlos a ambos porque durante largos días y noches no logra comunicarme ni con la una ni con el otro. Estarán sumidos, Vivian y Bolek, en esa otra forma de comunicación hecha de imparable verborragia que no los deja dormir pero también les evita concentrarse en aquello que no logran consumar.

Últimamente la tendencia nipona los vuelve austeros. Por su parte a ella lo japonés, más allá del sake y el sashimi con bastante wasabi y salsa de soja, la descoloca. Entiende la belleza de un jardín de agua quieta o de algún espectáculo emparentado con el eterno y fantasmagórico teatro Noh, pero nunca investigó esta cultura aunque tiene aspectos alucinantes, le explica a Vivian. El concepto de Ma, por ejemplo, esa idea del hiato, del espacio digamos sagrado entre dos momentos como el trayecto de los palitos que van del bowl de arroz a la boca, el puente invisible, esas cosas, dice ella.

Y le habla y le habla a Vivian para a su vez tender un puente de palabras.

Necesitaría desesperadamente contar, y como aún no puede encontrar fuerzas para pronunciar en voz alta el nombre de F, el nombre F del misterio en su vida, al menos intenta contarle a Vivian sobre la inminente llegada de Joe. Pasado mañana aparece, le dice; no voy a resistir la tentación, no me voy a poder contener. Ella busca contención sin poder confesárselo y anda dando rodeos.

Ya cumplí cuarenta años, es el colmo, le dice a su amiga. Lo de Joe fue así, él me cortejaba de esa manera indirecta y algo aviesa que tiene, vos lo viste.

Lo vi. Es muy bello

Sí, eso es lo malo. Venía con cualquier excusa a visitarme, daba vueltas, hablaba poco pero se iba quedando, me mostraba alguna de sus fotografías, traía como no queriendo su portafolios de fotos y ahí lo dejaba, dice que olvidado. No soy fotógrafo, decía, y a mí me importaba muy poco lo que fuera porque era ese cuerpo como de animal al acecho. Peligroso, se podía pensar de sólo verlo, y yo me hacía la desentendida aunque él muy tímidamente estiraba una mano y al rato con cualquier excusa idiota se iba de casa hecho una furia. Hay que ver lo tímido que era para tipo tan aguerrido. Y era delicado. Hasta que un día como al descuido me tiró su análisis de HIV sobre al mesa ratona. Pedí que anotaran bien mi nombre y apellido, para que no te quedaran dudas, me aclaró, imaginate vos. Y yo agradezco a los dioses que no me hayan quedado dudas porque fue lo más glorioso que tuve entre las sábanas, pero ahora estoy aterrada.

¿Por?

Porque va a volver después de otra de sus correrías y por más certificado que traiga ya no sirve de nada. El tiempo de incubación, lo tengo en cuenta. Y si me toca la punta de los dedos no voy a poder resistir y ahí nomás voy a caer rendida. Y es el cuerpo más sublime que ha visitado mi cuerpo, el pito con la curva más perfecta. Los hombres serán un desastre pero están tan bien hechos, solía suspirar Greta en sus momentos de inspiración, y Joe es lo más bien hecho que me ha tocado en suerte.

Más de una vez pensé que me podía matar, le confiesa a Vivian; pero con algo más vistoso y rápido que el contagio. Contagio decididamente no quiero.

Usá preservativo.

Olvídate. Nuestra actividad trasciende el mero preservativo, si entendés lo que te quiero decir.

Entiendo, alás! Te paso el consejo que me dieron alguna vez: ponte traje de neoprene, el preservativo integral.

Ante tamaño consejo las dos amigas se largan a reír al mismo tiempo. Ríen tan fuerte y tanto, pero tanto tanto, que un hombre encaminado hacia otra mesa se acerca a la de ellas y pregunta si puede sentarse. Esto parece muy divertido déjenme compartir, explica.

Ambas sacuden la cabeza en señal de no, no, pero están riendo con tan estrepitosas carcajadas que parece sí, sí, y el desconocido arrima una silla y se sienta nomás a la espera de algo mientras a ellas se les saltan lágrimas de tanta risa pero al ratito nomás las lágrimas las devuelven a lo otro y entonces casi al unísono quedan las dos como exhaustas, ahítas, y las lágrimas siguen corriéndoles por las mejillas con carga bien distinta, develando su verdad.

El desconocido entonces se levanta de la mesa. I'm sorry, se disculpa.

Ellas no lamentan la pérdida. Ellas se miran y miran hasta que Vivian logra juntar fuerzas para decir:

Con Bolek no tengo estos miedos, si alguna vez me agarro la peste, te aseguro que no habrá sido él quien me la pasó.

Preferirías el riesgo. Vivere pericolosamente...

Eso no. Me gustaría un mayor acercamiento físico pero no importa, tenemos todo lo otro y es muchísimo.

169

Sombras nada más

Alguien a quien ella acusó de aspirar a vivir peligrosamente le retrucó con un sueño de vivir artísticamente,
cosa mucho más estimulante y no menos riesgosa. Le gusta, a ella le atrae la idea de aceptar el reto de hurgar por
ese lado. No puede. Sí puede; poder puede, claro, bastaría con quererlo.

¡Estoy en New York!, grita.

Nadie la oye, nadie la oye, nadie la oye. Pero todos lo
intentan, están alertas, tienen las orejas paradas como
animales de presa. Son una manada de lobos. Para esca-
parles ella se repliega en su departamento con vista al
antiguo cementerio. A tres pisos de altura, pero qué tres
pisos –la vieja y pequeña casa de departamentos de escalera destartalada tiene techos altísimos–, ella se asoma a
la larga ventana de la cocina y ve las tumbas ahí abajo,
dispuestas en túmulos casi como canteros de piedra bola. A veces le dan ganas de saltar y hundirse en esa tierra
siempre húmeda bajo los enormes árboles, y dejarse cu-
brir por un manto de hojas.

En primavera los árboles tienen unas pequeñas flores
blancas apenas visibles, de perfume sexual, olor a semen fres-
co parecido al de los castaños de París. La primera vez que
ella abrió esta misma ventana y la traspasó el olor creyó morir de una muerte muy dulce, de delicuescente orgasmo.

170

Sombras nada más, tararea una y otra vez, pero sólo se acuerda de esa primera frase musical. Tendría que zarpar en busca del maldito bolero para entrar en tema. Sombras nada más. Se le están dando con furia. Salir entonces a buscar el compact, salir a buscar la luz huyendo de las sombras... ¡Pero basta de salir, siempre salir en pos de lo inasible!, se conmina. Es la historia de su vida, la de los eternos viajes. Lo sabe. Alguien se lo reprochó hace poco, soy una mujer sencilla pero muy movediza, le contestó ella, algún defecto tenía que tener, añadió como disculpándose.

Soy movediza –insiste– en el sentido del estar siempre a un costado de mí, de buscarme a lo lejos. No soy de esas movedizas de punto fijo que me dan pavura. Esas andan como hormiguitas arreglando la casa a toda velocidad, constantemente, como la madre de aquella amiga de mi adolescencia. Cuando mi amiga no volvía antes de la medianoche, esa madre se ponía desesperadamente a limpiar, ordenando todo y lustrando con furia, preparando la casa para el posible velorio.

Miedos.

La amiga, cuando por fin aparecía, con vida, a eso de las cinco de la mañana no se sentía culpable en absoluto, simplemente se calaba los anteojos oscuros para no lastimarse las pupilas con tanta reluciente superficie y se metía en la cama. A morirse. De agotamiento y de felicidad, no de muerte.

Aquella madre cultivaba el miedo como una planta exigente.

Ella también anduvo cultivando miedo en su época.

Y una vez más en este New York tan propicio se descubre regando la maceta. Como un estimulante. Como un afrodisíaco ahora que Joe está al caer. Pretende entonces salir corriendo a buscar algo, cualquier cosa, el compact que escuchará sólo una vez o algún libro-consuelo como le ocurre buscar en circunstancias de esta envergadura. Verga dura, se dice, de eso se trata. Consuelo, se dice, también, y como quien se ríe de sí misma se tira al suelo y dice acá debo quedarme a dejar que todo transcurra para que llegado el momento no ocurra nada. Al libro-consuelo se lo imagina, debe ser un tratado de máscaras, es lo que más le entusiasma, mañana viene Joe y voy a ser otra que no quiero ser, la muy tentada, ya no tengo que escribirle a nadie tentaciones, tengo que cuidarme, el libro será de máscaras Dan, de la sociedad secreta cuyo única misión es aterrar a las mujeres. Aterrarme es lo que hacía F y cómo lo quería, yo. Aterrarme me aterrará Joe pero a posteriori, ante el hecho consumado, cuando no haya marcha atrás posible.

Quiere ir a buscar el libro de los Dan que vio el otro día en la librería *East/West*, era caro pero lo necesita, ahora, o más bien necesita salir con algún propósito.

No. Stay put, se conmina usando una frase local. Stay put, pero no puta, agrega.

Sostener el miedo, en este caso, sostener lo que fuere, no salir escapando a mil por hora.

Una teoría afirma que las máscaras las inventaron las mujeres para distraer a la tribu, pero más tarde los hombres se apropiaron de las máscaras y escaparon al monte donde con ramas y dientes y pelos de las bestias las

volvieron terroríficas. Después se calaron las transforma-
das máscaras y tomaron por asalto el caserío, aterrando
a las mujeres hasta someterlas.

Joe sin máscara no vendrá a aterrarla, todo lo contrario, y sin embargo Joe siempre está como desnudo aun
con ropa. El cuerpo es el ropaje del alma, dice Vivian que
dice Akaji Maro.

¡Muecas Butoh!, se da ella la orden. Desesperación, se
ordena, angustia, se grita para dentro, enojo, furia, rechazo, va gritando a los gritos para dentro mientras las muecas se hacen más y más horribles, al menos eso cree, eso
espera, mientras se pone bizca y frunce toda la cara y
abre enorme la boca y saca la lengua y suelta la voz, como solía decirle dóctor Cayenne en otras épocas. Suelte
la voz, le indicaba hasta hacerla gritar pero ella no quería, quería seguir siendo la misma contenida de siempre.

Hoy no. Mañana será otro día. Tirada sobre el piso
abre los brazos en cruz y grita a todo pulmón. Sabe que
nadie en esta ciudad de seres que hablan solos y de desaforados ululantes se va a alarmar por un grito más o
menos. Sus vecinos la seguirán saludando amablemente
como siempre y le dirán como siempre Have a good day,
y ella teniendo hoy este día de mierda con los brazos en
cruz sintiéndose Ana Mendieta, la que estampó su cuerpo en la arena, en la nieve, en el lodo, formas del body
art o del sello corporal y del minimalismo hasta que cierto día no tan lejano lo estampó en el asfalto de una vez
para siempre. Eso sí que se llama poner el cuerpo donde está tu arte, le comentará ella a Vivian en la primera
oportunidad que se presente. Y sabe que su amiga le va

a decir que Ana Mendieta no lo puso, al cuerpo, que se lo pusieron, más exactamente se lo puso el marido que la tiró por la ventana según se comenta. Y para colmo se lo dirá con cierta delectación, con un remoto tono de expectativa en la voz, y ella sabrá que Vivian en algún repliegue del oscuro deseo espera algo parecido de Bolek, si no quizá tan drástico, al menos tan al borde del peligro.

Hasta aquí llegamos.

Hasta aquí sufrimos.

Entonces con el pie izquierdo ella enreda el cable del teléfono que está sobre la mesita baja, lo hace caer y lo atrae hasta su mano. La memoria le devuelve el número de dóctor Cayenne, sorprendente y nunca bien ponderado dóctor Cayenne; lo llama y le deja un mensaje para que por favor se comunique con ella lo antes posible y, lo que es más, venga a verla en algún momento entre esta noche y mañana antes de las seis de la tarde.

A Cayenne todos le dicen dóctor porque así se hace llamar él, no porque necesite o tenga título alguno. Porque cura. Y se llama Cayenne quizá porque es picante y porque su receta habitual es la pimienta de Cayena que también cura y devuelve la energía perdida.

Y dóctor Cayenne vendrá y ella entonces podrá encontrar una forma de sosiego porque manos negras tocarán su cuerpo desnudo por debajo de una sábana, y le harán caricias llamadas masaje, y ella podrá volver a soñar el sueño que cierta lejana vez le narró a F como historia real, sí, y podrá si tiene suerte ir recuperando la memoria de aquella vieja carta humedecida con tantos humores de esos hoy peligrosos, los fluidos corporales que en lo humanamente posible evitará derramar con Joe, y sobre todo absorber de Joe, mañana, cuando él venga por la noche a visitarla.

La memoria de la carta

Los fluidos corporales de la revolución francesa, se llamó la muestra que Bolek presentó en las cinco enormes vidrieras de la Gray Gallery, perteneciente a la universidad donde ella enseña. Los galeristas propusieron la segunda parte del título del proyecto, y, como resulta fácil deducir, el artista incorporó la primera. Con vendas –su tema recurrente– y largas cánulas transparentes de plástico y aparatos como de transfusión o enemas y bombas de agua y maderas y todo lo necesario para crear sus instalaciones, Bolek hizo circular con aguas rojas, azules o blancas la sangre de Robespierre, las lágrimas de Danton, el sudor de Camille, la saliva de Saint Juste, el semen de Marat. Habla muy a favor de la venerable institución que la contrata a ella que la muestra haya tenido el despliegue que se merecía.

Habla en detrimento de su capacidad de concentración el hecho de que ella ahora se ponga a buscar catálogo y fotos de la tal muestra en lugar de encargarse de cerrar todos sus poros y sus emociones ante el inminente retorno de Joe, esa tentación ambulante, el hombre que de sólo rozarlo con el pensamiento le hace correr destellos de luz por todo el cuerpo

¿Sentí esto mismo alguna vez con F? ¿Era esta misma sensación, esta festiva efervescencia de la sangre la que

176

me empujaba a él y me mantenía a su lado a pesar de sospecharlo avieso o torvo?

Ahora no puede entender cómo es esto de las sensaciones, las emociones borrándose con el paso del tiempo. Hay veces, días, años, que nos sentimos como tierra arrasada. Desoladores vientos huracanados nos soplan la leve capa de humus que nos recubre y nos dejan primero en carne viva, después con los huesos pulidos y por fin nada, como si nunca más cupiera la posibilidad de que alguna emoción, algún amor nos crezca.

Mi damita, solía decirle F en sus mejores momentos y después la mandaba por los andurriales de la ciudad a enlodarse para él, exigiéndole el tributo oral de lo inconfesable. Y ella, la damita que fue en aquel entonces, acataba una forma que hoy podríamos llamar virtual de la orden y por los andurriales andaba, sí, esa ha sido siempre su vocación desde muy joven, pero sin dejarse contaminar. Para contaminarse se bastaba sola, inventando a pedido de su secreto esposo historias cada vez más jugosamente envilecedoras, sin preguntarse por qué, sin siquiera entrar de lleno en su propio deseo.

Sucia se sentía entonces por imperativo del deseo ajeno. Sucia no por suciedad real sino por falta de discernimiento.

Debe ahora aceptar su parte de responsabilidad, la participación que supo tocarle en aquel juego, porque eso de los andurriales lo aportó ella, se metió por ahí como quien se sumerge en un baño del todo agradable aun sabiendo que el agua puede estar electrizada. El impulso de pasearse por los arrabales del mundo, lo más bajo de los bajos fondos, es uno de sus impulsos más profundos. Primario, primordial, nacido justo allí donde el ser es sólo una pasta amorfa confundiéndose con los desechos cloacales y el magma incandescente del centro de la tierra. Un imán son los submundos para ella, pero no suele transitarlos con los cinco sentidos, apenas con la vista. Mira, observa, avanza sin involucrarse en absoluto. Se sumerge en las zonas más pringosas y vuelve a emerger con su coraza intacta. No logra discernir si esto es un mérito o es pecado mayor de indiferencia.

F pretendió meterla de cuerpo entero en lo abyecto y ella logró meterse en esa otra forma de abyección que es la mentira. Una representación. Un simulacro.

No se enorgullece por eso.

No podía saber entonces que el engaño también nos define. Más que nada nos define, el engaño. Empezando por el hecho incriminatorio de asumirlo como propio.

Ella, que creyó transitar los bajos fondos con coraza de invisibilidad, de no-ingerencia, terminó sin querer estampándole a la coraza imágenes obscenas que lucían su viva imagen. Todo por mantenerse al lado o cerca o de alguna manera conectada con el hombre que la llamaba su damita y sin solución de continuidad se encargaba de arrancar de propia mano lo poco de dama que había en ella.

Sentía –siente– una deleitosa sensación de vértigo cuando incursiona en los reductos envilecidos de las grandes ciudades dispuesta a husmear sus intestinos.

Cuidado, suele recomendarse en estos casos, cuidado, soy antropóloga y no socióloga. Como si el seguir avanzando sola en medio de la noche por callejones dejados de la mano de Dios respondiera a una necesidad profesional y no a una innegable compulsión de desastre.

No por autodestructiva lo hace. No. Lo hace por curiosa. Necesita ver qué oculta aquel abismo oscuro, qué hay detrás de ese recodo que parece ominoso. Por el puerto de Buenos Aires avanzó en las noches facundinas, años más tarde lo hizo por el barrio chino en Barcelona, el cais do porto en Bahia, el Bowery acá en New York. Dondequiera que pueda esconderse alguna infamia.

Como quien cree acceder así a una forma de conocimiento.

Debe reconocer no sin cierta vergüenza que ha logrado salir de esas incursiones casi sin un rasguño. Quizá la sensación de estar haciendo trampa haya sido precisamente lo que la llevó a escribir las cartas de la mentira, del ardoroso involucramiento.

Pero todos sabemos de la cuota de verdad latente en la mentira.

Y ahora le toca encarar un nuevo camino hacia lo desconocido y hasta peligroso, camino tanto más íntimo y no menos resbaladizo: a tientas por los propios andurriales interiores. Quisiera poder lograrlo y no, no quiere, no puede. O sí. Siempre hay un suplemento.

Dóctor Cayenne acaba de llegar, interrumpiendo tanta cogitación estéril. En realidad Cayenne no interrumpe, exacerba. Y para colmo pesca las ondas que andan flotando por ahí, por eso en este mismo instante le da a ella una consigna, casi una orden: Borra tu historia personal, todo empieza de nuevo cada día, no se debe arrastrar el lastre del pasado, le dice, y ella sabe que hasta ahí no lo va a poder seguir.

Se desviste púdicamente en el baño mientras él prepara en el piso una bolsa de sábanas que tiene algo de mortaja.

Ahora dóctor Cayenne le está dando su masaje restitutivo. Por encima de las sábanas sus manos se pasean por su cuerpo devolviéndole una armonía que ella suele perder por intensas contracturas mentales.

Al irse descontracturando, en lugar de borrar, recupera.

Recupera la memoria titilante de unas manos también negras, también largas y suaves pero asaz más jóvenes y proclives a la lascivia, que imaginó y escribió y ensobró y envió por vía aérea muchos muchísimos años antes de conocer la existencia de este brujo benéfico de las Bahamas.

Está en *Plato's Retreat*, ese cogedero público. Quiere dar otra vuelta de página a su libro de submundos, pero la iluminación del lugar la desconcierta. Es directa y rosada, a la vez tamizada e intensa, no engendra sombras y los actos de sombra lucen allí la diafanidad de la vida.

Las manos de Cayenne van oprimiendo los puntos más sensibles de sus piernas. Ella se ha tapado la cara. Tendría que concentrarse en su respiración o repetir un mantra. Sin embargo retoma el recuerdo de las manos narradas, tan reales como si las hubiera vivido de verdad, esas que en aquel *Plato's Retreart* de sus fantasmas se sumergieron allí donde las del doctor Cayenne no llegarán jamás.

Lo escribió con lujo de detalles que ahora no puede recuperar ni le interesa, sólo el momento aquel cuando en la historia por ella narrada en cierta carta su compañero se queda dormido en la pequeña sala de colchones. Está exhausto por todo lo que anduvieron gozando y observando durante las dos últimas horas en ese lugar donde todo está armado para el sexo. Yacen desnudos, como las demás parejas que los rodean, todos desnudos y es una desnudez provocativa y dulce como las rosadas luces. Ella tiene la cabeza apoyada sobre el pecho de él y mira en derredor con ojos velados por la saciedad. Pero siempre habrá lugar para una sensación más, un maravillamiento, porque una mano color chocolate amargo, lánguida, le empieza a trepar por la pantorrilla, los muslos, y se va acercando a su centro del placer y ella mueve oh tan ligeramente el cuerpo para, sin despertar al durmiente, abrirle camino a la mano negra que repta, prometedora. Esa mano tiene vida propia y busca sabiendo exactamente dónde encontrar lo que busca, brindándose. El dueño de la mano parecería no querer enterarse, sus ojos están en otra parte, muy adentro, ella se aloja en esos ojos para estirar la sensación que le recorre el cuerpo en un fluir de ondas como pequeñísimas olas rompiendo en la playa al compás de su mano, pero en el instante en que sin darse cuenta desvía la mirada y encuentra la mirada lúcida de la compañera del negro, le asalta un estertor tan pero tan incontenible que su amante despierta y deben partir, abandonado allí, desconsolada, la mano más mágica del mundo.

Y chau, Facundo, esta carta y mi firma se pierden en el remoto tiempo.

La visita

Le gustaría pertenecer a la opaca raza de quienes por siempre van a violentar el límite.

No quiere que Joe venga a cogerla, ni quiere cogérselo a Joe, quiere *ser* Joe.

Lo intuyó alguna vez. Joe = yo.

Por eso ahora anota: es otro color de mí (teñirme la mirada). Es otro tacto, suave (usar guantes de seda). Es un cuerpo del todo bello, elástico (calzarme una malla negra), es lo más susceptible, sibilino (ponerme un antifaz, zapatillas de goma).

A tanto alcanzaría yo con este atuendo. Sólo al saber no alcanzo.

Ergo, de nada vale el preservativo integral mencionado por Vivian porque la amenaza es otra. Para defenderse –si de eso se tratara– tendría que recurrir a la coraza que la cubre muy a su pesar cuando camina al borde del precipicio es decir cuando se interna en las zonas de alto riesgo.

La coraza no existe, le crece sola. Presiente sin embargo que podría encontrar una coraza de este tipo en algún negocio, stand o changarrito del socco total que es New York, ciudad paradigmática donde todo lo in está a la venta y se trata de lo inconfesable, lo inefable, inenarrable, intocable, lo infecto, inmundo, íntimo e infinito.

Ava podría ayudarla en la busca; Ava la que no encontró un antifaz en su momento pero encontró tanto más por eso mismo.

A veces ella menciona el nombre de Ava en voz alta como quien dice Ave, Ave María Purísima, una vez más regodeándose en las contradicciones del sistema. El sistema de creencias. Valga. Ave, Ava.

Ni tiempo tiene para llamarla. Son las ocho menos diez y Joe dijo a las ocho y él llega cuando dice y se va cuando logra desprenderse. No es hombre de impuntualidades, es hombre de todas las demás lacras pero puntual es: la cortesía de los reyes.

Joe toca a la octava campanada.

Joe está subiendo las escaleras, y al abrirle la puerta ella contiene un primer impulso de echarse en sus brazos. Él lo percibe, acata, está algo cabizbajo, y además trae en la mano una valija medianita, de cartón, absurda, fea, no valija de quedarse sino de partir hacia insospechadas desolaciones. Ella lo nota más macizo, más maduro. No entiende, si hasta le parece que a Joe le han crecido las orejas. Ya no le gusta tanto, ha perdido atractivo. Evitar mirarle la nuca, se recuerda ella mientras lo hace pasar, debo evitar mirarle la nuca para no.

Se sientan en el destartalado sofá, y hablan. Como las primeras veces él hace avances tímidos, ella todavía (o mejor dicho *ya*) no se anima a corresponder.

Joe habla de la muestra de Kurt Schwitters. Dice que creyó verla allí.

Creí que nunca ibas al MoMA.

Sólo cuando exhiben fotos, pero... mi barrio, mi zona del Bronx está toda destruida, mi manzana de la infancia, mis recuerdos; el otro día me decidí a volver para ver un poco, después de tantos años de no merodear por esas precisas calles que fueron casi mías, y las encontré hechas bosta, escombros, como bombardeadas. Por eso fui a ver los cuadros hechos de los desperdicios que recolectaba el bueno viejo Kurt en la basura según leí en el periódico que venden los homeless en el subte, el único pasquín que merece ser leído, sabrás.

Y Joe le habla de su fascinación por la Cathedral of Erotic Misery que no aparecía en la muestra a pesar de lo muy alusivo del nombre.

Joe leyó todo sobre esa llamada catedral y se la describe con lujo de detalles sin duda enriquecidos por la propia imaginación. Las pequeñas grutas creadas por el good old Kurt donde escondía objetos sustraídos a sus amigos más queridos, el corpiño de una de ellas, la llave de otro. Y ella lo mira y lo mira a Joe y sabe que a fuerza de hablar va a terminar sofocando su hambre por él. Joe era para ella el sexo purocuerpo, la contracara absoluta al sexopalabra de F. Ahora las corrientes se entrecruzan y ya no es lo mismo.

Joe debe percibir en su mirada que ella se siente muy lejos de la Catedral de la Desdicha Erótica con la cual intenta envolverla, por eso quizá se levanta de un salto. Ella pega un respingo porque piensa: si ahora mismo se le da por acercarse no respondo por mí, si ahora me abraza se desmoronará la catedral con desdicha erótica y todo y moriremos aplastados bajo escombros más bronxianos que artísticos. Mejor me repliego, mejor cierro los ojos.

Joe ni se le acerca. Se dirige a la entrada y al volver trae en las dos manos la valija de cartón como si se tratara de una bandeja. La deposita con cuidado en el sitio que él ocupaba antes, en la otra punta del sofá.

Te traje un regalo, le dice. Pura antropología urbana, le dice; la encontré en la calle y te va a sorprender el contenido, vas a poder interpretarlo y mandarte un artículo para la revista esa en la que publicás.

Y ahí mismo abre la vieja valija color costra de sangre, color rodilla raspada de la infancia, color tristeza, y despliega un montonal de pasaportes en blanco, falsificados o de mentirijillas, quizá impresos para algún novedoso y semi clandestino juego de cambios de personalidad en pleno viaje, juego de rol al cual ella podría haberse entregado alguna vez con verdadera fruición.

¿De dónde sacaste todo esto?, le pregunta alarmada.

Lo encontré en la calle, al lado de un canasto de basura, en Jersey City donde trabajo ahora. Estaba ahí cerrada y me gustó, empecé por tomarle algunas fotos sin abrirla ni nada, me pareció sugestiva, se notaba que tenía algún misterio.

¿Cómo te animaste a acercarte? En mi zona del mundo en las épocas de plomo hubiéramos cruzado la calle para pasar lo más lejos posible de una valija así, abandonada. Tiene toda la pinta de esconder una bomba.

Mira que viviste en un mundo peligroso, vos.

Como si el tuyo fuera tan seguro. Siempre me contaste cosas para ponerle los pelos de punta a cualquiera.

Es distinto. Acá la gente muere de muerte natural, en peleas callejeras, en un asalto, esas cosas que se entienden, nada de lo incomprensiblemente político. Acá morimos en nuestra ley, mueren muchos, es cierto, he visto a tantos morir en las calles de New York, pero siempre en su ley, qué querés que te diga.

Quiero que me digas otras cosas.

Te regalo la valija con todo su mafioso contenido. Es tu turno de hablar.

Y ella sin darse casi cuenta acaba aceptando la invitación. Acatando. No sabe si a causa de los pasaportes a ninguna parte –identidades fantasma– de golpe la historia de F, su casamiento secreto y nunca hasta hoy confesado o reconocido, las cartas y los viajes, todo empieza a manar como lava de su boca, un vómito más bien o una catarata como si se hubiera roto por fin una represa completamente saturada.

Habla y habla por horas sin pudor alguno, sin retención también, y Joe que según propias palabras ha visto a tantos morir o ser muertos en las calles, ahora la está viendo agonizar ante sus ojos, porque con cada palabra ella va perdiendo fuerza, perdiendo su capacidad de humor y su impulso vital y todo lo demás que él siempre buscó o apreció en ella. La ve convertirse así en un trapo gastado, rehén de un sucio manojo de cartas que ni está en poder de ella.

Eso dice o demuestra con palabras mientras Joe, replegado, ya ni intenta tocarla.

Sobreviene un silencio de siglos, un agobio geológico.

Joe el muy eléctrico no se ha movido durante el tiempo de la narración. Ahora se sacude como perro saliendo del agua. Y de las profundidades de esas aguas en las que anduvo inmerso no trae asombro ni reproche (¡faltaba más!), tampoco trae demasiada sorpresa, como si todo le pareciera cotidiano, conocido. Le ofrece a ella, eso sí, un buen par de consejos para limpiarse de tanta pesadumbre acumulada.

Al rato se pone de pie dispuesto a irse, hace un gesto rogándole que no se mueva, va en busca de su campera pero a los pocos pasos se arrepiente y vuelve. Le toma la mano y le deposita oh con infinita suavidad un beso en la palma. Después con su mano cierra la de ella, como un puño. Y de despedida le brinda una frase:

Como bien dijo good old Kurt, nunca olvides que el arte lo libera a uno de la vida.

Limpieza

Jamás pensó que se tomaría los consejos de Joe tan a pecho. Otras cosas sí, otras cosas se las podría haber tomado a pecho y a espalda, por decirlo de alguna manera elegante, pero ¿sus consejos?

Joe le propuso que hiciera una *limpia*, algo que él había aprendido de su madre portorriqueña, esa de quien ella siempre prefirió ni oír hablar, la madre portorriqueña o mejor dicho Newyorican que había tenido su regio romance adolescente con el bellísimo –ella se identifica– negro boxeador hijo de una india Cherokee y un descendiente de esclavos. De la abuela Cherokee le vienen a Joe esos pómulos tan altos, sabrosísimos, pero de su madre ella prefiere no conocer rasgo alguno. Esa madre es apenas tres años mayor que ella, a pesar de lo cual el hijo de esa madre con quien a ella le encanta revolcarse nunca nunca nunca la tomó a ella de madre, más bien todo lo contrario, hasta el punto que para conquistarla él le dijo necesitás un hombre, y ella habiendo aprendido la lección de las feministas dijo no, lo que necesito es una esposa, aludiendo a todos los servicios extraconyugales que presta o podría prestar alguien de esa catadura, y Joe le dijo seré tu esposa, puedo cocinar, limpiar, ir al súper, salvo tejer, todo, que fue su forma de decirle que la quería y ella por fin aceptó y meses después cuando él fue al supermercado por su cuenta y trajo ingredientes para poner a macerar el pollo y después de despedazar bien el ave con el enorme cuchillo de cocina recién afilado de propia mano, mientras ella lo miraba trozar minuciosamente, desnudo y con mano diestra, y pensaba (ella) que ese enorme cuchillo en esa mano... Joe terminó su obra de mixtura para la maceración, bañó el pollo trozado, tapó todo con papel de aluminio, lo metió en la heladera y le dijo yo ahora tengo que irme por un par de días, un trabajito, pero vos no me extrañés y cocinate el pollo que va a estar sabrosísimo. Sabrosísimo, sí, como tus ojos, pensó ella entonces: sabroso y letal. Letal. Por eso mismo en cuanto Joe partió ella se puso a husmear la cocina con cierta aprensión a ver qué había comprado, y como él había dejado el ticket sobre la mesada ella empezó a contar los elementos y por supuesto faltaba uno, qué sería, no podía entender el galimatías con que la máquina registradora del supermercado va anotando las compras, y claro, estaba segura de que se trataba del matarratas inodoro insípido y de alta potencia que él seguramente había mezclado con la miel y la salsa de soja y los demás ingredientes de la maceración del pollo que ella abandonó en la heladera dentro de su sarcófago de papel de aluminio durante dos días y medio pero para la cena del tercer día, viendo que Joe ni venía ni llamaba ni nada, optó por meter al horno y comerlo con sensación de fatalidad y delicia. Riquísimo estaba. Como en todas las oportunidades de metafóricamente caminar por la cornisa, no parece haberla movido entonces un instinto suicida sino la enorme curiosidad. Curiosidad que como bien sabemos mata a las esposas de Barbazul pero a todas las demás mujeres las mantiene bien alertas.

La noche anterior Joe acabó yéndose sin haberla tocado, agradeciendo la confesión de ella, consciente de que había recibido un don muy especial. Y le dejó el gualicho portorriqueño macerando debajo de la cama, dentro de un bowl azul: partes iguales de agua y vinagre blanco, aderezado con sus sabias palabras. Mañana mismo, la aleccionó, lo tirás por el resumidero de la pileta pidiendo que todo lo malo vaya allí donde puede ser útil y no cause estragos, y abrís la canilla para que el agua fría te lave, te lave, te lave.

Es lo que ella está haciendo, ahora.

Lo miraba de afuera

Se confesó ¿y qué? ¿Acaso ahora se siente más liviana, puede volar, ahora? Sólo logra aceptar que es humana porque ha cometido errores. Está viva.

Siempre lo estuvo.

Pero con la confesión se ha entregado de pies y manos a Joe, ahora le pertenece.

Esto no es ni remotamente cierto.

Entregarse, pertenecer al otro, lo que se dice pertenecer, sólo pudo y puede lograrlo con el sexo, bien lo sabe Joe. Hasta con el sexo escrito, mentiroso, y eso es el colmo. Sin embargo, ahora que lo piensa, ahora que ella ha logrado como quien dice sacar mínimamente los trapitos al sol, empieza a sospechar que quizá, sin proponérselo, sin poder confesárselo, al mentirle a F quizá, quizá, quizá, quizá estaba diciendo alguna verdad profunda, incomprensiblemente propia.

Hasta ayer ella creía creer que sólo el contacto cuerpo a cuerpo podía conectarla con el mundo donde la dualidad se disuelve en un fluir absoluto, donde la dicha existe y pasamos a formar parte del otro y entonces lo podemos todo: sanar a distancia, hacer imposición de manos, operar el cuerpo astral, cambiar corazones enfermos por unos sanos con una simple palabra, ser nutridos y nutricios y pertenecer, involucrándonos enteros

191

en cada uno de nuestros actos, sin dejar una parte para después con la excusa de rumiarla mejor y qué se yo, de escribir un peiper.

Por miedo a la entrega total, le dijo a Joe en palabras más confusas, por miedo a la entrega total fue que me junté con F, el creador de distancias.

No es que no hayamos tenido nuestros buenos revolcones, le aclaró, pero F a menudo imponía entre nosotros la máxima distancia posible, repantigados en los dos únicos sillones dispuestos en diagonal en mi pequeño estudio, F en una punta del cuarto y yo en la otra nos decíamos cosas de lujuria sin recurrir al tacto, al olfato, al gusto.

Castrador F no la dejaba ni acercarse y ella acataba, y tarde por las noches ella zarpaba en pos de incursiones que supuestamente la harían volver con olor a otro, salpicada y manoseada por un otro inventado, total F no comprobaría con sus cinco sentidos, tan sólo con su oído y entonces sí era fácil simular y hablarle de antros infames donde el cuerpo es mancillado cuando en realidad ella había ido al cine con alguna amiga –ni a ir sola se arriesgaba– a ver una de culos.

Hasta que descubrió una solución más sencilla, le contó ella a Joe. Con Juancho alquilaban videos pornográficos ¡y cuán gráficos!, se iban a verlos a su pieza de pensión, tranquilitos, abrazaditos, y después ella volvía al estudio de Congreso a cumplir con el sexo oral que le era requerido, de una oralidad verborrágica y frustrante. ¿Frustrante? En absoluto; había algo en ese inventar desaforado que le despertaba un loco entusiasmo y le permitía sentirse por encima del hombre todopoderoso que era Facundo Zuberbühler.

Así durante meses, pero cierto día no lo encontró más a Juancho. Tragado por la tierra, refugiado quizá en la finca de sus padres en Mendoza, o quizá en la clandestinidad, ella no pudo indagar demasiado no fuera cosa de ponerlo a F sobreaviso. En la facultad nadie sabía nada. En la facu, a esa altura de las persecuciones y amenazas, ya nadie hablaba.

Ahora le duele el nombre de Juancho. Le duele hasta lo más profundo. No te metás pareció ser la consigna que ella respetó en esa lejana instancia sin darse cuenta, creyendo todo lo contrario. Porque en otras situaciones más directas se metió hasta las verijas, debe reconocerlo, y debe reconocer también que más de una vez supo involucrarse.

El doble

Tiene ahora la valija de las identidades perdidas bajo el escritorio, tiene los pies apoyados sobre dicha valija y la computadora en marcha. Hace solitarios. Horas de hacer solitarios queriendo escaparse del mundo. Se avergüenza, se siente culpable de perder el tiempo tan boludamente. Qué importa. Otros se pierden en la droga –y ni vale la pena mencionar nombres...

Pasó un largo sábado en la nebulosa de unos pocos paseos inciertos.

Como llovió casi todo el tiempo casi todo el tiempo ella permaneció en su casa comiendo alternativamente chocolate y salame. No es una buena dieta, igual la necesita como consuelo. Soy argentina, tengo hígado, de algo hay que morirse decía mi abuela, lo que no mata engorda decía mi abuela. Engordar como para no desaparecer del todo, pero todavía tengo resto y la ropa me cae bien y luzco bastante elegante vistiéndome en las tiendas finas de segunda mano con pilchas ablandadas como motor que ha cumplido su período de rodaje, como quien monta caballo cansino, evitando el trote.

Le gusta el azar de las tiendas de usado. No compra lo que necesita sino lo que le llama la atención. La necesidad la humilla, le trae memorias de cuando perdía tardes enteras en busca de algo sentador para una determinada fiesta sin encontrar nada acorde con su cuerpo, su gusto y su bolsillo, tres variantes que suelen antagonizar entre sí.

Hoy domingo salió justamente a la buena de Dios y en medio de una bruma extraña ¿a quién cree ver?: a Tim Larsen. Nada menos que a Tim, su muy esporádico y huidizo amante, el rey blanco de su tablero íntimo. Pero no puede ser, le consta que Tim está en Los Angeles, pero es tal cual, es él de espaldas avanzando media cuadra más allá, con su impermeable, su altura, su paso desgarbado. Ella decide alcanzarlo, de golpe siente la imperiosa necesidad de hacerle una pregunta. Una pregunta, sólo una. Se apura para ponerse a su lado, cruza en medio de la calle sorteando autos, él que iba caminando muy displicentemente aprieta el paso, ella se apura aún más, está corriendo casi, él con sus largas piernas no necesita correr pero a su vez se apura, dobla una esquina, ella teme perderlo y debe sin falta hacerle la pregunta, es imprescindible. Se larga a correr sin mirar, cruza una y otra calle, él va casi corriendo ahora, ella corre jadeando, entre ambos mantienen unos veinte metros de separación constante, ella no logra acortar esa distancia, tampoco atina a llamarlo, ya está fuera de aliento, se detiene para tomar resuello, él mira una vidriera y es como si la provocara. Tim, Tim, grita ella en sordina porque la situación le parece ridícula y porque no le da la voz. Él lleva las solapas del impermeable levantadas, no le puedo ver el perfil, más que el serio investigador de asesinos seriales parecería ser él el asesino. Tim. Tim, no me matés de ausencia. A esta altura de la persecución está segura de que no es él pero al mismo tiempo sí, debe ser él, ningún desconocido huiría de ella tan alevosamente. Ríe, a esta altura de la persecución –ya han dejado atrás el SoHo, cruzan Little Italy en diagonal– la cosa se ha convertido en juego. Y ella ya no da más. Renuncia. Cree entenderlo todo. Su maniqueísmo propio, de eso se trata: el blanco y el negro, en materia de hombres claro está. Si Joe apareció el otro día salido de la nada, las brumas de hoy no pueden menos que traérselo a Tim. Aunque sea en el fantasma. Mira a su alrededor, por fin toma cierta conciencia del asunto y se encuentra en una zona de la ciudad casi desconocida para ella. El juego ya no es más de a dos, el doble de Tim ha desaparecido.

Agotada, se arrastra hasta una plazoletita diminuta con una enorme escultura hecha de chatarra. A Joe le gustaría la escultura, también a Bolek le gustaría, parece obra de sus aprendices del manicomio, piensa ella, sólo Tim la vería con ojos críticos y por eso mismo está segura de que no fue él quien la atrajo hasta este lugar. Y ella que pretendía hacerle una imperiosa pregunta. Y ya ni la recuerda, a la pregunta.

Piensa, piensa y piensa, y no la encuentra más.

Preguntarle a Tim ¿qué?

La pregunta y ella, perdidas en el corazón de la City. Decide entonces explorar la zona. Camina un par de cuadras y se topa con una librería de viejo, un cambalache de libros apilados. El viejo dueño le dice pídame lo que quiera conozco la exacta ubicación de cada libro, cosa difícilmente imaginable en ese amasijo polvoriento y mal iluminado. Gracias pero no, le contesta ella; me gusta el azar, encontrar las cosas al azar. ¿Quiere libros sobre el azar?, pregunta el librero ya más interesado. No, insiste ella; serendipity, serendipity es la palabra, quiero encontrar lo que quiero sin saber que lo quiero medio segundo antes de encontrarlo.

Un poco le mintió al pobre viejo pero también le dijo la verdad. Hay algo en una librería, cualquiera que esta sea, que ella busca denodadamente sin preguntar a vendedor alguno. Libros sobre máscaras, ya se sabe, pero nada de los secos tratados de su especialidad, no, quiere libros con muchas fotos, en colores si posible, de máscaras en uso, de esos instantes cuando el ser humano se hace dios y diablo y baila. Máscaras como escudo ante lo desconocido, arma mágica para enfrentar fantasmas volviéndose fantasma.

De la loca excursión supuestamente timeana retorna con *Violence and the Sacred* de René Girard, libro que una vez tuvo en versión original y perdió en algún puerto del mundo. Fue la nueva portada con el título brutal en rojo y negro que la atrajo.

Una vez en casa abre el libro en cualquier parte, como corresponde, y se encuentra con esta bella frase *"...it is performed with fervor and devotion and rewarded by sudden, stupefying disgrace"*. Ya es tardísimo, está exhausta de haber corrido tras espejos de colores, necesita cerrar esta jornada, lo llama a Bolek.

No le cuenta del doble de Tim. Reflota la palabra trueque, le propone uno: que él le dé más información sobre las cartas y ella le dará a cambio un objeto que le va a encantar. La valija que le trajo Joe, llena de pasaportes en blanco. Tit for tat. Si tanto te gusta meterte en vidas ajenas, acá tenés interesantes posibilidades, complete los blancos como quien dice, seguro que en Creedmoor todo este material va a sentirse como en su casa.

Bolek acepta en principio.

Ella cuelga y se refugia en la cama.

A eso de las dos de la mañana llama Joe para decirle que no puede más con ella, que ella le hace mal.

Yo también te quiero, le contesta ella y corta.

Y se da media vuelta en la cama para seguir durmiendo.

Todo
  pronto
      estará
          en
             su
                 lugar.

Tercer grado

Para limpiar a fondo hay que poder preguntar, a fondo. La pregunta perdida la traigo en la maleta, como las trenzas de mi china y el corazón de él. El corazón de él, el corazón de él, el corazón de él, el corazón de él, se repite sin respiro tratando de sincronizar la letra del tango con las sacudidas del subte. Una vez más está atravesando todo Manhattan a lo largo, bajo tierra, en esta oportunidad no para ir a Columbia University sino a casa de Bolek que vive en el mismo barrio. El tema de la valija le picó tanto la curiosidad que hoy lunes no fue a Creedmoor, prefirió quedarse esperándola. Esperándola y pintando, según comprueba ella al llegar. La larguísima tela ocupa todo el larguísimo pasillo de su railroad apartment, como llaman los neoyorquinos a la versión en propiedad horizontal de la muy criolla casa chorizo. Ella siente que no tiene lugar entre los caballetes y los potes de colores, igual se cuela. El extenso cuadro en gestación es para Vivian, le dice Bolek. Ella se pregunta dónde lo podrá colgar, Vivian, y Bolek lee la pregunta en su mirada y le dice es lo de siempre, nadie nunca tiene lugar para mi arte, no me importa, no me interesan los muros ni las galerías menos aún los museos ni lugar convencional alguno, ya lo sabés, esta pintura también encontrará el sitio que le corresponde.

Traducido quiere decir que está en ánimo receptivo. Aceptador. Entonces ella decide aplicarle un interrogatorio de tercer grado para averiguar a fondo lo que necesita averiguar. Si es que se anima a escucharlo.

Para ir preparándolo, ella despliega sobre una mesa cubierta ya de papeles el contenido de la valija.

Parece cosa de la mafia, dice Bolek ¿se la habrá robado tu amiguito Joe a alguna organización?

Solías decirme que Joe se inventaba un pasado tenebroso para alimentar mi imaginación calenturienta.

¡Y cuán calenturienta!

Entonces. Drogadicto será, pero no chorro.

Por algo se empieza.

Mirá quién habla.

A Bolek no le asombra tanto pasaporte en blanco tirado en la calle. Le gusta la valija. La valija le encanta porque es de cartón simil cuero, muy gastada, de las de antes. Se la va a regalar a *su* Joe, su asistente, su alma gemela en el descomunal desconsuelo llamado Creedmoor. Joe, mi Joe –explica– siempre se quejó por la pérdida de su valija, hace años, pero para él como si hubiera sido ayer, nunca la describió pero es así como la imaginé desde un principio, para el caso es lo mismo. Se la voy a dar a Joe, sin los pasaportes, creo, bastante confusión de identidad tiene mi amigo. Él es mi más ferviente colaborador, ojalá le hubieras encontrado también una dentadura postiza a su medida. ¿Vos sabés lo que habrían pagado en mi país por estos pasaportes americanos? Altri tempi.

Parece la valija de alguien que reventaron por ahí, opina ella.

Te persigue la memoria de los desaparecidos, mi querida porteñita, es lógico, pero acá estamos en la capital de la despersonalización y de la repersonalización por otro wing. Nada indica que este no haya sido un objeto de arte, un Found Object, digamos, para contrarrestar l'Objet Perdu del querido Marcel. ¿Te dije que le hemos dedicado uno de nuestros campos de batalla a Duchamps? Quizá le dediquemos todo el edificio, pero por ahora le damos lo más completo que tenemos, el Campo de Batalla del Trabajo, para que nos permita ir cambiando. No es cuestión de estancarse. Mis artistas no lo permiten; a veces les agarra la furia y rompen todo. El otro día intentaron prenderle fuego, son como chicos, las mismas travesuras. Vaya uno a saber cómo estarán actuando hoy que yo no fui. Un joven psiquiatra de la institución insiste en llevarlos al taller en mi ausencia. Tiene razón, yo no soy el maestro ni el director ni nada. En el fondo ese tipo me tiene una cierta inquina, pero no tuvo más remedio que aprender a tratarlos como a gente normal y los deja expresarse, cosa que a mí no me cuesta mucho: soy tan poco estructurado.

¿Te gusta, la valija?

Sí, mucho.

Bueno, cerremos trato. Vos sólo tenés que sentarte acá bajo esta lámpara y contestar algunas preguntas, tranquilo, mansito. Va a ser indoloro si no te me retobás.

Me encanta que me obligues a portarme bien, empieza a decir Bolek; me encanta que me des órdenes, me encanta sentarme como en un interrogatorio, ¿por qué no me atás las manos a la espalda, beautiful? ¿Qué apren-

diste de Ava? ¿Por qué no trajiste látigo, una picana eléctrica?

Hoy pregunto yo.

Digo.

¡Cerrá la boca!

Msinopfpuemdobrirbca cmopquers q'hble.

Ella acerca a la silla de Bolek un viejo sillón desvencijado y cae aplastada, haciendo juego con el mobiliario.
No estoy para chistes hoy, dice; quiero mis cartas, contame qué hiciste con ellas. Dame todas mis cartas.

¿Nuestra amistad peligra?, pregunta Bolek ya serio.

Peligra, le contesta ella, y lo cree.

Ha llegado entonces el momento de infligirle una herida seria a tu amor propio, beautiful. Porque más de la
mitad de esas cartas eran de un aburrimiento total y las
tiré a la basura, ya ni me acuerdo dónde. Pero conservé
algunas, ojo, conservé unas cuantas y a esas las atesoro.
Como te dije, harían muy buenos cuentos. Desprecian-
do la literatura como suelo despreciarla cuando no me
agarra distraído, te aseguro que fue sin ánimo práctico
que guardé tus cartas. Me hicieron pensar en los objetos
perdidos y en el misterio de la remitente. Ahora el misterio ha sido develado, quizá te las vaya dando de a una,
a veces, cuando te la merezcas, cuando sepa que no las
vas a destruir. Cuando las vaya encontrando. No es cuestión de que sientas que mi amistad ya no te es necesaria.
Si me prometés no espiar mientras voy a buscarla, tengo
una que me parece te puede servir de trampolín, después te invito a una pizza y te hablo de un proyecto.

La carta

De regreso en la intimidad de su hogar, propiamente en la cocina, el lugar más cálido de las casas de estas latitudes, ella abre con toda precaución el sobre mutilado. Precaución excesiva, es cierto, porque sabe que a pesar de su aspecto amarillento y viejo, a pesar de los tijeretazos, la carta no se va a desintegrar o autodestruir. Ni le va a explotar en las manos, al menos materialmente hablando, porque en el aspecto emocional... una bomba de tiempo.

El sobre sin remitente ha sido mutilado de buena parte de su cara anterior, faltan la estampilla y las señas del destinatario. Pero es un sobre largo, todavía contiene bien la carta, ella lo reconoce como uno de los enviados desde París, dieciséis o diecisiete años atrás, no quiere ni imaginar el contenido, se recuesta contra el alto respaldo de la silla y cierra los ojos. De nuevo piensa en explosiones. Ve destellos de colores, ve algo casi redondo y rojo que estalla, y la visión entera se le tiñe de sangre. Es un corazón, ¿por qué? ¿Por qué un extraño corazón estallándole en la cara justo ahora cuando está haciendo denodados intentos de recomponer el propio?

Manotones de ahogada.

Se echa hacia atrás con silla y todo y ahí a sus espaldas es decir a su alcance encuentra a Juanita la plantita de marihuana, regalo de Joe en otro avatar. La planta está contra la ventana que da a la iglesia y al viejo cementerio, y ahora que la toma en cuenta para algo que no sea regarla, la nota bastante crecida, un poco incriminatoria también si alguien se tomara la molestia de mirar hacia arriba. Pero en el East Village, en estos tiempos, ¿habrá alguien que mire hacia arriba? ¿O alguien que no tenga su plantita? Aunque muchos la cultivan todavía en el closet, con lámpara especial, resabios de los años sesenta.

En esta precisa instancia ella siente que no le vendría mal un joint. Pero no tiene papel, no tiene cigarrillos, nada de lo que Joe siempre traía consigo, y menos lo tiene al Joe de sus más caros revolcones. Encuentra sin embargo un poco de papel de seda, y como le enseñaron no recuerda si en Tánger o en Numea, se lía un puchito flaquito bastante poco alentador. No por eso desagradable. Al cabo de unas pocas pitadas cobra el coraje necesario para meter dos dedos dentro del sobre y extraer las hojas manuscritas. A esta altura de su vida reconoce la propia letra, claro está, nunca pensó que Bolek le estaría mintiendo, pero la letra ya no le concierne.

Bolek le insistió que la carta podría resultar un buen cuento, y se dispone a leerla como tal, como un cuento ajeno, como si no fuera ella misma quien puso su cuerpo en la escritura.

(Como aquella vez del aborto. Le inyectaron tal cóctel de pichicatas para no darle anestesia general que si bien no sintió nada pudo oírlo todo como algo totalmente desprendido de sí que no la concernía. La amiga que la había acompañado la llevó a pernoctar a su casa, y ella alucinó la noche entera, qué miedo tuvo la pobre amiga sin poder llamar a nadie en una situación tan delicada, tan loca porque ella veía entrar hombres imaginarios nada amenazadores para ella medio dopada como estaba, pero amenazadores para la amiga que tenía plena conciencia de lo que ocurría en el país, y eso sin saber nada de Facundo, de la furia de Facundo si llegara a enterarse del aborto. Ella a su secreto marido nunca le sopló palabra, ni del embarazo ni de su supresión; total sabía que las cuestiones de la sangre a él le daban asco y ella estaba segura de no querer un hijo, y menos de Facundo Zuberbühler.)

En medio de estos recuerdos la carta pasa a segundo plano, puede tomarla como al descuido, y antes de meterla en un folder a la espera de las otras, la lee por última vez.

Espejo

Lo bueno y lo malo de esta carta: refleja una verdad. Ella así lo entiende, y piensa que quizá Bolek lo percibió y por eso mismo se la entregó en primera instancia. Ahora alberga esperanzas de que le dé las otras, de que haya conservado otras. Sabrá encararlas en su debido momento, piensa ella, Juanita la plantita mediante. Sabrá también destruirlas. No hay motivo para andar guardando infamias del pasado.

Lo que acaba de leer refleja algo y no refleja nada. ¿Dónde está el sentimiento?, se pregunta mirándose las manos abiertas y vacías.

Buena pregunta, ¿no? ¿dónde estará? Ella no recuerda si de este Pierre al que alude la carta ya guardada, Pierre de espectaculares y bien descriptos atributos, estuvo enamorada alguna vez, pero de otros hombres sí, no hay duda de que sí, y nunca lo dijo. Ni siquiera a ellos.

Le duele la cabeza.

El fumo parece haberle caído pésimo. Cigarrillo liado con papel de envolver regalos, es el colmo. Cuando Joe contaba que a los diecisiete tenía un agujero permanente en la vena para poder inyectarse la droga con gotero, ella se horrorizaba. No piensa que esto sea lo mismo, no, pero es un comienzo, inhalando papel de seda gringo, ¡con dibujitos! Siente la cabeza a punto de estallar. No es nuevo en ella, el dolor de cabeza, pero este nivel ha sido pocas veces superado. Tiene el cuello duro, los hombros duros, y cada movimiento es como si le dieran martillazos en las sienes. En este punto ya no hay calmante que valga. Apoya la cabeza sobre las rodillas y deja caer los brazos. Es horrible cuando vuelve a enderezarse, muy despacito, pero algo alivia. Mañana es día de clase, por suerte tiene todo preparado, pero estos ataques le duran a veces más de un día, mañana a sus alumnos le gustaría hablarles de Gide y sus permanentes dolores de cabeza, pero dónde carajo habrá metido los diarios de Gide, y además basta de saltos mortales, pobres alumnos, piensa, mucho más divertido para ellos sería que les hablara de las cartas.

Debería pedirle socorro a Bolek, quizá él en Creedmoor consiga algo más fuerte para el dolor de cabeza que el simple Fiorinal. Pero es demasiado tarde en la noche.

Entonces hace algo desesperado. Lo llama a Tim a Los Angeles, allá es cuatro horas más temprano, los psiquiatras también son médicos, alguna receta le podrá pasar aunque sea por teléfono.

Lo encuentra, le pregunta si estuvo en New York el otro día, Tim dice no, por supuesto que no, de otra forma la habría llamado, pregunta a su vez por qué se lo pregunta, ella no tiene ganas de contarle, le dice que le duele la cabeza, se me revienta la cabeza, ¿qué hago?

Masturbate, receta Tim.

¡¿Qué?!, se alarma ella como si fuera la primera vez que escucha la palabra.

Sí, masturbate, afloja mucho las tensiones, si estuviera cerca te ayudaría.

¿Me ayudarías? ¿Sabés qué solía decirle mi amiga Greta a esos babeantes protozoarios mal llamados hombres que solían seguirla a una por las calles de BAires mascullando obscenidades? Te voy a lamber toda, negra, te voy a lamber, susurraban los tipos, y Greta con desparpajo les contestaba: Todos prometen, todos prometen y después no cumplen. Si entendés lo que te quiero decir...

Y dio por terminada la conversación con idéntico dolor de cabeza pero sintiéndose triunfante. Uno más de los triunfos pírrico que ha ido cosechando en sus frecuentes incursiones al valle de los hombres.

La Malpatte

Gabriel aparece sin haberse anunciado, con unas empanadas chilenas que acaba de hornear. Y se disculpa.

Discúlpame, estas cosas no se estilan, pero tenía que saber qué había sido de tu vida, y si me ponía a perder el tiempo por teléfono en una de esas se me enfriaban. Las empanadas, digo.

Ella lo hace pasar, con ese olorcito apetitoso y las ganas que tiene de estar con alguien.

Y vos disculpá el desorden.

Valiente novedad. ¿Dónde te metiste todo este tiempo? Hace semanas que no sé nada de ti. Te llamo y contesta la máquina, con lo que detesto esos aparatos. Ni señales de vida diste, ¿dónde estabas?

Qué querés que te diga. En la Malpatte, un territorio mítico que teníamos de jóvenes con unos amigos, medio nietzschianos ellos. La Malpatte, la tierra de la mala pata que a veces te traga; pero en francés, viste, porque seríamos nihilistas pero no incultos.

Y bueno. Tu amiga Erica viaja a The Land of Fuck y tú te vas a la Malpatte, qué le vas a hacer, tendrías que revisar tu atlas.

Gabriel, si supieras, si sólo supieras.

Ni quiero saberlo. Contigo más vale no estar enterado de todo.

Por suerte las empanadas todavía tibias están deliciosas, ella descorcha una botella de Pinot Griggio que milagro de los milagros le queda perfecto a estas picantonas, y la combinación le borra las ganas de devolverle a Gabriel la estocada.

Estuve escribiendo, le dice como al descuido; no un artículo, un cuento. Empieza así: "Pierre es mi amante de mayor calibre". Podrías ilustrarlo vos con tus bellos dibujos eróticos.

Y es así cómo ella acaba por enterarse del triste destino de esas obras que tanto amaba. Regaladas. ¡Regaladas!, repite ella con espanto. Y Gabriel asiente, sí, se las regalé el otro día a mi vecino de arriba. No puede ser, se lamenta ella, ahora las tiene el fantasmagórico Raymond Merton White, nada menos, y eso significa que nunca más veré tus dibujos, porque temo que al muy mentado Ray no lo voy a conocer jamás.

Y no... es un tipo raro, muy recluido, confirma Gabriel como con cierto orgullo.

Sólo a él se le ocurre regalarle los bellísimos dibujos a alguien que los colgará –con suerte– en una pared donde nadie nunca los verá jamás. De eso se trata, le dice Gabriel, de eso se trata. Fueron hechos para no ser mostrados. Sólo a vos se te ocurre, lo increpa ella; ¿por qué me tocarán a mí todos los artistas locos?

Gabriel es paciente con estas impaciencias, tiene la sabiduría de no alterarse y la descortesía de tratarla como a una infradotada. Se divierte explicándole largamente con dulce acento chileno y tono didáctico que a) Dios los cría y ellos se juntan, b) Manhattan está plagada de artistas locos y a ella apenas le toca un palidísimo, ínfimo porcentaje, y c) él sabe lo que hace y lo que hace es precisamente eso, arte.

Vos nunca querés enterarte de nada, le dice ella, y hasta renegás de tu libido. Dibujada. Acordate de las fantasías eróticas que alguna vez me contaste.

¡Qué huevada! Nunca hablo de esas vainas porque no tengo fantasías eróticas.

Ella procede a refrescarle la memoria. Recuerda sobre todo una que le pareció deliciosa en su candor: Gabriel pedaleando en una bicicleta de mujer que ¡oh maravilla! gracias a su poderoso falo se hace bicicleta de hombre cuyo caño puede llevar a pasear a dos o tres beldades desnudas a un tiempo.

Las palabras son de ella pero la imagen le pertenece. Él no la reconoce, no se reconoce. Está en su mejor etapa de clausura. Ella comprende la sensación y sin embargo no le ofrece una mano ni le habla de las cartas. Quisiera poder hacerlo pero no puede. Mientras beben el Pinot Griggio en silencio contrito, se sumerge en recuerdos del verdadero Pierre B, no el de la carta sino el de carne y hueso, y de algo más, intermedio (¿fue Luis XIV o Luis XV quien dijo que recién a los cincuenta años supo de que el pene no tenía hueso?).

Igual podés ilustrarme el cuento, le dice al rato a Gabriel como consuelo. Consuelo para ella, él no parece estar arrepentido del regalo.

Estoy en otra etapa. Podríamos ir al cine, ¿no?

Me duele la cabeza, prefiero quedarme en casa y me encanta que estés acá. Hablemos. Juguemos a las ensoñaciones...

¿Sabes que ocurre?, confiesa Gabriel de golpe; me duele el corazón.

¿El de las sístoles y diástoles o el de los sentimientos?

No sé, contesta él. Son lo mismo, no logro distinguir.
Físico no parece ser el dolor, pero al otro no puedo reconocerlo.

Gabriel, estábamos hablando de sexo, no de amor ¿a
qué inquietarse tanto?

Creí que eran una y la misma cosa. Al menos para ustedes las mujeres creí que eran una y la misma cosa.

Cuán errado, le suspira ella en la cara; cuán errado...

Y sin embargo.

Y de golpe ella le espeta, sin saber de dónde le surge
la pregunta:

Al misterioso Raymond no sé cuánto, ¿lo amás?

Sólo a ti puede ocurrírsete tamaña insensatez.

¿Y a mí? ¿Me querés a mí? ¿Acaso estarás celoso?

Gabriel es de los que alegan no conocer los celos. Lo
reitera:

No conozco los celos.

Yo no soy quién para presentárselos, al menos no hoy,
hoy me duele la cabeza y el dolor me vuelve algo despia-
dada. No quiero excederme. A vos te duele el corazón,
a mí la cabeza. Buena dupla hacemos. Quiero hablarte
de un tal Pierre, quiero contarte cómo de golpe lo miré
a Pierre por primera vez, allí en su auto en medio de un
embotellamiento, y registré ese perfil maravilloso y registré su entusiasmo por mí y me empezó a crecer desde
la punta de los dedos del pie una calentura que cambió
el curso de esa noche y muchas otras más.

Te dije que no.

Quiero también que me cuentes más de Ray. Se me mezclan los naipes, pero Pierre es o al menos era un tipo de muy buen lomo y de Ray sólo sé que es enorme, gordo, y de mucha fuerza.

Esto último lo agrega ella por cuenta propia, es la única relación directa que tiene con Raymond Merton White, Ray para abreviar, porque alguna noche se quedó a dormir en casa de Gabriel y el tipo del piso de arriba se pasó buena parte del tiempo corriendo los muebles con gran estruendo. Imposible dormir, y parece que lo repetía a menudo. Hasta que cierta noche Gabriel subió y en lugar de amenazarlo o putearlo se sentó a hablar con él a ver cuál era su problema. No puedo dormir dijo el recién conocido Ray, todo está mal distribuido en este loft y me perturba. Entonces Gabriel le ofreció sus servicios de artista y arquitecto de interiores y estableció una relación laboral con mucho de niñera.

La historia de Ray

Ray es un genio de la computación, crea nuevos soft-wear, el dinero le llueve a baldes, nunca sale de su casa o casi nunca. Parecería vivir conectado con el ciberespacio, sentado frente a las pantallas hasta que llega la noche profunda y la vista no le da más y entonces todo tiene que empezar a moverse a su alrededor porque él se mueve tan poco.

Las pocas veces que sale, es peor. De una de sus últimas incursiones al mundo externo, hace ya casi un año, la colectó a cierta Muriel de una pila de basura si se atiende la descripción de Gabriel. No que falten lugares en el barrio para encontrar a estos seres. Vienen por la droga y ahí quedan, tirados en la calle. Muriel no era excepción pero sí era excepcional su belleza, todo según Gabriel aunque ella cree que alguna vez la cruzó a la entrada del edificio. Flaca hasta la desnutrición, de enormísimos ojos verdes sorprendidos. Ella reconoce haber sido injusta cuando le preguntó a Gabriel si lo amaba a Ray. Lo lógico es que él se haya enamorado de Muriel, quien más que inalcanzable era inasible. Muriel le hacía las compras a Ray y sobre todo le proveía las drogas, píldoras de todos los colores, contó alguna vez Gabriel, como para enhebrar collares, desparramadas por la casa, píldoras para dormir, para despertarse, para respirar, para vivir, posiblemente para coger pero eso era lo que menos se notaba en el loft, siempre según Gabriel, porque después de mucho dar vueltas los muebles la distribución final había dejado las dos camas enormes en los extremos opuestos del descomunal espacio.

Gabriel acabó teniendo las llaves del loft porque siempre había que hacer algún arreglo, siempre algo se les rompía, cañería o tomacorriente o lo que fuere, y él era el único autorizado a entrar después de la obra maestra realizada con la distribución los muebles, obra que cundió en beneficio de Gabriel acabando con los ruidos nocturnos y brindándole sus buenos dólares.

Ray tenía la plata metida en un cajón. Cobrate lo que necesites, le decía.

Muriel nutría el cajón yendo al banco con la tarjeta de Ray a retirar fondos y a depositar los cheques que le llovían por correo. Muchas veces Gabriel vio los cheques, eran –son– impresionantes.

Cuando no iba al banco o a hacer sus compras secretas y las otras, Muriel se pasaba el tiempo ovillada en el centro de su cama king, enchufada al walkman o mirando televisión de un televisor diminuto que tenía sobre una almohada.

Vive ovillada en el medio de la cama como en un nido, me da ganas de levantarla upa y cambiarle las sábanas, Gabriel le contó a ella cierta vez.

Y ella no supo percibir las verdaderas ganas que él tenía de tomarla en sus brazos hasta que Muriel murió. Sin el menor preaviso aunque toda su existencia había sido un gran preaviso.

Días y días quedó Gabriel como deshecho y no pudo hablar con nadie.

Ray según parece continuó su vida como si nada, como si no se hubiera dado cuenta o como si no le importara. Lo más probable es que no le importara, sumergido como siempre en su isla de trabajo en el medio del loft donde se la había organizado Gabriel, todo perfectamente bien acondicionado, con muebles especiales y carísimos que Gabriel le compró y le armó, y no hubo interrupción ni en la llegada de los cheques. La única diferencia era que los sobres sin abrir se iban acumulando en una mesa y las cajas de pizza vacías desbordaban del tacho de basura. Gabriel subía casi todos los días a emprolijar el desastre, un poco, pero no tenía ánimos para nada más y sistemáticamente se negaba salir con el grupo. Preguntale cuál de las infinitas píldoras sirve para levantarte el ánimo y tomátela, le aconsejó Bolek la única vez que Gabriel más o menos pudo hablarle del asunto.

Muriel murió de sobredosis en su cama en su nido con las mismas sábanas de siempre. Gabriel piensa que Ray ni llegó a percatarse, que quizá ella quedó ahí todo un día, una noche, muerta, sola pero no debe de haber sido tan así porque al fin y al cabo no hubo intervención policial y el entierro parece haberse desarrollado dentro de cierta normalidad dadas las circunstancias.

Y cierto día Gabriel subió y lo encontró a Ray profundamente dormido en su propia cama, en su vencida y desvencijada cama, también con algo de nido, y decidió aprovechar para arreglarle la estantería de la entrada. Se la había colocado frente a la salida del montacargas, creando un falso pasillo, un prólogo, para evitar que los visitantes tuvieran una impresión directa del loft. Entonces mientras Ray dormía se la arregló primorosamente pero cuando Ray por fin despertó se puso furioso con él, lo echó de la casa, lo acusó de desbaratarle el orden y gritó que nunca más iba a encontrar nada por su culpa. Y que nunca más le pagaría su sueldo.

Debe haber sido ese arranque de furia lo que impulsó a Ray una vez más a la calle, y según parece salió durante cuatro días seguidos y por fin apareció con Laurie. Una amiga de Muriel que ya había estado de visita en alguna oportunidad. Una especie de Muriel más vital y menos sugestiva, menos translúcida. Fue Laurie quien bajó un día a pedirle socorro a Gabriel por el tema de las cucarachas, y después lo invitó a subir para que la ayudara a colocar bien los sebos, y fue por Laurie que Gabriel recuperó su trabajo de auxiliar en el loft de Ray pero perdió el entusiasmo. Laurie iba y venía y emitía opiniones, no hacía nido en su cama, cambiaba las sábanas comprando siempre sábanas nuevas, algunas bellísimas, Gabriel se armó de más de un juego simplemente mandando al lavadero las que Laurie tiraba a la basura, y Laurie le dejaba carteles de cariño a Ray escritos con lápiz de labios en el espejo del baño, dibujitos varios, y la vida en el segundo piso parecía hasta normal y muchas veces se abrían las ventanas.

Quizá fue por todo esto que Gabriel le regaló a Ray sus dibujos.

Eso quiere creer él aunque no lo diga.

Ella ahora, ya recuperada del shock, piensa que en

realidad lo hizo como homenaje a Muriel. Mientras Muriel vivía sobre su cabeza Gabriel podía hacer libremente sus dibujos eróticos. Después perdieron sentido.

****

El alma humana es un mar de hebras sogas cables hilos y pelusas, y a veces ella se jacta de poder hilar fino. En lo que respecta a los otros, porque para sí, nada. Es algo muy común, no lo sabrá ella que ha frecuentado tantas tribus donde el brujo o el chamán pierde su don cuando intenta usarlo en beneficio propio. Al mismo tiempo tampoco sabe ella qué es exactamente lo que quiere. Ya pasó los cuarenta, vive en New York por la fuerza de las circunstancias y le encanta, tiene un buen trabajo que le asegura la visa y no le exige mucho, hace anualmente su tediosísima declaración de impuestos, y no puede atar sus propios cabos sueltos que son muchos.

Otra cosa. Colecciona gente o mejor dicho colecciona historias de gente como Lara coleccionaba marionetas. Tiene un baúl lleno. Lo puede llevar consigo a todas partes. A veces se lo reprocha, ¿cuándo te vas a involucrar?, se pregunta. Tantas veces, es la autorrespuesta; tantas veces jugarme de cuerpo entero y así me va. Quizá por eso se siente vulnerable. Quizá por eso cree que quienes la quieren en rigor de verdad quieren comérsela.

Fue un moverse demasiado a lo largo de años y ahora deja que el mundo se mueva a su alrededor. No podría haber elegido mejor ubicación. ¿Elegirla? Más bien la ubicación la eligió a ella. Cierta vez la invitaron como

Luisa Valenzuela

profesora visitante por un semestre y aquí quedó, viendo pasar las estaciones.

Ya lleva casi cinco años en New York. Nunca antes se había quedado tanto tiempo seguido en parte alguna. Nunca desde que se alejó de su tierra natal, dos décadas atrás, y ahora ni sueña con volver a pisarla. ¿Abandonar la Big Apple? Sí, cuando la haya explorado a fondo. Es decir nunca, porque esta es la ciudad de la transformación constante, y cuando ya cree haberse compenetrado de una zona, la zona se convierte en otra.

Así también empezó su vida en Buenos Aires, dibujando la ciudad, adaptándola a sus propios requerimientos. Eran otros tiempos, otras libertades ya bastante acotadas. Igual ella jugaba el juego de encontrar rincones mágicos y transformar al patético café en el barrio de Flores, por ejemplo, en un punto de Montmartre y hacer de la torre de los ingleses Londres, y viajar en colectivo como una correría a tierra incógnita. Tiempos de imaginación a todo trapo por los piringundines del Bajo con la barra El Chivo de Lata, nombre reivindicatorio que nació cierta noche cuando los echaron del restaurante El Ciervo de Oro por tener un aspecto tan raro.

Hoy ella se siente de ánimo nostalgioso. No le ocurre a menudo. De tanto ir de acá para allá aprendió a no extrañar. Ella misma se asombra, pero no echa nunca nada de menos. Puede dejar hoy esta ciudad extraordinaria y no añorar la pérdida. Se va y baja la cortina, no mira para atrás, no será nunca una estatua de sal es decir que las vacas no vendrán a lamerla, no dará vuelta la mirada a ver si Eurídice la sigue porque no hay Eurídice ni Orfeo

220

ni nada de lo que se les parezca, y quizá ahí radique el meollo del dolor. No quiere ni mirarlo.

Ha renunciado a las errancias. Quien no parece haber renunciado es aquel que la habita, el que desde la profunda intimidad de su ser le habla, el mismo que suele dictarle órdenes que ella no quiere escuchar, y queda totalmente enmudecido cuando ella necesita saber de sí lo que sólo él sabe. Ella estaría por darle un nombre de no sospechar que un nombre en lugar de acercárselo lo alejaría. ¿Alguien acaso le dice Pepito a su propio inconsciente?

Ella está supuestamente quieta, él la lleva a merodear por los mundos. Sueña, dormida sueña con viajes o más bien con las valijas que debería hacer y no ha hecho, con aviones que están a punto de partir, aeropuertos que se estiran, con imperiosas cuentas a saldar antes de irse, pasillos de hoteles ignotos donde nunca logra encontrarse con Cortázar.

No sabe si tiene que huir o si está huyendo.

Ninguna de las dos posibilidades la satisface. Quiere una tierra firme y no la logra. La tierra se llama afecto. Corre al teléfono, llama a todos sus amigos, decide dar una fiesta, porque sí, celebrando la nada.

La fiesta

Support wild life, throw a party, decía una tarjeta que alguien le mandó una vez. Ella hizo propia la idea y les dijo a todos: Traigan algo de comer, yo pongo las bebidas. Hubo entusiasmo salvo en Bolek que la acusó de banal. Vos traé mis cartas, nomás, le contestó ella, y nos las comemos en una bonita ensalada.

Sólo si antes las leemos en voz alta a dúo, retrucó el muy maldito.

No despertar al perro que duerme, suspiró ella con buen criterio y se dispuso a seguir llamado.

Raquel propuso cocinar algo, Gabriel dijo que la ayudaría. A Vivian le encantó tanto lo de la vida salvaje que sugirió una fiesta en la selva africana. Buena idea. Juntas fueron al día siguiente por la noche a comprar elementos idóneos. Ella se entusiasmó con un globo gigante, gris opaco. Le dibujará cara de hipopótamo para meterlo en la bañera llena cuando llegue el momento, y ahí mismo se le cruzó la idea de disfrazarse de sirena y quedarse junto al hipopótamo en el agua. Ganas de fiesta tenía, pero no ganas de participar. Que se las arreglen solos. Por fin decidió que poca sirena hay en la selva del África Ecuatorial y mejor se compra el equipito de jogging con estampado de leopardo que vio en una tienda. Piensa pintarse la punta de la nariz negra, y bigotes, y seremos todos adorables y prístinos, será una gran familia.

A Ava naturalmente no la invitó. No pretende apartarla de su noble camino.

El apartamento es chico pero bueno para una fiesta. El dormitorio diminuto en relación al salón sirve para descargar abrigos y refugiarse por un rato. La cocina es muy espaciosa, tiene una mesa grande donde organizar toda la parte manducatoria, en el living hay pocos muebles y cómodos. Despejó la mesa de trabajo y la puso contra el sofá que divide el área en dos. El resto de los pocos muebles se organizarán solos, con el ir y venir de la gente. Raquel depone su natural austeridad para decorar la casa y convertirla en selva. Mucho papel crêpe verde y bananas de plástico colgando del cielorraso. La colección de máscaras africanas ayuda a lograr un aire más impactante, y hasta hay un tigre de Bali que, asomando a un costado de la biblioteca, aporta lo suyo. La iluminación será de vela y una que otra lámpara de aceite que encuentran por ahí. La música también la eligen con cuidado, aunque los tambores son mayoritariamente japoneses y el vudú es brasilero. Además ella es la feliz poseedora de un ídolo grande de madera que en su cuarto de hora le fabricó cierto africanista afroamericano. Se trata un ídolo cubierto de clavos como colchón de fakir, porque cada vez que uno le pide un deseo debe clavarle un clavo. Le fue entregado ya ahíto de deseos, ella hizo su aporte de clavaduras varias hasta que se hartó o se impresionó o todo junto y el ídolo fue a parar al fondo de un armario.

Raquel supo recuperarlo y ahora reina en el alféizar de una ventana, con clavos y martillo adjuntos, para quien quiera pedirle algo. Con tal de que en el entusiasmo no me rompan un vidrio, le comenta ella a Raquel y Raquel ríe y no registra el touché. Se ve que tampoco calibra todo lo wild que puede llegar a ser un party.

Ella saca a relucir su colección de vasos desparejos y los pone en una punta de la mesada de la cocina, al lado de la heladera para quienes quieran servirse bebidas frías, las demás botellas están al alcance de la mano junto a tirabuzones y sacatapitas, perfecto autoservicio. La comida se irá depositando sobre la mesa a medida que llegue, los platos son una gloria que encontraron en un bazar: de plástico descartable verde, en forma de hoja lanceolada. En la remota selva de Vanuatu, le comenta ella a Raquel, usan unas hojas muy parecidas cuando tienen visitantes foráneos, son muy considerados con el otro, le hacen la vida fácil, arrancan unas hojas y las apilan para que cada uno las use de plato y se vaya sirviendo sus gumbos de mandioca y leche de coco, también presentados en hojas gigantes, claro está, que arrancan de unos arbustos locales.

Esto se nos está convirtiendo en una fiesta demasiado antropológica, hubieras invitado a gente de la universidad, le reprocha Raquel con cierto desencanto mientras se pone a disfrazar de árbol tropical al pobre ficus colgándole algunos platos-hoja. Juanita la plantita de marihuana queda en su lugar, para quien quiera servirse. Ella está segura de que no la van a diezmar, sus amigos han superado esa etapa, no se sabe si para bien o para mal.

A no inquietarse, le dice ella a Raquel, al rato; de la universidad sólo invité a Eileen Capsinsky, y es socióloga. Me llamó esta mañana para preguntarme si festejaba algo, dijo que tenía un regalo para mí. Veremos.

Ha llegado la hora de caracterizarse, aunque Raquel sólo accede a ponerse sobre su enterito negro un bellísimo pectoral Dinka del Sudán, como una capa hecha de cuentas. Eso se usa directamente sobre la piel, la desafía ella. Vestida así soy una negra, a pecho descubierto sería una blancucha cualquiera, ríe Raquel, que está lista en un segundo y puede ir recibiendo a los primeros invitados.

Y cuando por fin ella aflora del baño después de maquillarse largamente y pintarse una cara de leopardo que le sienta, ya hay bastante gente copa en mano, algunos de safari, Gabriel espléndido vestido de guerrero Masai, Vivian totalmente *Out of Africa*. Ella se desliza como pantera, sin saludar a nadie, hasta su mesa de trabajo. Es la única representante de la fauna autóctona en la fiesta africana y se toma a pecho su rol. Trepa a la mesa con la mayor gracia posible y se echa allí, como pantera en la rama, un brazo o mejor dicho una pata colgando sobre el sofá. Merecido descanso después de haberse manducado al cervatillo...

Bolek que llegó sorprendentemente temprano se sienta en el sofá a la altura de la pata y la acaricia. No condescendiste al menor disfraz, le ronronea ella. No creas, contesta él señalando un mínimo arañazo que le surca la mejilla izquierda: es una escarificación ritual, se practica mucho en mi tribu.

Vivian, solidaria como siempre, se está encargando de organizar la sección comidas. Las bebidas no necesitan apoyatura alguna, cada uno se sirve alegremente, se ve que la decoración los anima, no hay como las fiestas temáticas siempre lo supo ella. La música suena a todo trapo, le gusta estar así, como animal ahíto en su propio territorio, sin tener que ocuparse de los otros. Le han alcanzado un gran vaso de vino, Bolek la va alimentando con la mano, unas riquísimas croquetitas, vaya a saber quién las trajo. Ella casi ni piensa en Joe que hubiera aportado tanto color local a estos festejos.

La boca de Bolek está a la altura de su oreja.

¿Escribiste el cuento, beautiful?, le sopla.

Quiero más cartas.

No te las doy. Las vas a destruir.

Por supuesto, me pertenecen, puedo hacer lo que quiera con ellas.

Yo te voy a escribir, cartas y más cartas, vamos a hacer juntos una novela epistolar, quiero tu pluma, beautiful.

(La ficción es indigna de vos, le había dicho en más de una oportunidad Facundo antes de recibir las cartas, antes de pensar que lo de ellos –si algo verdaderamente de ellos hubo más allá de la ficción del matrimonio– iba a hacerse unilateralmente epistolar y mentiroso.)

Intenta borrar el incómodo recuerdo. A veinte años luz Bolek propone la ficción, y una ficción conjunta. Se ve que él no quiere quedarse fuera: donde ha habido fuego cenizas quedan, lo sabe, y sabe que las cenizas queman. Pretende arrimarse al calor de los rescoldos.

No, le gruñe ella.

Nada de melindres, beautiful...

A las panteras se las trata con más respeto.

¡Respeto mis pelotas!

Y le pega un tirón del brazo y ella cae despatarrada sobre el sofá, casi encima de él.

Vivian parece ser la única en percatarse de la maniobra, los otros bailan y beben y como buenos neoyorquinos no prestan atención a las cosas raras a su alrededor. Pero Vivian se acerca, le palmea a ella la cabeza como si fuera un perro y no un felino feroz, le da un beso a Bolek en la frente, se aleja para seguir bailando. Bailar es lo que más le gusta. Bolek la agarra a ella en lo que parecería ser un abrazo pero es más una toma de yudo, después afloja y le pregunta:

¿Cómo pudiste sustraerte del vicio de escribir cartas? ¿Cómo resolviste el síndrome de abstinencia?

No se lo digas a nadie.

Te prometo.

No le digas a nadie lo de las cartas.

Bueno.

Fue fácil. Estaba en Barcelona, de regreso de la India, y me propuse trabajar a fondo el tema de la prostitución sagrada. Escribí varios trabajos y me resultaron mucho más estimulantes, las cartas ya habían perdido su encanto, qué querés que te diga.

En Bali también. Estuviste.

En Bali también, habrás leído mi ensayo en *AnthToday* sobre las cremaciones, la otra cara del asunto.

¡Ensayos, artículos, peipers, el puro aburrimientos! Leí tu carta, es de las que me gustan.

Devolvémelas o te clavo las garras.

Probá, nomás; también eso me va a gustar. Y después

salite de tu intento de recuperar el pasado, es un plomo, densísimo, así como saliste de las cartas para meterte en una investigación en serio, ahora salite de todo lo viejo y musgoso y creá algo nuevo. You can do it, beautiful.

Y de nuevo la tomó en sus brazos como para abrazarla amorosamente, pero era para acapararla. La gente entraba y salía de la casa, el baile estaba a más no poder, alguien había traído serpentinas y desde su ángulo visual todo parecía una confusión de cuerpos entrelazados y anudados por esas tiras de colores; sin embargo ella supo de su presencia una fracción de instante después que Bolek. Bolek puede haber visto la cabeza de él sobresaliendo por encima de las otras, ella con la mirada a la altura de entrepiernas quizá lo olfateó, estaba en una buena posición para olfatear un hombre, el hecho es que supo que Tim había ingresado a su territorio aun antes de haberlo visto.

Quiso incorporarse y Bolek la retuvo. Vamos a escribir una novela en colaboración, le dijo al oído, y ella le contesté sí, claro que sí. Cualquier cosa con tal de desprenderse.

Ahora no es más un cuadrúpedo echado, está con Tim bailando contra la música, descubriéndole a la música un ritmo lento dentro de la síncopa frenética. Bailan en otro lugar, en otro tiempo. Tim resultó ser el célebre regalo de Eileen Capsinsky. Se lo trajo envuelto en celofán, es decir con una especie de gola de celofán y moño. Él, encantado. Ella lamentó no ser una núbil cum-

pleañera en Buenos Aires para respetar la costumbre de
poner los regalos de las amiguitas sobre la cama.

Pero recuerda que está furiosa con Tim y se pone a in-
creparlo. ¿Cuándo llegaste? ¿Por qué no llamaste antes?
Dijiste que nunca vendrías sin avisarme ¿a qué jugamos?

Tim va contestando las preguntas con calma, vino
ayer a la tarde a un coloquio, la iba a llamar pero Eileen
lo invitó antes y quisieron darle la sorpresa, no estaba seguro de poder viajar por eso no la llamó desde Los Angeles, no claro que no, no estuvo en Manhattan para nada en los últimos dos meses. ¿Cómo crees que no te iba
a avisar?, se ofende; eres mi refugio en esta ciudad de locos. ¿Y en Los Angeles? inquiere ella. Ahí mi refugio es
el trabajo.

Los asesinos seriales y yo, bonita mezcla, masculla ella.

Bailan y bailan, y con suerte esta fiesta termina bien
para ella y él se queda. Tantas fiestas tiradas por la bor-
da, exceso de compañía y después de nuevo sola como
llegó al mundo, sola como trompo girando en el vacío,
como globo al que le cortaron el piolín y las corrientes
ascendentes se lo llevan para arriba, demasiado arriba,
alejándolo irremisiblemente de sus compañeros. No quiere quedar sola después de esta fiesta, no quiere ser un felino aislado, desparejado, apartado como le suele ocurrir
de la manada.

Tim la aprieta fuerte y ella baila en puntas de pie, habla en puntas de pie, toda su actitud es en extremo cui-
dadosa para no ahuyentarlo. Es una cualidad que se reconoce, ella, esta de espantar señores muy a su pesar, y
Tim resulta ser sumamente susceptible. Despacito, que
lo cazamos vivo, decían con Greta en lides similares.

¡Que siga la runga!, de golpe reclama ella de un grito. Él no está de acuerdo. Amenaza con irse, tiene que preparar su trabajo, cuándo no, en este caso la conferencia que debe dictar el lunes. Ella lo acompaña al diminuto dormitorio y él impertérrito se pone a buscar su impermeable entre la pila de sacos y carteras. Lo encuentra, por fin, claro que lo encuentra, no iba a perder así nomás su cota de malla –piensa ella– y rápidamente antes de la menor vacilación se la enfunda. Pero ella también es rápida, y de un zarpazo le arranca el cinturón y empieza a fustigarlo con el lado de la hebilla. Le gusta esta posibilidad de látigo, le da con más y más fuerza. A su caballero andante en su cota de malla también parece gustarle y empieza una danza que tiene mucho de deleitoso despliegue, como aves del paraíso en baile nupcial, y en el vano de la puerta del dormitorio se ha detenido Vivian de perfil, para observarlos con un solo ojo, más holograma de Garbo que nunca.

Brasas

Mediodía de domingo. Ella siente su cuerpo contento, pero su cabeza se niega a aceptarlo, anda por región
de desconcierto, Tim se acaba de ir a pulir la conferencia que debe presentar mañana, estará toda la tarde en
el hotel, le pidió que lo llame, la va a extrañar le dijo, el
cuerpo de ella está feliz colmado de caricias, la cabeza no
logra permanecer con Tim en el recuerdo del amor, a cada instante zarpa para hundirse en la recuperación de
un sueño hecho todo de brasas: Como en Fiji, caminaba
yo sobre el fuego en un éxtasis del que paso a paso me
iban arrancando las palabras, sí, palabras sueltas, procaces, descarnadas, porque los carbones ardientes eran en
realidad mis cartas, camino de cartas ardientes como brasas porque el que yo iba transitando, tan pero tan lentamente, mientras palabras hechas chispas me saltaban a la
cara, estallando como petardos en su propio sonido.

Se le está partiendo el cráneo. Le duele, le duele. ¿Será este dolor un querer salirse del pensamiento activo?
No pienses tanto, te hace mal, solían decirle los machos
en su juventud, bienintencionados ellos. Tal como se
siente ahora ni pensar puede. Y piensa. O imagina o en-
sueña y todo se le apelmaza. Y acaba borroneándose. Decide ir al dolor de cabeza como enfrentando un ente,

para intentar amigarse con él. En lo posible. Si ha sido su compañero durante tantos largos años, ¿por qué no aceptarlo? Es un ojo legañoso de párpados pegados. Es un capullo de flor que quiere abrirse y está petrificado, anquilosado. ¿Qué aroma, perfume, olor o ponzoña tendrá esta flor? No le da permiso para abrirse. Parecería punzó, un color que ella no tolera para vestir su cuerpo. El color del amor. Bien podría ser esta la flor tan cerrada: amor nunca confesado, reconocido, nombrado. No le sirve saberlo, el ojo de párpados pegados no quiere abrirse. Por suerte el dolor no le permite ponerle un nombre a las cosas.

Intenta trepar por un árbol de infinitas ramas. Se desvía.

Tanto ir y venir en busca de continuidad en su vida, ahora entiende que la única continuidad no ha sido el amor sino este dolor de cabeza que la acompaña por el mundo. De sur a norte, de norte a sur y, las más límpidas veces, cuando el magnetismo de la tierra lo permite, de oeste a este en procura de las fiestas de la tierra y los seres del paisaje consustanciados con el agua o la roca.

Toda vida es un viaje o una búsqueda. La de ella ni más ni menos pero sin concesiones. O muy pocas. Algunitas nomás: la punta del pie para probar la temperatura del agua, la yema de los dedos de una mano para rozar apenas una piel muy tersa y después salir corriendo. También escapa. Y cancela. Raras veces, rara avis, raro estremecimiento al que responde.

Con martillos le están golpeando la cabeza, le explotan las sienes.

Este parecería ser el final de una historia que tuvo su

espejo de alondras y fue sólo eso, espejo. Su afán reflejado en el deseo de otro que pasa a años luz, por distinta galaxia.

¿Serán así los encuentros de la edad adulta, un estar muy cerca por un rato para descubrir más allá un gran vacío?

Piensa en su vida tan hecha de retazos, una busca de amor a lo largo de años, según quiso creer, y así fue, de a ratos. Tantas veces se asomó al abismo de los ojos del otro: una navegación al garete, con las velas henchidas.

Navegando al garete siempre aparecen sombras.

Un derrotero fijo ahuyentaría las sombras y la tranquilizaría mucho. Pero empobrecería el viaje. ¿Y quién quiere un viaje empobrecido? ¿Y quién puede querer a una viajera impenitente?

Las hormonas te enceguecen

Recién hoy lunes de mañana escucha los mensajes en su máquina contestadora. Las hormonas te enceguecen, dice la voz de Bolek y la hace sentir culpable. Toma una decisión un poco desatinada y llama a Creedmoor y pide por él. El telefonista la comunica con la sala de guardia, allí le dicen que sólo a mediodía se lo puede contactar al señor Greczynski, que donde trabaja no hay teléfono.

A ella le resulta insoportable pensar en el mensaje de Bolek, pero también en el aislamiento en que él se encierra con sus locos. Bolek se inventó para sí una isla allí mismo, en el enorme refectorio convertido en algo que aspira a ser un museo viviente pero que en cualquier instante puede convertirse en su mausoleo, se inventó reclusiones diarias sin siquiera un teléfono para conectarse con el mundo de la razón.

Bolek alega que precisamente sería locura permitir interrupciones, que no puede dejar de estar con su gente ni un segundo, que para eso trabaja a puertas cerradas y les da su atención individida. ¿Y si surge alguna emergencia, un desastre como cuando un paciente intentó prenderle fuego a todas las esculturas?, le preguntó ella cierta vez, inquieta. Es mi responsabilidad, contestó él, tengo que arreglármelas solo, también cuando se cagan encima tengo que cambiarlos, o cuando se pelean, por eso me responden, porque los trato con calor humano, como a seres humanos y no como a animales enjaulados.

Bolek trabaja sin red. Eso la acerca aún más a él, la conmueve hasta la médula.

Me encantaría estar allí, piensa desde el corazón; desde la razón se asusta.

La que se queda sin red es ella, cosa que le ocurre a menudo en esta ciudad perversa y milagrosa. Sale entonces a hundirse por el laberinto de las calles, debe ir a la biblioteca pero antes quiere perderse un poco, vagar por cualquier parte, marchar hacia el este cuando en realidad debería enfilar sus pasos hacia el oeste, pretende descubrir rincones nuevos, nuevas e inesperadas tiendas ofreciendo mercadería que ella, sudaca al fin, jamás imaginó. Entra a un diminuto comederito pakistaní a probar algún plato de paladar insólito, o se queda en la vieja tienda tibetana escuchando al vendedor demostrar el uso de los singing bowls. Ante ese sonido como murmullo de millones de abejas vibra y se calma: soy un oso soñando con la imposible miel, la miel chorrea por mi cuerpo y me suaviza. Ya puede dirigir sus pasos hacia la monumental biblioteca de la universidad, vertiginoso suelo de baldosas Escher, moderna cárcel de Piranesi con sus doce pisos de galerías internas que de sólo mirarlas hacia arriba da vértigo invertido.

Encuentra lo buscado con la facilidad que brindan las computadoras al alcance de la mano, sale con los libros bajo el brazo dispuesta a una tarde de estudio y concentración; tiene que preparar la clase magistral del jueves. Escribir su péiper, como Tim, sólo que no está renunciando a compañía alguna, sólo que renunciaría a todo intento de trabajo con sólo encontrar el más mínimo estímulo. Que se hace carne propiamente allí, frente a una de las mesas de venta de libros usados a la salida de la biblioteca. Porque ella se topa casi de narices con la inefable Ava Taurel, husmeando por su territorio.

Ava no se asombra, Ava sabía que la iba a encontrar: eres una rata de biblioteca, la increpa, contenta. La alegría de Ava le resulta peligrosamente contagiosa. Vayamos a un café, reclama.

Nunca hagas a los demás lo que no quieres que te hagan a ti, se recuerda ella, y no opone la excusa del trabajo para esquivarle el bulto a Ava. No. Acepta ir a tomar juntas un capuchino al Bruno's, donde hay unas sfogliatelle que me vuelven loca, dice Ava. Pronuncia perfectamente el italiano, no agrega eses donde no corresponden, esta mujer nunca deja de asombrarla.

¿Siempre dándole al látigo?, le pregunta ella para hacerse la cool.

Si supieras. He tomado discípulas, tu amiga Erica volvió a verme pero sólo para una consulta teórica, otra novela, qué quieres que te diga, cuando podría ser una dominatrix de las mejores.

Eso te pasa por andar dando conferencias. A cada cual su vocación ¿no? Dejala a Erica flagelarse como más le guste.

Me encantas. Siempre tienes respuesta para todo. Hablar contigo es como ir desovillando la madeja, sólo que a veces es lindo dejar la madeja completita, ¿no te parece?, para que el otro juegue, como los gatos.

No se lo dice, pero ella de gatos no quiere ni oír hablar. Y no porque su propia madre llegó a tener hasta ocho, sino porque hay hombres como gatos, mucho ronroneo y mucha caricia, y en el momento menos pensado te pegan un zarpazo y a otra cosa.

Ava no vino downtown a hablar de mascotas, vino en busca de un nuevo argumento para montar esas escenas que tanto la estimulan. La trajo la esperanza de verla, dice, cosa que se concretó como se le suelen concretar las esperanzas porque, le asegura, cuando se tiene la oreja puesta en el deseo, el deseo responde.

¿Eso no está demasiado cerca de la locura, dime tú?, inquiere ella.

Exacto. Está, pero en sentido inverso. Es la única forma que conozco para escapar a la locura, atendiéndola como corresponde, dándole cariño de madre para evitar precisamente que se salga de madre.

Algunos para escapar a la locura, escriben. Como Erica. Y otros le dan cariño de madre pero sin escaparle, como Bolek.

Right on. A ver cómo entras tú en la película. Bolek piensa que eres buenísima para estas cosas, yo ya lo sabía después de lo del MoMA pero parecería haber más, mucho más.

¿Eso piensa el hombre? ¿Y qué otras cosas piensa, si se puede saber?

¿Te parece poco?

(Me parece demasiado. Me parece un asco de parte de Bolek, lo voy a reventar, le voy a cantar las cuarenta, le voy a.)

Ava le lee la expresión, y aclara:

Estuve ayer con él y Vivian, tan encantadores los dos. Es increíble que la pareja funcione, pero funciona, si hasta se van de viaje, no sé si reposo del guerrero o luna de miel. Este mismo fin de semana se van, por bastante tiempo, por eso Bolek no puede colaborar conmigo en mi nuevo proyecto, pero me dejó una clave. Me dijo que a ti las hormonas te enceguecen. Fantástico, te felicito.

Campos de batalla I

Ella saltó como un resorte. Fue un impulso irrefrenable y a la voz de ¡tengo que preparar mi clase! salió corriendo del café casi sin despedirse de Ava. Muy al estilo Tim, reconoció a las dos cuadras, percatándose además de que había huido sin pagar. Se calmó pensando que Ava le debía al menos un capuchino después de enredarla vilmente en sus sucias maniobras con el hombre del MoMA.

Debería de estarle agradecida, se dijo después, ya más calmada. Al fin y al cabo gracias a los tejemanejes de Ava estoy empezando a tomar más conciencia de mi vida: una mierda, reconozcámoslo, se dijo.

Pasó días tratando de ubicar a Bolek por teléfono. Le dejó varios mensajes en la máquina y él, nada. Andaba ella galopando tanta angustia que ni supo cómo logró dictar su clase magistral. En piloto automático, qué tanto.

El viernes a mediodía optó por dar un paso decisivo. Llamó a la empresa Tel Aviv y contrató un coche para ir a Creedmoor. En una hora llego, decidió, es decir un poco antes de la una, lo pesco a Bolek fuera de su sancta santorum o mejor dicho su loco locorum, y que me dé algunas explicaciones que no pueden ser dadas por teléfono. Me deja mensajes insultantes, me embarra con

Luisa Valenzuela

Ava, está a punto de subir a un avión sin siquiera prevenirme y para colmo no responde a mis llamadas. Es demasiado. Conmigo no se juega.

Ir en auto le saldría casi el mismo razonable precio que ir al aeropuerto Kennedy, calculó, y no se equivocó. Ahora está en su casa arreglándose un poco a las apuradas. Piensa despedir el auto en la puerta de Creedmoor como quien quema las naves. No logra encontrar el plano con las indicaciones para llegar, en la desesperación voltea una pila de papeles sobre la mesa de la cocina, como respuesta a la desesperación aparece el bendito plano y por fin puede zarpar.

Le dice al chofer: tome el puente de Triboro hacia el aeropuerto de La Guardia y siga por Grand Central Parkway hasta la salida 22 de Union Turnpike. La segunda salida, no la primera ¿eh? que acá todo es confusión y si uno se distrae un minuto se pierde para siempre.

Las paralelas se juntan, es cierto, y lo más dramático es que una vez que se juntaron empiezan a separarse irremisiblemente y de golpe uno toma una calle ahí nomás pegadita a la otra y un poco más adelante se encuentra a millas de distancia de su meta.

El chofer es un tipo imperturbable. Sólo le interesan las indicaciones puntuales. En una de esas piensa que su pasajera está yendo al manicomio a internarse por propia voluntad y prefiere no correr riesgos de ninguna índole. El mutismo lo protege, como el grueso plexiglás antibalas que tienen los taxistas sobre el respaldo de su asiento, con apenas una ranurita para pasarle la plata. Es cierto que de tener que internarse –ninguno de no sotros está a salvo de un brote– ella pelearía con su último atisbo de razón para que no la interne un tercero. Firmaría su propia sentencia, conoce el mecanismo porque cierta vez asistió al drama de unos pobres padres viejos que no podían liberar a su hija de cierta institución psiquiátrica por la sencilla razón de haber firmado ellos. Todo esto es muy complejo y no viene a cuento, salvo para marcar las extrañas leyes que rigen el confinamiento de los locos, pseudo locos y trastornados en esta parte del planeta.

De golpe la asalta el recuerdo de su tardecita en Bellevue Hospital. Cierta amiga de esas que de a ratos se piran, la puntita nada más pero se piran –they go bananas como dicen acá, they are off the wall– tuvo que ir a la guardia de Bellevue a pedir un ansiolítico y ella estando como estaba en uno de sus accesos Florence Nightingale la acompañó. Lo de Florence Nightingale lo pensó entonces, ahora entiende que fue por malsana curiosidad, para ver una de estas instituciones por dentro. Y lo que vio, en sólo unas horas de espera, fue desgarrador y fue cómico.

La segunda salida, Exit 22, le repite al inmutable chofer.

Ojalá los internados en Creedmoor tuvieran una segunda salida, piensa. También los de Bellevue Hospital. En su pantalla mental aparece la imagen del bellísimo etíope que vieron allí. Etíope, decidieron con su amiga, porque así se explicaban los rasgos tan agudos en el rostro casi azul de puro negro. En la guardia de Bellevue, dos enfermeros que más parecían matones lo trajeron rodando en una silla de fuerza, para llamar de alguna manera a ese artefacto al que el pobre bellísimo etíope estaba atado, y él imperturbable como el chofer que hoy le da la espalda. Pero el pseudo etíope no conduciendo nada de nada aunque quién sabe. Los enfermeros se quedaron un rato en la tétrica sala de espera, vigilándolo. Él murmuró algo apenas más audible que un suspiro y los enfermeros consintieron en desatarle los brazos. Sacó entonces un pequeño peine del bolsillo de su piyamas y empezó a atusarse las crenchas. Algo muy solemne, parsimonioso. Hasta el punto que los enfermeros viéndolo tranquilo intercambiaron un saludo con el policía armado que custodiaba la sala de espera y partieron hacia otros menesteres. Al rato el negro increíble volvió a guardar el peine en el bolsillo y sacó del otro digamos bolsillo bien central su enorme, oscurísimo miembro y se puso a sacudirlo con la misma parsimonia del peinado. No tardó en producirse el revuelo. Alguna loca chilló más agudo que de costumbre, el guardia armado obligó al negro impertérrito a guardar sus intimidades y lo volvió a atar a la silla de ruedas. Para desatarlo al rato, nomás, por buena casi autística conducta.

En el semáforo doble a la derecha, le dice al chofer blanco. Y en el próximo semáforo a la izquierda, la primera vuelta a la derecha es la entrada a Creedmore.

El etíope entonces repitió su rutina. Peine, pene. En el mismo orden, siendo este último muchísimo más enorme y vistoso y quizá –aunque no se traslucía en su mirada– placentero. El guardia se abalanzó hacia él pero el etíope, con pétreo señorío ancestral, un pura sangre, retomó su peine, lo dejó caer y con un gesto mínimo obligó al guardia a agacharse a sus pies para recogérselo logrando colocarse así, por un brevísimo instante, muy por encima de sus desdichadas circunstancias.

Primera vuelta a la derecha.

Y ya están frente a Creedmoor, todo un pueblo amurallado. En la garita de entrada ella pide por Jack Seymour, el psiquiatra amigo de Bolek, Seymour da el OK por el intercom, el portero indica el camino: media milla hasta el signo de Stop, derecha, pasar bajo la autopista, continuar por más o menos un cuarto de milla. A la vuelta de la capilla y frente al campo de atletismo se encuentra el edificio que buscan. Bolek está acabando de almorzar, le van a avisar de la visita.

Para disipar en parte la furia que la impulsó hasta aquí ella se concentra en fantasear que quizá, con suerte, el bello loco etíope ha sido consignado a Creedmoor y ahora en los talleres del museo viviente está dibujando sin tregua bellísimos autorretratos que encumbradas damas de la sociedad comprarán a muy buen precio para amenizar al menos imaginariamente sus noches de tedio conyugal.

Campos de batalla II

Bolek casi ni la deja bajar del coche. La increpa. Sospecha que no ha venido para nada bueno, así a las apuradas y sin aviso previo. Hoy es un mal día, le dice, estamos orientados hacia el espacio, no estamos pintando sino haciendo grandes esculturas, no hay lugar para visitas, no puedo distraerme ni un segundo, queremos crear algo así como un drama espacial, nos queda poco tiempo, le dice.

Drama espacial y hasta muy especial te voy a hacer a vos y aquí mismo si no me dejás pasar, contesta ella sin respiro; ¿qué es eso de andar esquivándome el bulto día tras día?, le contaste mi vida a Ava, buchón, delator, creí que eras un tipo discreto.

Te queda bien el enojo. Te ponés muy bonita cuando te enojás.

Sí, sumá nomás insulto a la herida.

¿No es esto lo que hay que decirle a las mujeres cuando se ponen furiosas?: la furia te sienta. Mis amigos straight siempre dicen eso en casos similares.

Sos una rata.

Ahí llega mi gente y voy a tener que trabajar, hablamos en otro momento.

¿Cuándo, si mañana te vas de viaje sin avisarme?

Ah, es por eso. Por celos. Cuán indigno de vos, beautiful. Me halagás debo reconocer.

Es así como la deja pasar, y a ella el enojo se le diluye más de la cuenta cuando al subir al primer piso descubre los enormes progresos en las distintas salas.

Paseate, le dice Bolek, recorré todo lo que creas necesario, tené cuidado si andás por la planta baja, hay lugares que todavía no limpiamos y hasta puede haber ratas, no sé, cosas peores, contagiosas, impensables; y no me refiero al contagio fisiológico no, nos hemos ocupado bien de desinfectar y demás, acá se trata del otro, en fin, vos me entendés mejor que nadie, andá, te dejo suelta, no puedo ocuparme, tengo que, pero husmeá bien después te voy a contar, el proyecto que tenemos para la planta baja es fantástico aunque va a ser para más adelante si conseguimos apoyo económico; con suerte encuentro un minuto para hablar con vos, si no otra vez será, hoy mi gente está más alterada que de costumbre, creo que perciben que me voy, no les gusta nada, yo no les soplé palabra pero ellos son así.

Todo esto se lo fue, va, irá diciendo de a trozos, mientras ella lo sigue de un campo de batalla a otro, y él acomoda sus herramientas de trabajo y pone todo en marcha y organiza en lo posible el desquiciado y muchas veces deslumbrante trabajo de sus discípulos. Para evitar que los susodichos comprendan se dirige a ella de a ratos en castellano con su duro acento cómicamente argentino, retoma el inglés porque el inglés parece tranquilizarlos, impreca en polaco y ni los internados ni ella pescan una palabra y todos se ponen nerviosos al unísono, ella construye un discurso apenas hilvanado con esto que Bolek le va contando en hilachas, quisiera preguntar y no puede, él no la deja, él está en otra parte como un gran director de orquesta armonizando a todos sus músicos. Los artistas.

Después, después, después, oye la promesa en la voz de Bolek aunque él no la verbalice. Después le dará la llave para ir a jugar. Ahora sólo le permite una inspección ocular del territorio.

Sintiéndose vencida dirige sus pasos hacia las escaleras que la llevarán a la planta baja, a las mazmorras. Las oubliettes como en castillo medieval. Bolek se apiada de ella y le grita en castellano, tan lejos ya que apenas lo oye: Nuestro secreto es nuestro, a Ava sólo le dije que imaginación no te falta. Y no te falta, andá sabiéndolo.

Ahí abajo hay puertas que ella ni se anima a abrir. Otras las patea, furiosa, al grito de ¡imaginación mis huevas!, puertas entornadas y no quiere tocar el picaporte. Adentro ve acumulación de maderas, más que trastos viejos o elementos salvables son escombros los que encuentra tras cada una de las puertas cerradas, a la luz mínima y mortecina de algún foquito colgando del techo o del propio día externo que apenas logra colarse por vidrios inmensamente inmundos, enrejados, rechazantes. Una puerta tras otra, una pieza tras otra, va abriendo las que puede, las que se anima, y nada hay en esos cuartos que pueda sugerirle una idea. Camina y camina y camina, el espacio parece inconmensurable, no sabe si cada vez se aleja más de la escalera que la devolverá a esa forma de la razón que son los locos, allá arriba, trabajando, produciendo sentido créase o no, y ella acá abajo en el sinsentido de este hurgar en habitaciones harapientas como si buscara algo. Se está moviendo en un constante presente, piensa, y piensa que se lo dirá a Bolek si alguna vez puede recuperarle la confianza. Es como si el tiempo en lugar de atravesarla la arrastrara con él, quizá logre decírselo a Bolek algún día suponiendo que alguna vez haya algún día. Me siento anclada en el tiempo como esos satélites artificiales que circunvalan la tierra a una velocidad equivalente a su rotación y entonces siempre están sobrevolando un punto fijo, le explicará. Mi punto fijo no es en el espacio, es en el tiempo; siempre en el presente como tantas tribus indoamericanas que por desconocer la conjugación de los verbos se ven limitados al ahora. ¿Limitados? Quizá sea un mérito el presente, el estar siempre aquí y ahora, no evadirse como tantas veces se ha evadido ella, y ahora abre una puerta más, ahora, y otra, ahora, y otra más –ahora– y todas apenas le permiten asomarse a las mismas tinieblas inciertas tan para nada estimulantes. Ahora, ahora.

A Bolek le dirá, le diré, ahora, ahora, que no se vaya que se quede conmigo que sin él pierdo el norte es decir el calendario, que me devuelva las agujas de mi reloj parado, que las cartas y la imaginación, que ya no doy más, que que que qué fea palabra, una siempre tratando de evitarla cuando escribe sus trabajos pero no aquellas cartas que una ya no escribe pero escribió de una vez para siempre y ahora bien podrían permanecer en el pasado, las cartas, pero no hay pasado.

En el centro central de todos estos aposentos, verdaderos cuartuchos de un desolado y vasto y astroso Palacio de la Desmemoria –reconoce– están lo que una vez fueron las cocinas del refectorio, con gigantescas pailas y descomunales hornos, más grandes aún que los hornos usados por Gabriel para quemar sus sábanas de esmalte, y ella imagina a aquellos que debieron comer en reclusión –aunque quizá este no fue el uso de los cuartos– los internados que sufrieron o exigieron confinamiento solitario tan sólo en horas de comida porque la ingestión de alimentos se les había vuelto lo único privado e íntimo de lo que disponían.

Palacio de la Desmemoria. Son sólo conjeturas.

Ella abunda en conjeturas para no abrir más puertas.

Y es allí, descentrada en el centro mismo del descomunal ámbito, donde la encuentra Joe el viejo, el Joe de Bolek, que la andaba buscando. Lleva a cuestas la valija regalo del otro Joe, el joven. Ella se la regaló a su vez a Bolek, Bolek a su propio Joe. Que hoy parece conectado, este Joe. Se dirige a ella con parca parsimonia para comunicarle que el maestro la espera. Y acarreando el peso muerto de la valija inútil –al menos para quien como ella sólo piensa en utilidades prácticas como un viaje– Joe el viejo la guía hasta el piso alto, el luminoso, ni se detiene para depositar su valija antes de llegar al cuarto conocido como Campo de Batalla 4: La Iglesia. Allí le señala con orgullo la obra que acaba de realizar: los pasaportes cuelgan con broches de madera de una cuerda, como ropa tendida al sol, y también cuelga un cartel que dice *Yo soy todos los hombres*, y todos los pasaportes llevan idéntica foto-carnet de Joe el viejo.

Joe está en todas partes, ella en ninguna.

Es cierto que Bolek se va. Se va y la deja sola con sus puertas semiabiertas y sus fantasmas.

I need a break, le explica él sin tomar en cuenta que con su partida es ella quien se rompe.

¿A las Bahamas, se van? se asombra ella con un soplo de voz y bastante decepcionada en más de un sentido. Bueno, contesta él, el coloquio es sólo una excusa, necesitamos vacaciones con Vivian, nos estamos reventando cada uno en su trabajo, de ahí nos iremos bastante más al sur, ya verás, my dear, ya oirás de mí.

Se irán al menos por diez, quince días, si él aguanta, si no extraña demasiado a su gente de acá y sobre todo a Joe que se pasea con la valija del otro Joe, valija ahora llena de los desechos del mundo, envase perfecto de una obra de arte por él compaginada y sólo por él captada. Yo soy aquí dentro, dice este Joe y Bolek entiende perfectamente, él que se está yendo de viaje libre de bultos mientras su Joe queda acá arrastrando hacia ninguna parte el peso de una valija ajena. Joe es mi otro, dice Bolek delante del otro que parecería asimilar la idea por un resquicio de las palabras, en la comisura misma de su sonrisa de bodhisatva. Es mi alter ego, como una relación simbiótica, reconoce Bolek.

Ella a su vez trata de abrir un resquicio para entrever, por poquito que sea, esta hermandad de almas que se condesa en una valija de secreto contenido.

Bolek se va por unos días y el loco Joe cargará solito el peso de la valija vaciado de su antiguo contenido, más misteriosa ahora que nunca, punto nodal donde muchos convergen, hasta ella y *su* Joe. Coordenadas del deseo.

¡Las cartas!

La convicción se le vino encima como un golpe en la nuca: la hermética valija de cartón símil cuero, de repugnante color sangre coagulada, este hirsuto objeto del desprecio atado ahora con hilo sisal de desflecados bigotes, ahora encierra sus cartas. Bolek se las ha dejado a Joe el viejo en custodia. A su alter ego, su ser en la locura, aquel que lo mira desde el otro lado del reflejo. No podrían estar –las cartas– en manos de un guardián más celoso. Joe duerme abrazado a la valija y prefiere hacerse en los pantalones antes que dejarla del lado de afuera de la puerta del baño.

Ella piensa: sólo el puro adentro puede contener las cartas. Las pruebas de la infamia.

Algo en ella entonces se vuelve araña. Negra. Encoge sus ocho patas dispuesta ya a saltar sobre la presa, y ocurre lo inesperado. Un ruido que casi ni se oye alerta a Bolek. No es el peligro del salto de la araña que él no registró, es otra cosa, son pasos a lo lejos avanzando por el largo corredor que desemboca en este campo de batalla en el que se encuentran.

Ya las seis, se alarma Bolek. Rápido, rápido, le dice a ella empujándola; rápido, metete en ese cuartito, vienen a buscarlos y no tienen que verte.

Y la araña obedece, con el rabo entre las piernas porque la zoología se le confunde y pierde toda identidad guerrera.

¡Oh, dioses!, es así como ella se encuentra incrustada en el más absoluto desván de los desvanes del mundo, rodeada del más inimaginable de los detritus, Merzbau diría Bolek piensa ella porque a Schwitters lo ve por todas partes, aunque Bolek nunca sería tan irreverente, iconoclasta y todo como es, pero nunca tanto, aquí sólo hay una acumulación de mugres, sillas rotas y pedazos de cajones de madera y trapos de todo color y laya que Bolek y Vivian y compañía han ido recogiendo por las muy dadivosas asquerosas calles neoyorquinas acopiando material para futuras esculturas o instalaciones, mientras ella ahí, escondida estatua viviente, se muere de impresión porque puede saltar una rata y ay ay ay.

Deja una rendija abierta para que algo de luz le llegue, y oye las exclamaciones admiradas. Cuánto progreso, dice alguien, lo felicito, dice otro, y bla bla y se percata de que hay varias personas visitando el recinto, no sólo los enfermeros, y entiende que se encuentra entre la pared y la espada, entre las ratas y los psiquiatras, a cual peor. De todos modos queda pegada a la rendija de luz que deja filtrar la puerta casi cerrada. Un cordón umbilical con la realidad, pero Bolek al pasar por allí como en un descuido empuja la puerta y la cierra del todo y ella queda atrapada, con los ojos desesperadamente cerrados para negar que la oscuridad circundante excede de lejos la cortina de los propios párpados.

Así pasan horas, años, lustros. Así pasan los minutos más largos de su vida y todo a sus espaldas son bocas hechas para comerla de un solo y desesperado tarascón.

El aire se densifica con la risa de Bolek. La risa del enemigo Grr. Cuando por fin él le abre la puerta de su confinamiento solitario ella sale hecha una furia. No se le echa encima porque. Algo de civilidad le queda a pesar del espanto. Pero le escupe todo lo que piensa, le da un pedazo de su mente como dicen por acá. Un pedazo grande y sucio. Él la mira risueño:

¿Llenamos la ficha de internación?, le pregunta esperanzado.

Ya es de noche en este mundo septentrional donde oscurece asquerosamente temprano. Meterla en el loquero le simplificaría la cosa a este hijo del diablo, entiende ella. Yo soy ahora un polizón en la ciudad cerrada donde impera el desvarío, se dice.

Hijo de puta, articula.

Y bueno... siempre se les dijo puta a las actrices, le contesta él con esa risa que le sigue cosquilleando el paladar; siempre se les dijo pero vos no lo creas, mi madre era actriz pero también una señora de su casa de lo más honesta. Fue lo que más la aburrió, si supieras.

Ella no puede menos que ablandarse. Bolek es un niño en plena travesura, comprende, y queda atada a su carro. Entiende el afecto que se profesan. Si van jugar, ella decide jugar hasta las últimas consecuencias, en lo posible.

¿Y ahora qué?, pregunta.

Ahora tenemos que ver cómo te saco de este edificio. Clandestinamente, por supuesto.

Y me sacás de toda esta enorme institución maldita.

Ahí ya no podemos hacer nada. Hoy tengo permiso para pernoctar acá, vas a tener que quedarte a dormir conmigo en la misma cama, bajo las mismas sábanas. Una sola persona.

Walpurgisnacht

Como siempre ante las máscaras, una queda desenmascarada en toda su mediocridad y cobardía. Ella tuvo la oportunidad de escapar del museo viviente como una obra de arte más, en carne viva, y optó por el simulacro de lo cómodo. O mejor dicho de aquello que está a salvo, en la orilla segura y resguardada de las cosas. Nada de andar arriesgando, sin poder jugarse el todo por el todo para saber que cuando se logra aflorar del otro lado –si se logra– somos más ricos y más espléndidos por el solo hecho de haber encarado el desafío.

Bolek le presentó dos opciones opuestas: una camisa de fuerza y un delantal de enfermera. Para el frío te vienen bien estas mangas largas, larguísimas, le dijo, y la camisa de fuerza en sus manos era una incitación a dar el salto.

Con el delantal de enfermera no hay salto posible. Optó por este último.

Bolek apelando al más decepcionado de sus tonos de voz suspiró: Creí que te gustaban los disfraces. Y ella tuvo un atisbo de iluminación cuando el contestó:

Por eso mismo, precisamente.

En el mundo tan bien estructurado del manicomio a nadie se le puede pasar por la cabeza que un ser casi normal decida confinarse allí aunque sea por una sola noche. Razón por la cual pudieron avanzar con desenvoltura hasta el pabellón de dormitorios donde le habían asignado un cuarto a Bolek. Era hora de la comida para los habitantes de esa ciudad espectral, espectros ellos dos también, tirados ahora sobre la cucheta, hablando bajito.

¿Qué noche nos espera?, pregunta ella habiendo aceptado el encierro como una fatalidad indiscutible.

Ponete cómoda, sacate un poco de ropa, le dice Bolek pero ella prefiere seguir así, con el delantal por si acaso, como si la impostura no fuera la más grave de las faltas.

¿No pensarán que soy familiar de algún loco, acá para ayudarlo a escapar?

Descuidá, en este país nadie quiere a los locos en su casa, más bien pensarán que trajiste a alguno para meterlo clandestinamente.

¿Esta no será una trampa tuya?

Quizá. Pero reconocé que vos viniste solita a meter tu cabeza en el lazo.

Oficialmente Bolek ha decidido quedarse esta noche en Creedmoor para organizar bien las cosas a la mañana temprano, dejar instrucciones y establecer el orden que le permitirá gozar de sus diez o quince días de vacaciones con tranquilidad. En su fuero interno ha tomado esta decisión bastante sacrificada porque sabe que sus gentes estarán más inquietas que de costumbre, intuyendo como intuyen su partida, y no quiere abandonarlos, necesita estar con ellos hasta último minuto para darles una sensación de pertenencia. Es decir que él les pertenece a ellos. Ella es sólo una intrusa.

¿Tus loquitos no van a mencionar mi presencia esta tarde en tu zona?

En absoluto. Nadie mejor que ellos para guardar los secretos de alguien que aprecian. Y para entender cuándo algo es un secreto.

¡Ya me sospechaba yo que le diste mis cartas a Joe para que ande trambaleándolas en la estúpida valija!

¿Qué?

No pudiste oír mejor.

No grites.

¡Mis cartas!

No grites, nos vas a delatar.

Basta de jugar conmigo.

Basta de paranoias, mi querida, ya te dije, no me obligues a llenar la ficha de internación y solucionar así el problema de tenerte acá escondidita.

Amenazas, ahora.

Amenizas ahora mis veladas... Calmate, beautiful, ¿dónde está tu alegría, tu confianza?

El loco Joe tiene mis cartas, se las diste a tu Joe dentro de la valija.

No sería mala idea pero no, no las tiene, te aseguro.

Y Bolek procede a explicarle, como quien le explica a un chico, a un demente (hay que reconocer que tiene aptitudes) que ni en su muy guacha vida se le podría haber ocurrido eso de darle las cartas a Joe por más alter ego que sea. Además las cartas ya no le pertenecen a ella, mal que le pese, los objetos-cartas según todas las leyes de propiedad intelectual han pasado a su posesión ya que si bien él no es el destinatario oficial, no hay evidencia alguna del destinatario oficial etcétera y a él le pertenecen por derecho propio, por haberlas rescatado del derrumbe, es una forma de decir. El contenido en cambio sí es tuyo, le aclara; y tendrías que estar atenta a esta circunstancia que te honra e ilumina. El contenido es decir el texto es tuyo y deberías reapropiarte de dicho texto, devolverlo a tu torrente sanguíneo, reabsorberlo, reincorporarlo porque todas las historias no vividas y alguna vez imaginadas también son parte indisoluble de tu historia.

Ella se defiende. Mío no. El texto, letra por letra y palabra por palabra, le pertenece a quien recibió esas cartas por correo. Fue un regalo ¿no? Yo se las mandé a la persona esa y a esa persona le pertenecen, las quiera o no. Yo ya no tengo nada que ver con nada de lo que allí se narra.

Al contrario, beautiful, las leyes de propiedad intelectual, insisto, dicen todo lo contrario: el texto es para siempre de quien lo ha escrito, asumilo.

¿Y la palabra dada, entonces? ¿Es la palabra dada sólo un acto nominal?

De nominación, le aclara Bolek; de nominación. Vos la podés dar de palabra hablada, pero de escritura ya no la podés dar más, a menos quizá que hayan firmado un acuerdo entre los dos, cosa que dudo. De todos modos lo importante no son las burocracias, sino la vida que sigue fluyendo en vos desde esas historias.

Y ella, agobiada de historias relegadas al olvido, renunciadas, por primera vez en tantos años, con el consiguiente alivio y el terror implícito, se echa a llorar desconsoladamente en brazos de un hombre.

Lo tomó de sorpresa, por eso Bolek pudo cobijarla. Ella, sorprendida también, ni sintió pudor ni pensó estar haciendo el ridículo. Lloró y llora y llora, sigue llorando arrebujada contra el pecho de Bolek que asordina sus sollozos. Se necesitó tanta agua, musita cuando logra recuperar la voz aunque sabe que él no entenderá la alusión histórica. Tanta agua, trata de aclarar entre hipos; pero el fuego no se apaga, me achicharra por dentro, dame un trago.

Estás loquita, esta es una institución psiquiátrica, lo único que me faltaba es que me agarren con bebidas alcohólicas.

Algo tendrás. Te conozco.

Sólo unas líneas, no creo que sea eso lo que necesitás ahora. No, en absoluto, no.

Tengo la panza vacía, el corazón vacío, el alma ni sé si la tengo o se me fue por ahí volando por vía aérea.

Noble tarea, dice Bolek que ni en sus peores pesadillas pergeñó frase moralista equivalente, noble tarea, repite con todo descaro y sabiéndola su rehén; noble tarea la de lograr ponernos en los zapatos de quien una vez fuimos, de quien no supimos o no pudimos ser, sobre todo de quien como vos ciertas veces quiso y no pudo, quiso sin siquiera tener demasiado claro ese querer que más bien se convertía en una nebulosa donde las ganas se hacen de goma, chiclosas, y cobran hasta las más impensadas e impensables formas. Yo ahora podría hacerte el amor pero no, yo ahora encerrados como estamos y sin posibilidad de escape podría demostrarte en carne propia cada una de tus perversas ensoñaciones epistolares y vacías, pero yo te quiero de verdad y eso sería escapar por la tangente, volver a fojas cero, no permitirte recorrer el camino de retorno donde con cada uno de los episodios de las cartas fuiste abandonando pedazos de la que hubieras podido ser o hubieras querido ser y nunca te animaste.

A ella le gustaría verse la cara mientras escucha todo esto como si ella estuviera fuera de foco, pero acá no hay espejos.

No me acuerdo, le dice.

Yo te refresco la memoria no te preocupés.

Agarrame, no me sueltes.

Yo te quiero, acordate, yo te tengo te sostengo todo a lo largo del camino pero recordá a cada paso que el camino es tuyo. Querés recuperar tu alma –y mirá que yo de alma nunca hablo, que para algo me crié bajo el marxismo –y yo te apuntalo y te digo noble propósito, te digo, y te voy tirando los cabos que necesitás para no perderte.

Las piedras de toque.

Las piedras de toque son en realidad tus propias historias que han vivido hasta el día de hoy en vos porque todo aquello a lo que se renuncia, toda encrucijada frente a la que optamos, este derrotero sí y los que no también, está siempre presente en nuestro eterno presente y siguen desarrollándose en nosotros como si lo hubiéramos transitado. Si vos en verdad te revolcaste con tu playboy dos coqueiros o con el aborigen en medio del desierto australiano me tiene sin cuidado, igual ellos están acá con nosotros como está con nosotros el marinero desenfrenado de tu carta de junio del 82, creo, o el torturador de...

¡Ése no!

También ése y todos los demás y yo qué querés que haga, ¿dónde meto la mano?

Es esta una noche aciaga, cabe reconocerlo: tantos recovecos donde el hombre podría meter la mano pero este hombre no, cala demasiado hondo, mete tanto más y hay que ver cómo.

El nombre de Facundo no se le escapa a ella de los labios. Sellados están sus labios y por ende tanta otra parte de su ser, sellada. Sólo ahora empieza a darse cuenta de que todo lo no dicho se nos transforma en cárcel. O mejor lo percibe sin darse cuenta, apenas un fulgor que la lleva a estirar la mano y ponérsela a Bolek sobre la mejilla. De inmediato la retira: no se debe tocar el punto del saber, lo que por un breve interludio se nos hace sagrado. Bolek sigue hablando y ella le cree, y comprende (soy también aquello que elegí no ser, me habitan mis renuncias).

En este escuetísimo recinto, esta celda de clausura, hay sólo una mínima cama, casi un catre, una silla, una ínfima mesa y sobre la mesa una botella de agua mineral de plástico y un vaso. Comparten el vaso y ya casi han vaciado la botella; la noche será larga, racionan el líquido. El cautiverio es sólo para ella pero él parece dispuesto a compartirlo, aunque ella presiente que en algún momento él la dejará sola para ir a ver a su gente y a escudarles el sueño. Le da pánico quedarse sola acá, necesita retenerlo a toda costa, sabe cómo hacerlo. El sistema es antiquísimo y le viene avalado por fuentes fidedignas y por experiencia propia. No dejará ni un resquicio de silencio, le irá contando historias hasta que se duerma. Fuera del epistolario, la primera historia, algo que ella asoció por encontrarse en esta semipenumbra sofocando los ruidos:

Yo tenía una pareja de amigos patafísicos, le cuenta a Bolek, patafísicos de verdad, de vieja cepa, de los que ya no se encuentran por el mundo porque no todo era un hablar sino un actuar constante. Cierta vez fueron a última hora al zoológico de Buenos Aires y se escondieron en los baños cuando sonó la bocina de salida, querían hacerse encerrar en el zoo para saber cómo duermen y si duermen los animales en la noche enjaulada. Los baños tenían olor a jaula de fieras pero menos. Allí los dos quedaron hasta la medianoche, cuando decidieron enfrentar el peligro y salir a caminar buscando bien las sombras porque no sé si lo habrás visitado pero el zoo de BAires está casi en el centro de la ciudad y se ve en parte desde la calle. Ellos se fueron metiendo en la profundidad del laberinto y percibieron en medio de la noche un silencio ominoso que ellos iban quebrando como quien quiebra ramas secas al caminarles por encima, pero no lo quebraban con ruido sino con su mera presencia, con su repugnante o quizá empalagoso o apetecible olor a seres humanos, y de golpe un león rugía, y había inquietud en la jaula de los monos, y los antílopes generaban una mini estampida hacia un rincón de su recinto, y no te cuento cuando se acercaron al enormísimo jaulón de los cóndores, y los cóndores aves de presa al fin los olfatearon y armaron tal revuelo que aparecieron los guardias y los metieron en cana.

¿Se los llevaron presos?

Presos. Dijeron que la culminación de la experiencia fue saber en carne propia qué se siente al estar en una jaula, convertidos ellos también en animales. Por suerte eso ocurrió en los tiempos livianitos de Cámpora, que unos años más tarde no la hubieran sacado tan barata, si la sacaban, si salían con vida.

Entonces hubo pasión en lo que hicieron, acepta Bolek; me gusta tu historia y eso que al principio me cayó muy mal que asociaras descaradamente esta benemérita institución con un zoológico. Entendí lo del olor a fieras. También hay olor a miedo, que exacerba a las fieras. Muchas veces olí acá el olor a miedo, es muy dulzón, penetrante, asqueroso y atractivo. Cuestión de adrenalina, parece, no me gustaría olerte a vos olor a miedo, es lo más peligroso que hay, ¿alguna vez lo oliste?

Creo que sí.

Olvidalo. Es una trampa aciaga.

Olvidar como por decreto, ¿se trata de una orden? ¿Pretendés por un lado que me acuerde de todo, que reviva el pasado, los muy descartados incidentes inventados en el pasado, que los reviva con un desarrollo total como si aún formaran parte de mi vida, y por el otro lado que me aparte del miedo? ¿Eso me pedís, que olvide el olor a miedo?

Ese tufo no te deja revivir en paz.

Vivir en paz.

(No te aburras, no te vayas, voy a darte más, no quiero sentir el miedo de este encierro, los pacientes deben de estar aullando en la impaciente noche, desesperándose lejos de su castillo de arte, con su maestro a punto de partir. No quiero que vayas a verlos, ni ahora ni.) Sin solución de continuidad se larga a contar que estuvo en los lugares más remotos de la tierra, sola y su alma, en medio de gente que otros podrían llamar salvajes aunque como siempre sucede eso sería una burda descalificación, y ella nunca tuvo miedo. Miedo animal, incontrolable y abyecto y maloliente, porque lo que es el otro sí, claro que sí, tantas veces lo sintió, en Mount Hagen por ejemplo durmiendo en una choza tejida como una canasta, con los cerrojos de la puerta echados, sí, pero lo único sólido allí era la tal puerta porque lo que eran las paredes, con machete podían atravesarlas como si fueran de papel, y a unos pocos kilómetros había guerras tribales, toque de queda decían los diarios, todo aquel que portase armas es decir hachas, lanzas, flechas, machetes, sería llevado prisionero, pero igual las peleas seguían y ella se preguntaba cómo hacían para salvarse de la matanza los pocos blancos que tan mal trataban a los aborígenes. Eso sin hablar de los espíritus del Sepik latiendo en las máscaras que la rodeaban, pero claro, esos miedos son los gajes de su oficio; le gustan más bien, la estimulan. Después están los otros.

¿Hay amor, allí?, pregunta Bolek

¿Amor? ¿Qué es eso? Amo mi trabajo. Creo.

Antropóloga perversa. Acercate, ponete cómoda, esta cama no da ni para una intimidad distinta pero nosotros estamos ahora atrapados en la choza, por culpa tuya y no hagas ruido, yo voy a...

...Me acuerdo, encadena ella. Me acuerdo de Roger

en París, esto no lo sabés, esto no lo escribí en carta alguna porque me tocó de cerca, sin inventos, y cómo nos gustábamos, nos buscábamos, Roger estaba casado pero era lo menos hombre casado de la tierra, pintor y además tocaba el saxo divinamente, tocaba otras cosas también divinamente, y como en París por asombroso que parezca los encuentros furtivos están menos institucionalizados que en mi patria, los hoteles de paso eran todos un asco, al menos los que él encontraba o podía pagar, y así acabó alquilando una pieza con baño en el departamento de un ciego, de un ciego, imaginate, que le había puesto como única condición que no llevara mujeres. Roger instaló allí su estudio, llenó todo de olor a trementina, el ciego se iba a dormir temprano, el depto era uno de esos muy viejos y enormes pero igual, cuando después de la cena y del cine o lo que fuere llegábamos a hurtadillas, lo mismo había que tomar todas las precauciones del caso, y más de una vez nos lo cruzamos al ciego en el amplio corredor a oscuras, y Roger le hablaba como si tal cosa mientras yo me escondía detrás de él tratando de no respirar, siquiera. Evitaba el perfume en esas citas, todo era olor a pintura y quizá ahora que lo pienso es por eso que me atrae tanto el arte plástico porque Roger como pintor no era gran cosa, pero estaba lo otro.

¿Lo amabas?

¿Qué te pasa esta noche, qué andás hurgando en zonas tan complejas, qué me querés decir?

A no alarmarse. Hablo de amor. Yo por ejemplo al amor lo tengo puesto entre estos seres apartados de las mezquindades cotidianas; son todos aristócratas de la mente, desafiantes compañeros que te hacen sentir como un aprendiz en la vida. Me apuntalan en mi pelea contra el mal llamado mundo real y sobre todo contra el mercenario mundo del arte, las galerías, los marchands, los museos y demás infamias.

Poniendo punto final a su breve manifiesto Bolek se levanta de un salto, hace una elegante reverencia y se apresta a ir a vigilarle el sueño a sus amados, urgiéndola a ella a cerrar bien la puerta y a no delatar en absoluto su presencia. Es por mi reputación, te das cuenta, ¿qué puedo estar haciendo yo con una mujer durante la noche?, le aclara, y sale riendo entre dientes y ella queda apretando los propios, apretando los dientes, hasta que las ganas de mear la ponen en movimiento y decide hacer buen uso de la botella vacía de agua mineral, primero abriéndole más ancha la boca con su lima de uñas. Después, trepada a la silla, la vuelca por el ventanuco y agradece la lluvia y las primerísimas luces del alba que acabarán por liberarla del encierro en la casa de los lunáticos.

¿Yo señor? No, señor. Pues entonces ¿quién lo tiene?

Por suerte es sábado, ella tiene entradas para el teatro La Mamma pero La Mamma quizá tenga que esperar, el teatro promete ser exclusivamente interior en esta jornada oscura. Está en la cama muerta de frío porque salir de Creedmoor no le resultó complicado pero se sintió ridícula y desdichada y sin protección contra la penetrante lluvia.

Una vez en casa y recordando la receta local para el resfrío se preparó un grog de té con limón miel y coñac, demasiado coñac a juzgar por el mareo que ahora siente pero quizá sea mejor después de tantos pozos en los que fue cayendo de cabeza y sin red. Nada la había preparado para esas largas horas de desquicio. Bolek como quien está de pie al otro lado del abismo le tiró una soga y ahora ella debe atravesar solita este abismo todo suyo. La soga es de aire, de pura inconsistencia. Y nada más con esta metafórica soga y con una que otra consigna tiene que construirse un puente. Si todas las vidas a las que renunció son también su vida, la mujer que supo ser hasta este instante es tan sólo un perfil de alguien muchísimo más rico.

¿Y por qué creerle a Bolek en la noche demencial del manicomio?

Me entregó un presente griego, caballo de Troya lleno relleno de cuanto hombre alguna vez me tuvo en sus brazos, en la vida real o imaginaria. Ahora se me pueden venir todos encima por el simple hecho de haberles permitido alguna vez la entrada, piensa.

La loquísima sugerencia de su amigo del alma.

Son teorías, al fin y al cabo Bolek sólo la acorraló con teorías imposibles de comprobar, esotéricas, una rama más de la literatura fantástica, se dice y por eso mismo las reconoce como ciertas.

Bolek no fantasea, entiende con su parte más sabia. Todas sus otras, banales partes piden explicaciones. Esta no, ahí ella por ejemplo se reconoce madre de dos incalificables seres que nacieron de ella aunque ella los haya rechazado en sus inicios. Estos dos hijos en ella crecieron. De uno sabe quién es –hubiera sido– el padre, el otro pereció precisamente por la duda. ¿También ellos, esos no-padres, seguirán a su lado? No los quiere demasiado, como tampoco quiso demasiado ser madre en su momento.

El asco irracional de las confesiones baratas.

Otra copita de coñac para limpiar la afrenta. La botella dice Napoleón ¡si el pequeño caporal hubiese sabido! Hubo quien le dijo: retoma tu historia personal y conviértela en una forma de arte –tan lejos de aquel otro, de aquellos otros que pretendieron hacerle eliminar del todo esta historia que camina a la par de ella–. Rework your battle ground, le dijo aquel sin saber hasta qué punto estaba dando en el blanco. Retrabaja tu campo de batalla, le dijo.

Mi campo de batalla alguna vez estuvo delineado por

mis cartas. Me brindaron una victoria pírrica, la única que nos está permitida a las mujeres, empieza a entender ahora. Bolek me preguntó con quién cogía al escribirlas, si con el destinatario o con los personajes a veces mal dibujados. Si con el destinatario o con mi propio íncubo, como posesión satánica.

Bonita pregunta.

Como el entomólogo que con una pinza va amorosamente tomando, para clasificarlos, los cadáveres de diminutos insectos repugnantes, podría ella espulgar sus memorias para irlas colocando bajo el microscopio. El ojo que las miraría entonces no sería el propio sino el ojo de Dios. Buena perspectiva, debe reconocerlo. El ojo del diablo en este caso le caería más simpático porque le permitiría mayores libertades. Sería su íncubo, mirándose a sí mismo bajo las variadas formas masculinas que ella le ha ido confiriendo a lo largo de años. Hombres algunos muy reales, otros añorados o imaginados y no por eso menos excitantes, todos ahora formando parte de este sueño: su vida.

Se los lleva a todos con ella a hacer la siesta, contenta por borracha. Por temeraria. Porque en el plano físico anduvo abriendo puertas impensadas y de golpe se le abrió una interior que ¡mamma mía! (por eso mismo no irá al teatro La Mamma, ahora comprende).

La última carta

Feriados universitarios mediante, ella acaricia la idea de retirarse a cuarteles de invierno, solita. ¿Solita, en serio, ahora que vislumbra esta plétora de insospechados acompañantes fortuitos? Y sí, para amigarse con ellos.

Le resultan intolerables.

Lo llama a Gabriel y Gabriel está accesible, Laurie y Raymond se han ido de viaje, suena perdido.

Bolek y Vivian también están de viaje, le confiesa ella. ¿Se habrán ido los cuatro juntos?

Y... todos los caminos conducen a Roma, reconoce Gabriel y ella no capta si lo dice como lavándose las manos o siguiendo el juego. Muchas veces él la desconcierta, todo lo dice con el mismo aire de total seriedad y las bromas hay que agarrárselas al vuelo. A veces conviene largarlas de inmediato porque queman. Mi cáustico compañero, mi compinche, piensa ella. Pierde sin embargo las ganas de verlo, de hablar con él, el globo se le desinfla y se despide rápido.

No está el horno para bollos, se dice después asociando quizá con los esmaltes de Gabriel. Yo no estoy para salidas, entiende, y esto se debe a que el último impulso de salir la llevó un poco demasiado lejos.

Entonces cierra la compuerta. Cierra los ojos. El mundo. Y se despierta al alba agobiada por el peso de su última carta, una que escribió recién llegada a New York, por el simple gusto de escribirla, sabiendo que nunca la mandaría porque el tono se le había del todo transformado, y no sólo el tono. Todo era ya otro. Ella era otra, y la distancia en tiempo con el único posible destinatario se había vuelto infranqueable.

Con cierta trepidación se dirige hacia la computadora. A las cuatro y media de la mañana una no tiene las autodefensas al acecho. Enciende el aparato, entra en el programa. Muy a su pesar descubre que el disco rígido hizo honor a su nombre y tuvo a bien no tragarse la última carta, la muy tardía.

Marca Print casi sin proponérselo, como si fuera valiente.

Y lee:

Facundo,
nunca te conté mi primera experiencia en Nepal. Quise decírtelo todo, pero por algún motivo que quizá entiendas cuando llegues a cierta parte algo teñida de rojo, no te conté la mejor de mis aventuras. Me asombra lo conectada que está con mi primera tesina (sí, ¡no te rías!), quizá en una de esas y a pesar de todo lo que hablamos existe una línea de destino. Como nunca contestás, no sé qué vas a pensar de esto ahora, pero por si acaso te lo cuento como si le hubiera pasado a otra.

Acá va.

El hombre tenía tatuada en el brazo una lagartija de color verde con lengua roja, algo bífida como las lenguas de las víboras, pero ella no pudo entender la señal y se le acercó para preguntarle si le permitía tomarle una foto. No a él, a su brazo.

Estaban en la terraza de un restaurante tibetano en el barrio de Chetrapati, en Kathmandú. Esas cosas se estilan entre europeos, ella era argentina, el hombre resultó ser holandés y la idea de que le sacaran una foto a su brazo no le pareció para nada inquietante. Después la invitó a sentarse a su mesa y ordenaron cervezas, y al rato ella se animó a pedirle si podía tocar la lagartija. Claro, dijo él, y ella tocó.

No así no, dijo él, y le tomó la mano y se llevó las dedos de ella a la boca para mojarlos con la punta de la lengua, un poco lamiéndolos y otro poco acariciándolos. Entonces ella pasó esos dedos húmedos con toda liviandad por la piel de la lagartija que era la piel de él y le dibujó la lagartija con la humedad en sus dedos y al llegar a la lengua sin saber por qué le clavó las uñas.

–¿Duele? –preguntó.

–Sí –contestó él–. El pigmento bermellón es el que más duele cuando te tatúan. Duele. Creo. A ver, hacelo de nuevo.

Ella entonces se afiló las uñas en su propia lengua, es decir que las mojó a fondo, y las clavó con ganas sobre la lengua de la lagartija.

–Ella se llama Mardia –dijo él–. Vos te llamás Xenia.

–Y vos te llamás Chris –dijo ella.

–Encantado de conocerme.

–Lo mismo digo. Lo mismo digo –repitió ella, y él entendió y la tomó de la mano para llevarla a la otra punta de la ciudad.

Busquemos un taxi, le dijo mientras bajaban las escaleras del restaurante. Yo prefiero los ciclorickshaws, dijo ella y él le dio la razón: se avanza a nivel de las ventanas de madera tallada, se sortea con más facilidad las vacas callejeras y el loco tránsito a bocinazos de esa pequeña ciudad enfervecida.

–Vayamos a Durbar Square, pidió ella

En el ciclorickshaw ella se sentó bien sentada, con las piernas medio abiertas, apretando los muslos al asiento. Le gustaba sentir el adoquinado en todo el cuerpo.

–¿Te gusta? –inquirió él.

–Mirá esas máscaras, señaló ella un poco distraída.

–No mires la calle, mirá para dentro –le instó él–. Te estoy haciendo cosas sin tocarte.

Pero ella lo miró a los ojos y él renunció a hacerle cosas sin tocarla y la besó con ganas. Así de fuerte, como con lengua de lagartija, lagartija toda la lengua de él corriéndole por el paladar y envolviéndole la lengua a ella. Mientras a orillas de la plaza de los palacios resplandecientes el conductor del ciclorickshaw, el gran pedaleador, esperaba paciente que los pasajeros se desenganchasen y le pagaran el viaje.

Apurate, tengo que buscarle comida, dijo ella tironeándolo a él del brazo. Mi comida hoy está en vos, le contestó él. Comida para Mardia no seas egoísta, agregó la recientemente bautizada Xenia.

–Eso sí que no, egoísta con vos no.

Y abrazados se encaminaron hacia la gigantesca estatua del Bhairab negro, el aterrador y enternecedor ídolo de los seis brazos y corona de calaveras, ella para sacarle algo del pegote que tenía en todo el cuerpo: la dulce comida de la devoción con la cual alimentar –o mejor dicho untar– la lagartija tatuada en el brazo de él, y él para hacerle a ella un juramento:

–Xenia, te prometo todo el placer que soy capaz de dar.

–Xenia acepta y le promete lo mismo a Chris –retribuyó ella con solemnidad porque así lo requerían las circunstancias. Toda promesa hecha frente a ese preciso Bhairab era inquebrantable so pena de muerte o de tormentos mil veces peores que la muerte.

Prometieron así darse todo el placer posible y de ahí en adelante el camino estaba abierto, y se necesitaba coraje y mucha imaginación y hasta alegría y dolor para transitarlo.

Luisa Valenzuela

No por eso se echaron atrás, Chris y Xenia, nuevos el uno para el otro, recién nacidos pero cargados de unos deseos que se les habían venido acumulando desde tiempos remotos, reptilianos, como la lagartija esa.

—Te dejás llevar —sugirió o intimó él.

—Por ahora —acordó ella.

De todos modos él conocía mejor la ciudad y sus secretos, sobre todo sus secretos. Que era muchos. Inenarrables, inimaginables secretos, muy pocos abiertos al visitante de fuera. Él era de dentro y de fuera, en forma simultánea y a veces excluyente, como muy pronto habría de comprobarlo ella en carne propia.

Buscando cómo cumplir lo antes posible la mutua promesa se largaron a correr por la plaza de palacios y pagodas, por las callejas angostas colmadas de tiendas, mercados medievales donde alguna mujer de sari quizá miró a estos dos: él con una mano metida dentro de la blusa de ella y ella con expresión de estar centrada en su pezón izquierdo que él iba oprimiendo con una dulzura que se iba transformando en saña, sí, justamente al detenerse frente a la puerta de bronce labrado con un llamador en forma de sirena.

Xenia no se preguntó qué haría una sirena allí tan en medio de la tierra, en medio del planeta Tierra al pie del Himalaya. Sin demasiada conciencia se hizo una pregunta muy distinta y cuando él la apretó contra sí, arrancó su propia mano derecha del abrazo y se la colocó a él en ese otro centro de la tierra, masculino, ahora sólido y tieso, encontrando muy favorable respuesta a su pregunta.

Todavía no, le sopló él al oído y era una frase que habría de escuchar a lo largo de largas horas, todavía no, qué placer demorado, estirado, ensanchado por la espera. Pero ya allí, en ese primer contacto o roce, algo había aprendido: valía la pena esperar. La pena o el pene, no discernía muy bien cuál,

272

a veces se le confundían en el recuerdo de ese como sueño, de esa ensoñación delicuescente que aún ahora, tanto tiempo después, le latía entre las piernas.

Fue traspasar la puerta tapizada de bronce y meterse de lleno en Kathmandú, en plena leyenda de la ciudad tan hecha de leyenda. Al principio no pudo ver nada por culpa del humo azul que grandes ventiladores dispersaban por toda la estancia. Ella respiró hondo como para escapar del humo y naturalmente el humo se le metió bien a fondo en los pulmones. Qué fuerte, qué bueno. Creyó reconocer el hashish, o quizá era el célebre bhang de las ofrendas, como incienso encantado, y después dejó de importarle la sustancia del humo, tan sólo seguir respirando y flotando en la gran nube azul, sintiendo en su cuerpo un único punto, móvil como una fiesta móvil: aquel sobre el cual él iba apoyando su mano, acariciando a veces y a veces estrujando.

—¡Chris! —suspiró, y ni ella misma supo si se trataba de un llamado o de una interjección.

Flotando entre los algodones de humo bienhechor, sin preocuparse por su propia seguridad, sin dejarse arrastrar por nebulosas de miedo, empezó a descifrar las sombras que con toda delicadeza se movían en la estancia. Y se fue acercando a las mesitas bajas ubicadas contra las paredes, y empezó a espiar por encima de las cabezas de los hombres sentados en cuclillas sobre el piso y se puso a seguir el rítmico vaivén de sus manos. No, no se estaban masturbando como había creído en un principio. No. Estaban pintando. Con pinceladas mínimas pintaban algo que ella no podía ver por culpa del humo y de los efectos del humo en su cerebro. Pero quería ver, sabía que era importante ver. Se agachó lo más cerca que pudo, alguien le alcanzó una lupa con luz, Chris se le pegó a las ancas y empezó a balancearse echándose para atrás mientras ella inspeccionaba con fervor las miniaturas.

Luisa Valenzuela

Ante sus ojos se empezó a desplegar un mundo delicioso, de mujeres en hamacas avanzando hacia el falo de sus hombres, enjambres de parejas enlazadas por sus órganos sexuales, una mujer disfrutando de tres hombres a un tiempo, orificios al aire y el resto del cuerpo envuelto en velos apenas traslúcidos, y monstruos también, enganchados y atrapados por sus gigantescos falos y vulvas, indescriptibles, gozando a todo trapo, un mundo pleno de colores y ella sintiéndose tan gris con su larga falda gris y sus absurdos borceguíes en medio del humo.

Sólo que la falda cobró vida al instante porque él se la arremangó por detrás para meterle la mano allí donde correspondía.

Cobró además color.

—Estás sangrando —dijo él.

—Lo siento.

—¿Cómo, lo siento? A mí me gusta.

Y se llevó los dedos a la boca más para sorberlos que para limpiárselos con la lengua. Los pintores de miniaturas ni levantaron la vista, no perdieron concentración pero quizá agregaron más rojo a sus pigmentos.

—Es esencia de vida, no se la guarde toda para usted —le dijo a Chris el que parecía el jefe del taller.

—Creí que para ustedes... impura —intentó decir Xenia como pudo, inquieta y no tanto, inquieta y feliz al mismo tiempo, flotando a causa de ese humo que aspiraba a grandes bocanadas o quizá a causa de las caricias recibidas.

—Nosotros, con la sangre de la mujer, sembramos —explicó paciente el nepalí.

—No tenemos semilla ni queremos semilla —intentó defenderse Xenia.

—Sembramos amor que es la pura semilla. Elementos secretos también, pero eso a usted no la concierne.

Y los preparativos empezaron. Y si la en estas circunstancias llamada Xenia escuchó el nombre de Dakshin Kali, diosa de la muerte y la resurrección, el tema no pareció interesarle y se dejó hacer, nomás, y más bien le gustó que manos femeninas la despojaran hasta la última hilacha de su ropa de descolorida ceniza y le ataran un cordón bien apretado a la cintura. Como si la quisieran dividir en dos, como un torniquete para detener el flujo de su sangre menstrual pero no, nada de eso, sólo como sostén para ir insertando entre el cordón y su piel los pliegues del más bello sari jamás visto, sari color fuego con guarda de oro, y ella por fin recamada en seda, engarzada. Lo voy a manchar, trató de prevenirlas. Lo va a bendecir, rectificó el amo del taller cuyas manos igual que manos femeninas habían estado arropándola, enroscándola en pliegues, en cascadas de oro al llegar al tramo final del sari.

Cuando por fin estuvo vestida, es decir desnuda bajo el sari, Chris la levantó en brazos y dijo: Ahora me la llevo.

–Ahora buscamos el camión y la llevamos al santuario.

–Ella no quiere camión, no quiere andar a los bocinazos por la ruta. Sólo yo puedo tocarle la bocina.

Respetando el deseo de ella lo guiaron al nuevo Chris con la nueva novísima Xenia en brazos hasta el establo detrás del taller. Y el carro estaba uncido, y los dos mansos bueyes blancos tenían los cuernos recién pintados de color azul y parecían estar esperándolos, aunque hay que reconocer que los bueyes siempre parecen esperar, pobres, qué opción les queda.

El amo del taller eligió a los cuatro jóvenes que habrían de apretujarse en el pescante, y con el heno dorado del granero hizo una cama sobre la plataforma del carro donde Chris la depositó con toda suavidad a Xenia y se acostó a su lado.

Después el amo del taller extendió el toldo del carromato y dio la orden de partida. Ya eran las doce de la noche, ya empezaba el sábado y el camino hasta el santuario era largo pero Xenia no podía saberlo. Tampoco sabía que el sábado era día de sacrificios en el templo de la Dakshina.

–Este es Lokman quien ha de guiarlos, los otros tres jóvenes por supuesto también conocen el camino aunque ustedes son quienes conocen el camino mejor que nadie porque lo irán abriendo a su paso con la puesta en acto del deseo.

Fueron las últimas palabras que escucharon en inglés porque luego las siguientes palabras fueron dichas en nepalí, dando órdenes de partida incomprensibles para ellos dos. No les importó. Desde el humo del bhang en la tienda o desde mucho antes, quizá desde el mismo relumbrón de la lagartija tatuada en el brazo de él, ellos estaban en otra dimensión. Eran, habían logrado constituir, se habían configurado en pareja. Aunque más no fuera por el tiempo de esta loca travesía.

Dejaron pronto atrás la bella ciudad durmiente, empezaron a avanzar al tranco por los campos de mostaza florecidos.

A causa del toldo ellos dos no podían ver los campos, pero los olían de la misma forma que los cuatro sentados al pescante los iban oliendo a ellos, al principio muy tenuemente, un cierto olor acre, recibiéndolo después en pleno rostro, el acre olor a sexo por encima de los acres aromas de la mostaza, de los rododendros en flor que bajaban en cascada de la alta montaña.

Los carros de bueyes no tienen espejo retrovisor. Los cuatro jóvenes al pescante no lo necesitaban: veían, sin por eso dejar de mirar al frente, o mejor dicho mirando para dentro y permitiendo a los bueyes seguir su manso camino que era camino oscuro, nocturno, apenas iluminado por una luna en cuarto creciente. Y lo que veían en el palpitar de la propia sangre, en su cuerpo y su mente, eran las imágenes aquellas que diminutamente habían estado pintando en el taller detrás de los palacios, día tras día y a veces de noche, como esta precisa noche, sólo que ahora eran de tamaño natural, con carnadura, y emitían sonidos y suspiros, y emitían olores y quejas y gritos ahogados y ronroneos, y parecían sacudir el carromato que avanzaba ineluctable hacia la diosa.

La Dakshin Kali que ama la sangre. La diosa ávida de sacrificios.

Entonces las imágenes visualizadas y también las escenificadas bajo el toldo iban pintándose de rojo bermellón, el pigmento más doloroso en los tatuajes.

La lengua de Chris, ahora del color de la de su lagartija por obra y gracia de la sangre de ella, hacía lo imposible por no detener el flujo ni absorberlo, dejándolo correr por la seda del sari, tiñendo el heno que oficiaba de colchón.

Ella casi no podía verlo a la mínima luz de la luna que se colaba bajo el toldo, pero lo sentía en cada milímetro externo de su piel que quería más, quería más. Metémelo, imploró reiteradas veces, por momentos a los gritos, metémelo, recurriendo a su idioma natal y refiriéndose a ese algo mucho más contundente que la lengua de él.

Contundente era, sí, y aterciopelado y rígido, solemne casi, y a veces pasaba como pincel por el bello orificio, la fuente del bermellón, y después le pintaba a ella arabescos por el cuerpo, buscando otros vericuetos, exacerbándola.

Ahora no, ahora apretámelo fuerte, imploraba él en inglés y sus dos idiomas se encontraban en las dimensiones del gesto, y el dorado heno tan suave a veces los cubría y ellos como ahogados, más ahogados que nada en sus exploraciones y caricias, totalmente desnudos ya, los metros y metros de seda del sari sirviéndoles de sábana, de toalla, de máscara. De bandera. Y todo él era el mástil, resistiéndose a penetrarla, dilatando el momento a lo largo de milla tras milla de camino.

Mientras el carro tirado por los bueyes blancos iba lentamente encaramándose al monte más allá de los campos de mostaza, bordeando el río sagrado.

Ella podía sentirse la más amada, la más chupada y sorbida y acariciada de todas las mujeres. Y era la que más acababa de todas las mujeres, una y otra vez ayudada por el bhang, en efluvios acuáticos, en orgasmos que se desgranaban como collar de perlas para volver a enhebrarse al rato, dispuesta a recomenzar. Y en el largo trayecto descansaban y atacaban de nuevo, mojados por sus propios humores, sus sudores. Y ella a su vez sorbía y mordía y amaba, o se limitaba a recorrer los contornos de él, con la punta de un dedo, adivinándolo en la oscuridad, bajo ese toldo que los separaba de las estrellas. Sólo le faltaba para completar la entrega sentirlo dentro suyo, ardiente y adentro para poder abrazarlo con lo más íntimo de su cuerpo, poder sentirlo allí en el punto exacto donde más lo anhelaba. La necesidad de sentirlo dentro era acuciante, y reclamó muchas veces más, y él supo resistirse a pesar de su grande y ardiente deseo porque eso era quizá lo que se esperaba de él, el sacrificio a la Dakshina, a la Kali oscura que quería sangre roja y no una sangre salpicada de blanco.

Él se agarraba con toda fuerza y ansiedad del cordón que circunvalaba la cintura de ella, como de un salvavidas. Y a veces le levantaba la grupa con una mano aferrada al cordón, y con la boca le buscaba el nudo del placer entre las piernas. Y ella a veces le imaginaba a él caras de monstruos, caras de dios azul o de demonio, allí en la oscuridad, tan pero tan desconocido y desesperante para ella. Tan deseado. Hasta que no aguantó más y de un manotón arrancó el toldo que les hacía de techo protector. Y los cubrió una ráfaga de frío y también la mirada de los cuatro sentados al pescante, que se dieron vuelta de inmediato y así quedaron contemplándolos como en un homenaje secreto. En ese momento él supo que no iba a poder contenerse más, y en un último desesperado movimiento insertó su falo a punto de estallar entre la suave panza de ella y el muy tirante cordón, como para arrancárselo, para acabar con todo, y acabó, sí, en un géiser de espuma que ella sintió empapándole el plexo, devolviéndole calor al alma.

Después se amodorraron uno en brazos del otro, dejándose llevar por el agotamiento, entrando en zonas de sueño hecha de los puros colores, mientras el carro seguía mansamente su camino.

Al rato ella abrió los ojos. Y lo vio a él a la luz mínima del principio del alba, y le pareció un pelele porque en el instante anterior a la duermevela había entrevisto un rostro inhumano de tan bello que se había vuelto hacia ella, convocándola. Fue en su busca, reptando por el heno, desnuda, hasta alcanzar esa espalda en el pescante, y muy suavemente la tocó para volver a tener al menos una visión fugaz del rostro de los altos pómulos y los ojos filosos.

Por la ruta ya empezaban a perfilarse las figuras de aquellos que iban hacia la Kali oscura llevándole sus cabritos negros, sus gallinas y patos y hasta algún buey para el sacrificio de sangre.

—Él no supo cómo hacerlo, ¿no es cierto? —preguntó el del rostro, en inglés.

—No —le contestó ella sin saber muy bien qué era lo no sabido pero convencida de que, en efecto, él hasta el fondo fondo no había sabido.

—Soy Lokman, estás a mi cuidado, podés pronunciar mi nombre así, Luckman, como hombre de suerte, ¿me permites abrazarte?

Ella le ofreció su más amplia sonrisa y él entendió la aceptación. Con unas pocas palabras a sus compañeros saltó a la plataforma del carro, sobre el heno, y casi más que la voluntad de ellos fue el brusco girar de los bueyes lo que los arrojó el uno contra el otro. Se abrazaron con furia y ella supo que todo el ardor del muchacho no le sería negado.

Xenia ya no fue Xenia, se sintió devuelta a sí, feliz.

—El no cumplió su promesa —le dijo a Lokman señalando al dormido.

—Entonces lo bajamos de este lecho sagrado.

Nunca más entendería bien por qué, pero en aquel momento ella estuvo de acuerdo.

Y como el carro había girado a la izquierda, tomando una senda lateral bajo árboles florecidos, no fue difícil detenerlo para que los carreteros con toda delicadeza izaran al durmiente y lo depositaran sin despertarlo sobre unos fardos de pasto al costado del camino.

La que no era más Xenia se ocupó de juntarle la ropa al que ya no era Chris, el que había quedado consumido y agotado y friolento. Vístanlo, casi ordenó ella, pero los otros se limitaron a ponerle las ropas encima como manta y treparon de vuelta al carro dándole a los bueyes voces de partida.

Lokman volvió con ella que lo esperaba, desnuda.

Los dedos rosados del alba, murmuró ella sabiendo lo inútil de la cita en esas latitudes, pero consciente de todo lo que le llegaba en forma de poesía a través de los ojos de este Lokman, casi un adolescente, casi como adolescente por su piel lampiña, fijos en los suyos a la luz recién nacida.

Lokman no se acostó a su lado, quedó de pie sobre el carromato desvistiéndose con lentitud como ofreciéndose a ella y ella aprobó cada centímetro de la piel dorada que emergía, y sus zumos empezaron a circularle por el cuerpo como en un baile y ya se le había agotado el flujo de sangre y empezaba lo otro.

Él se sentó con las piernas cruzadas y nada podía ser más bello que su erección ahí en medio, ese tallo de loto. Ella comprendió: se sentó sobre él con las piernas contorneándole las caderas y se quedó muy quieta, disfrutando el deleite de sentirse empalada, penetrada por fin, segura de saciar el hambre que le había ido creciendo durante toda la larga noche en tránsito por lo desconocido.

Así quedaron, enlazados, casi sin moverse, sólo los músculos interiores de ella contrayéndose y aflojándose con ritmo de latido tan profundamente de ella que casi ni le pertenecía, era de los dos el ritmo, latidos como de corazón del sexo, repercutiéndoles por todo el cuerpo en ondas concéntricas como quien tira una piedra al agua, como quien se sumerge en el más cálido y aterciopelado de los lagos.

Los hamacaba el vaivén del carromato por esa senda de piedras como una huella.

Todo era un dejarse ir, para siempre, para lejos, lejísimos, y cada vez que el falo de él pulsaba era un nuevo estremecerse de sus músculos más íntimos, de zonas de su cuerpo que hasta ese momento ella había ignorado. Todo era vida, y arriba de sus cabezas las hojas de los almendros estaban vivas, radiantes, y también las flores de pétalos blancos y sutiles, cayéndoles encima como nieve de verano.

Hasta que el carromato se detuvo y ya estaban a orillas del río y él salió de ella y ella salió de su estupor de mieles justo para agacharse un poco y recibir la ofrenda de él en plena cara. Abrió la boca para recibir también ese miembro oferente. Abrió los ojos y supo que no era uno sino cuatro los miembros oferentes porque los otros jóvenes carreteros estaban a su lado, rodeándola, como protegiéndola, venerándola casi, y fueron cuatro los baños de semen y ocho las manos untándoselo por todo el cuerpo, acariciándola hasta la locura.

Ella gritó de placer, de indecible gozo. Se necesitaron tantos –pensaría después– para cumplir con la inconclusa promesa de uno solo. Se necesitaron tantos y ahora ¿por dónde andarán? Y más que nada, ¿dónde habrá quedado esa capacidad que ella se descubrió entonces de alcanzar hasta el fondo el límite del deseo?

Ellos la dejaron estar en su limbo de sensaciones inefables. Al rato, con toda minuciosidad la bañaron en las aguas del río

Luisa Valenzuela

sagrado, y después de un conciliábulo y alguna susurrada discusión partieron, así nomás sin ella, llevándose las huellas de ella propicias para la Dakshina: el sari rojo almidonado de sangre, las briznas de heno ensangrentadas y tiesas.

Y ella quedó sola a orillas del río con sus pobres pertenencias y con una nueva sabiduría con la que ahora, tantos años y kilómetros más tarde, no sabe qué hacer.

Como no sabe qué hacer con la foto de una lagartija verde, tatuada en el brazo de cierto hombre que ella ni buscó durante los pocos días que le restaron en Kathmandú. Total, lo que hubiera buscado y buscaría para siempre era muy otra cosa.

Y chau, Facundo, doy vuelta la página.

Domingo de darma

La recién estrenada computadora debió ser la causa por la que ella pudo pergeñar sin preocupaciones esta larguísima carta tan tardía y destinada al canasto. Las cartas anteriores, muchas escritas a mano, fueron cosa muy distinta. Quemaban hasta el momento de llevarlas al correo y verlas desaparecer en la boca de algún mínimo Moloch llamado buzón. Pero una vez ingresada en la era tecnológica a ella le bastó con apretar el botón izquierdo del mouse sobre cierto icono para que todas y cada una de las letras de este corpus delicti desaparecieran sin desaparecer, permaneciendo en estado latente como si nunca hubieran existido (existiendo, claro está, existiendo en un lugar inasible como quizá también exista en estado latente alguna forma de quienes alguna vez nos tocaron, aunque haya sido un roce apenas, para siempre quizá creciendo y desarrollándose en el muy humano disco rígido llamado corazón).

No quiere pensar en eso. Relee la última carta con un desapego propio del alba, y sonríe. Al igual que el secreto mecenas de Anaïs Nin, de haberla recibido Facundo habría vomitado porque la carta comete el peor de los pecados, ¡es poética! Como si los años le hubiesen limado a ella las asperezas, como si el simple hecho de no tener que depender de nadie –por el momento, y al menos de manera económica– hubiese permitido que aflore su veta más romántica, íntima si se quiere. La lee y se asombra, la tenía olvidada a esta carta, despreciada, y ahora le gusta. Está segura de que no pasará lo mismo con las otras si algún día logra acceder a ellas.

Se queda pensando en la anécdota narrada, toda esa historia de entrega complaciente, gozosa, porque le sorprende reconocer ese aspecto vulnerable en sí, o más bien le sorprende el reconocimiento de una vulnerabilidad que no la obliga a volverse aguerrida. Parecería que por un rato depuso la coraza pero fue sólo por un rato, el tiempo de la escritura. Un tiempo imaginario. De inmediato volvió a ser la dura de las cartas anteriores. No le interesa serlo. Tough. Qué jodienda. A lo mejor en ese desacorazarse aprendió a escribir. Quizá, y puede que no sea un mérito. Porque el texto le gusta como si lo hubiera escrito otra. Gracias, editors de *Anthropology Today*, gracias por ciertas directivas que parecen haber abierto el camino de la escritura. Vaya una a saber si podré repetir la hazaña, pero no importa.

En una segunda vuelta de tuerca percibe el distanciamiento logrado por el uso de la tercera persona. Yo soy otra, como se ha dicho. Ya no pongo más mi cuerpo en juego, ya no estoy toda yo derramándome en el papel como una erupción de lava. Caliente yo, descontrolada. Anaïs Nin tuvo siempre la prudencia de inventar personajes para sus historias eróticas. Con F ella se jugó entera porque de eso se trataba, y brindó lo poco que tenía para brindar: su cuerpo. Al menos en palabra. El cuerpo hecho palabra cuando hubiera debido ser todo lo contrario: la palabra hecha cuerpo.

Se necesitó tanto tiempo para poder por fin cortar de cuajo.

La última carta de Nepal, la no mandada, la devuelve a su centro. Ficticia como es, la historia, ella siente ganas de imprimirla sin el encabezamiento, obliterando el párrafo introductorio –no sería la primera en oficiar este tipo de mutilaciones– y salir a mostrarla.

A Bolek le gustaría, eso cree ella; es casi un cuento antropológico por fin, después de tanta carta al pan pan y al pelo pelo (¡pelo, pelo! claman los desaforados espectadores del pomposamente llamado Burlesque en México, strip-teases de décima donde las mujeres ante tamaña incitación se sacan hasta la última hilacha y tiradas en el piso se abren de piernas y con las manos se separan los labios inferiores para mostrarse a fondo).

Por suerte Bolek ya debe de estar lejos y es como lo prefiere ella hoy: fuera de su alcance.

Esta carta/cuento se la mandaría a Tim para movilizarlo un poco si Tim entendiera el castellano. Ella no se da cuenta, pero estaría dispuesta a hacer cualquier cosa con tal de no enfrentarla como a un ente vivo. Imposible aceptar que todos esos seres imaginarios permanecieron y crecieron junto con ella en alguna remota dimensión y ahora debe vérsela no sólo con ellos sino con esta que es su verdadero yo en promiscua convivencia con ellos.

(Mostrándome así, separando con ambas manos los labios de mi vulva como la Sheela-na-gig sagrada de la iconografía celta.)

Nunca tuvo un sari rojo, se tranquiliza. Sí conoció al hombre de la lagartija tatuada, sí a los guías, nunca se acostó con ninguno de ellos aunque el llamado Lokman estaba bien crocante, recuerda. Puede traerlo ahora a la memoria, a su cama, y no es lo mismo, no es lo mismo. Si ha crecido junto con ella quiere decir que ha crecido y ya no es más –ni en la realidad posible de Kathmandú ni en esta especie de realidad virtual propuesta por Bo- lek– el muchacho de antes, sino un nepalí hecho y dere- cho quizá algo desdentado y poco estimulante.

Se mira al espejo: tampoco soy la que fui entonces no digo como protagonista sino como soñadora de la histo- ria, reconoce.

Historia cuyo final la desconcierta. "Total, lo que hu- biera buscado y buscaría para siempre era muy otra cosa", relee. Algo supo entonces que ahora trata de recuperar, y ni un atisbo. Algo estaba entendiendo y también bus- cando, no la mujer que alguna vez vistió un sari rojo, la nacida del aire, sino esta mujer frente al espejo que una vez supo vestir a la otra de palabras y hoy ya no sabe, ni puede, ni nada.

Máscaras

Cuando ella no sabe dónde meterse, se mete con las máscaras. No para ponérselas o mirarlas, sino para intentar penetrar su secreto. Las máscaras, entiende, dicen tanto más de lo que aparentan decir, son la obra de arte más viva de todas las obras de arte; soy yo, son todas mis caras, son mi Joe y el otro Joe (el otro yo), son el amor en la acepción bolekiana de la palabra: algo que nos conecta con los otros.

A solas frente a su colección de máscaras, extiende en el piso cuanta manta, colcha o chal tiene para ser extendido creando alfombras de protección para lo otro. Su otro, sus otros, esos seres de las máscaras dentro de ella y también los que están fuera. La alteridad empieza a dibujarla. Entusiasmada, da una vuelta carnero sobre el piso y revuelve las mantas y medio se desnuca, ya no es tan ágil pero su cuerpo sigue respondiendo a voces que lo hacen sentir dúctil y distinto.

Algún entrevistado alguna vez le dijo: "La máscara es como un tesoro que te pueden robar. Para mí es muy sagrada y si llego a perder la máscara es como si me arrebataran algo muy grande; hay que defenderla como si fuera tu propio rostro. La máscara es parte de mí, es carne de mi carne. Me fui acostumbrando a ella a tal grado que me siento otra persona, sin fuerzas, sin nada cuando me la quito. Con ella puesta me siento normal, como otra gente"[1].

Ella a la distancia le responde: Mi cuerpo es mi máscara. No puedo quitármelo, aquí está –estamos– pegados para siempre, y para siempre flaqueando. Nunca como Ava necesité buscar un antifaz, vengo con antifaz incorporado, me oculta algunos rostros de mí que ni yo quiero ver. No quiero, no quiero ver, nunca.

Facundo se le acercó y ella supo o supuso que él era el hombre más fascinante que le tocaría en la vida. La tocó, sí, es cierto, pero lo que más le gustaba a F era lamerla con la voz. Y tan bien lo hacía que a ella le resultaba intolerablemente apetitoso, como una maldición.

Hoy nadie le habla así.

Y ella ya no contesta a nadie en diferido, por escrito.

Por suerte.

Hoy. Aquí. Soy. Y pone sobre estas alfombras de sí misma todas las máscaras, las palpables y las otras. Y recuerda cuando Joe le habló de la máscara desnuda, la invisible, aquella que no se ve y sin embargo baila con mayor intensidad durante el ritual.

Es la más peligrosa.

La máscara desnuda.

Invisible, por pura protección.

Tantas veces nos volvemos invisibles para el otro. No

---

1. Lo encontró en un papelito fechado durante el Primer Encuentro Continental de la Pluralidad. Fue el encuentro de indígenas en México por los quinientos años de la mal llamada conquista. Los días son 24, 25 y 26 de abril. El año, aunque no lo dice, sabemos que es 1992.

siempre se trata de una invisibilidad voluntaria, generosa, como reconocimiento de la propia peligrosidad.

¿Peligrosa, ella?

Peligrosa, por falta de preparación previa, al tocar aunque sea sin querer –y suele serlo– las emociones del otro.

Las emociones propias.

Las emociones.

¡Yo tengo sentimientos!, le gritaba Joe en sus momentos de furia, cuando se sentía avasallado. Era de no creerse.

Ella hoy lo cree, cree todo, cree del verbo crear, se le da vuelta el universo construido tan a duras penas, sabe que está sola en la vida y ese reconocimiento le da un vértigo que todo lo encierra, la tristeza y la sensación de poder absoluto, es un vórtex, pasa a otra dimensión, se atomiza, sale disparada y sin embargo la fuerza no es centrífuga, es centrípeta.

Sale disparada desde todos los rincones del mundo como el sello postal que rubricó sus cartas:

Soy un animal múltiplemente marcado que conoce un solo abrevadero.

Sólo me resta encontrarlo...

El secreto

En medio del aquelarre de máscaras y emociones vario-pintas, Jerome Chirstensen reaparece por teléfono y su voz no le resulta a ella tan de historiador entrecomillas como antes. La conmueve su persistencia y por eso lo invita a al-morzar, un tardío brunch más bien, para retribuir sus ante-riores invitaciones. Decide prepararle el pollito con apio a la cerveza de su humilde creación que aúna lo simple de la receta a lo agradable del sabor. Por supuesto, en lugar de preparar todo se queda leyendo y ni siquiera guarda las máscaras que desde hace ya dos días invaden su morada. En general ella trata de no enterarse demasiado de la rea-lidad circundante. Pero un macho de la especie está al caer para saciar sus apetitos gastronómicos, por lo cual sacó a tiempo el pollo del congelador y por esos milagros de la so-ciedad de consumo encontró los otros ingredientes en el fondo de la heladera, y que lo demás se arme solo.

Cuando Jerome llega la encuentra con las manos en la masa. De inmediato se adapta a las circunstancias y hace lo más maravilloso que bípedo implume alguno puede hacerle a una dama en estos casos: Huele divino, dice, vos ocupate de lo tuyo que yo preparo el postre.

El postre eres tú, le diría ella de ser él otro, pero es nomás Jerome el Carapálida aunque ella se siente a pun-to de catalogarlo de manera diferente.

Sobre todo después de completado su acto de magia culinaria con un par de manzanas un poco estropeadas que yacían en la frutera, un algo de azúcar morena y el último chorrito de un licor antes relegado al olvido. Y fuego, mucho fuego a la hora de los postres porque se trata de manzanas flambées; ni Eva la de Adán podría haber pergeñado tamaño sortilegio.

Y ella, impertérrita.

Impertérrita. Como vacunada, inoculada con todo tipo de anticuerpos. Anticuerpos. La palabra exacta.

Otro hombre más no le cabe en la vida, no quiere que nadie más se le incorpore ni el tiempo de un fugaz abrazo para quedar después ensartado en el fondo de su alma como apio secándose en la heladera, como olvidada botella de licor semivacía en la alacena, como ingredientes que tienen vida propia en algún rincón desconocido de esta entidad que es ella y que ya bastante revuelta está de suyo. No quiero no quiero, eso está pensando cuando Jerome pronuncia la palabra Secreto y ella pega un respingo.

Minutos antes él había ido tomado una a una las máscaras para probárselas frente al espejo de la entrada. Algo que ella nunca hace, les tiene demasiado miedo, o quizá respeto. Las mira de cerca, las acaricia, les estudia el anverso y el reverso, les habla como se dice que hay que hablarles a las plantas, pero ponérselas... nunca. Sólo Joe pudo hacerlo. Ella tiene guardadas las fotos en su caja de tesoros: Joe de cuerpo desnudo y el rostro vestido de sus diversas máscaras, el cuerpo respondiendo a cada una de las máscaras en todo su esplendor o no, según el caso. El cazzo, se corrige.

Jerome pertenece a la rancia estirpe de los encorbatados a la que también sucumbe Tim. Muchas veces se pregunta ella por qué los hombres de esta secta anteponen un nudo a su chakra laríngeo y dejan que una estela de tela les flamee sobre el plexo solar. También ella ha usado corbatas, alternando tres que encontró Gabriel abandonadas sobre una reja citadina. Una es plateada, otra a pintitas plata y rojo, otra de cuero azul, la menos interesante. Pero lo de ella es travestismo al mejor estilo Vivian, lo hace con ironía, deja el nudo flojito. En cambio Jerome con su blazer de cachemira y su aire más yuppie que newyorker no se vuelve para nada estimulante con las máscaras, y eso que bajo su pantalón de franela beige quizá el secreto sea valioso.

Pero él mencionó la palabra y ella sintió otro tipo de interés.

Una máscara es, desde el punto de vista semántico, de una enorme elocuencia, en cambio el objeto del secreto es mudo, está diciendo Jerome ya sin máscaras. Ver el fondo, cuando se trata del secreto, está diciendo (y ella tiembla un poquito con un frisson muy francés como preparándose para el acto del amor), ver el fondo implica más que mirar, implica *ver* y penetrar en lo sagrado. El secreto es siempre bifronte, agrega él, lo que oculta no sirve para nada si no se sabe que hay algo allí, ocultado. ¿Me sigues?

(La pucha que lo sigo, y cómo da en el blanco, pero no se lo digo, dejo que apenas lo perciba. *Mi* secreto.)

Es un desciframiento que no todos pueden alcanzar, sólo aquellos que conocen el idioma secreto y entienden los códigos: los iniciados, concluye Jerome.

(Y vos, ¿sos acaso un iniciado? ¿Acaso estás en mi secreto?) No se anima a formular las preguntas, la respuesta podría ser afirmativa. Este hombre de la translucidez puede muy bien haber penetrado su zona de penumbras y eso a ella le resultaría intolerable.

En cambio le espeta:

Esta exégesis pertenece más a mi campo que al tuyo.

No hay tanta separación. Mi campo, tu campo. Son todos campos de batalla...

Y ella recibe la conmoción en plena cara porque Jerome ha logrado quizá sin quererlo meter la punta del pie en su secreto.

El mensaje

El timbre del portero eléctrico la salva de la caída en picada, como el gong al boxeador. Ella retorna pues a su rincón con un suspiro de alivio es decir se dirige a la cocina a contestar y a otra cosa, mariposa.

Se trata de un mensajero que se niega a subir los tres pisos por escalera. Eso no figura en mi contrato de trabajo, dice, y ella agradece el tener que bajar y tomar el sobre y alejarse por un rato de cualquier tentación de abrir la boca y confesarlo todo.

Una vez en la planta baja, el mensajero le entrega una carta de *Anthropology Today*. Ella se asombra. Está en deuda con la revista, es cierto, no logra terminar el maldito artículo sobre intercambio de dones, igual se pregunta por qué le habrán escrito en lugar de llamarla por teléfono como acostumbran, o de mandarle un fax. Como tiene la mente ocupada en algo más perentorio vuelve a subir los tres pisos sin sucumbir a la curiosidad de abrir la carta en el camino.

Al llegar arriba recibe el estímulo de Jerome que le dice adelante, abrila, puede ser urgente, yo aprovecho para ir a lavarme las manos.

Y ella cae de cabeza en un abismo.

Porque dentro del sobre hay otro, dirigido a ella a la dirección de la revista con el conminatorio rótulo *Please*

Forward, y dentro del segundo sobre como bajo sucesivas capas de ocultamiento, la venenosa carta fechada en Buenos Aires.

Estimada señora,

le pido disculpas por robarle su tiempo, pero he aquí la situación: acabo de mudarme a un departamento ocupado con anterioridad por un hombre desaparecido bajo circunstancias desconocidas.

Su auto, vandalizado, fue encontrado en un baldío. La comisaría local no tiene información alguna al respecto, ni tiene motivos legales para hacer circular edictos ni siquiera investigar el caso.

Desde su desaparición nadie ha intentado ubicarlo, y me resulta extraño no encontrar a nadie interesado por su suerte.

Cuando ocupé el departamento, tres semanas atrás, la línea telefónica estaba desconectada, el alquiler pago por adelantado hasta el mes de febrero. Encontré el lugar aparentemente como él lo había dejado, hasta con unas rosquillas semi petrificadas sobre la mesa de la cocina. El administrador sugirió que se retiraran todas sus pertenencias, pero protesté. No insistió por no haber objeto alguno que considerara de valor.

Ninguno de los vecinos conocía al antiguo inquilino, sólo pudieron darme de él una descripción somera. Entre sus pertenencias encontré un número considerable de libros, revistas, algo de ropa, un armario lleno de rollos de dibujos enormes, ningún elemento identificatorio ni siquiera cartas.

El único eslabón que parecería unirlo a otro ser humano es la dedicatoria en un ejemplar de la revista norteamericana (país en el cual habito la mayor parte del tiempo) Anthropology Today, *en la que figura un trabajo firmado por usted.*

"Para Gato, con fascinación y culpa", dice la dedicatoria.

Asumiendo que usted la escribió y firmó, entré en contacto con los editores americanos de la mencionada revista, quienes me aseguraron que le harían llegar cualquier correspondencia dirigida a su nombre.

Por favor, mándeme aunque sea unas líneas para decirme si sabe quién puede interesarse por estos objetos hallados o quién podría vincularme con el hombre apodado Gato, o al menos para decirme que recibió esta carta.

Sinceramente

Bolek Greczynski

...Y tarde se percata de que todo está dibujado. Dibujadas las estampillas de Argentina, los matasellos, el membrete del sobre, todo. No es un consuelo. Al contrario.

Por eso se larga a llorar sin previo aviso. Llora, llora sin sonidos, sólo lágrimas fluyendo en inagotable manantial. Una vez más repite la olvidada hazaña, se ve que Bolek es maestro en abrirle la canilla de las emociones. Jerome la toma en sus brazos, la consuela, ella aprecia el blazer de cachemira, aprecia su joven suavidad un tanto frágil. De alguna manera y sin decir esta boca es mía quisiera poder abrirle a él la puerta de su secreto conservándolo intacto.

Al ratito nomás se recompone y se aparta de él. Un abrazo más hondo reabriría heridas demasiado antiguas y ella no está por el momento preparada para enfrentarlas. Algo de esto le sopla al tierno de Jerome pero en forma sucinta. ¿Los hombres te han hecho mal?, le pregunta él, citando un tango sin saberlo. Los hombre no, no en particular, con ellos la cosa es más equitativa, o nos hacemos mal mutuamente o no nos hacemos nada. Me refiero a cosas de papá y mamá, el mamarracho básico.

Una vez más se larga a llorar sin ruido, sin mocos, digna, hasta elegante se diría porque las lágrimas manan de sus ojos un poco azorados como si estuviera lloviendo. Y bajo esa lluvia que la aísla, acurrucada contra Jerome pero en realidad acurrucada en contra de la carta de Bolek, a ella le asalta el recuerdo de Juancho y al hombre a su lado lo ve como la versión adulta de aquel Juancho compañero de estudios, ambos igual de bellos y bastante tiernos, de nuevo la oye a su madre diciéndole a una señora amiga en una de las pocas tardes cuando los dos fueron a estudiar a casa de ella: Es un encanto de muchacho, no entiendo qué le ve a la negra flacucha de mi hija... Pero el comentario materno es para la lágrima light aunque la marca siga viva. El torrente de lágrimas sólo se justifica y acrecienta cuando ella por fin vislumbra el horror y cree comprender la desaparición de Juancho, las palabras de F reduciéndolo todo a un improbable viaje.

Látigos

Ella siente como un chasquido interno y sabe que una vez más se le ha cerrado la coraza. Se le secan los ojos, se le seca un poco el alma y se aparta del blazer de cachemira y todo lo que el blazer pudo contener o contiene. El corazón del hombre. Además, la ternura la asusta. Siente una vez más la imperiosa necesidad de huir de la ternura que suele esconder asperezas al acecho.

Lobos con piel de abuela me van a comer. En cambio Juancho no... perdón, Jerome no, él no parecería estar tan dispuesto al banquete ni tan disponible.

Juancho / Jerome, el que no está más y vaya una a saber qué destino corrió, y el que está en forma evanescente.

Trata de darle alguna explicación sobre sus lágrimas a este manso Jerome y sólo logra emitir un galimatías inconexo. Ni el llanto ni la súbita retirada quedan en claro. A pesar de lo cual él parece comprender y propone salir, tomar aire, alejarla de un encierro que se los ha densificado por demás.

Ella se conmueve y acepta el brazo de él alrededor de la cintura mientras avanzan por las calles del Village.

Como si le hubiera llegado el momento de sentirse acompañada. En realidad no lo siente en absoluto, al menos no por el hombre a su vera. La acompaña, de la peor manera posible, la carta de Bolek que pretende ser el comienzo de una novela epistolar y es apenas la excusa para horadarle el alma, para darle esa percepción de Juancho tan extemporánea.

Ella se está dejando llevar. En la calle McDougall pasan frente a una tienducha de infernallas, antiguallas y vejeces del rubro joyería y se detienen a mirar la mínima vidriera. Jerome la incita a entrar, y juntos hurgan con cierto placer en el mostrador donde se despliega el mundo: collares tibetanos, anillos pakistaníes, pulseras mejicanas, ámbares marroquíes, piedras lunares de la India, y hasta unos aros con turquesas que tienen sendos colgantes de plata en forma de diminuta pluma de águila. De los indios Návajos, explica la vieja vendedora. Jerome los compra, los hace envolver para regalo, y una vez sentados en la vereda del café Reggio's y ordenados los espressos le tiende a ella el paquete.

Un regalo de cumpleaños, le dice.

No es mi cumpleaños, le contesta ella impresionada y las lágrimas empiezan a saltarle de nuevo sin explicación alguna.

Tu cumpleaños fue y volverá a ser. Estas cosas son inevitablemente cíclicas, razón por la cual mi regalo llega hoy y me pareció hecho para ti: mira, son látigos.

Qué van a ser látigos, chanta; son plumas de águila, le contesta ella ya medio sonriente, sorbiendo mocos.

Jerome acá en el Reggio's sonríe también, le habla en voz muy baja, y al rato retoma el tema del secreto: Hay que temerle, dice, el secreto es instrumento de poder sobre los otros. Como aclara Todorov, perpetuar la política del secreto y del control centralizado de la información parece ser una característica de los regímenes totalitarios.

Ella lo mira a los ojos y piensa: con una mano dan –estos hombres– con la otra quitan. Se siente acusada por Jerome. Algo parecería estar tratando de hacerle saber, o tratando de desentrañar, o de enrostrarle. Sin entender bien por qué, ella se siente impulsora de una forma de totalitarismo individual y autoopresivo, será por culpa del propio secreto, se acusa.

Las frases sobre el secreto son en realidad las pocas que escucha entre tantas otras más personales, frases que quizá no pretendan ser látigos –como los aros– pero de puro dulces a ella se le hacen látigos y la asustan. Algo sin duda quiere de ella este hombre, algo quizá necesite ella de él y por eso mismo prefiere mantenerlo alejado. Incontaminado. Pero él va profundizando más y más su tema del secreto y con inocente saña remueve el dedo que sin saberlo ni quererlo le metió a ella en la llaga.

¿Estás mejor? le pregunta Jerome de golpe. Y devolviéndola sin miramientos al motivo de sus lágrimas, agrega:

Sin ánimo de meterme en tu vida quizá ahora puedas hablar de la noticia tan perturbadora que te trajo el mensajero.

No fue una noticia, ni siquiera una verdadera carta, le contesta ella con toda sinceridad. No se trata de una verdadera carta sino de la alusión a un pasado inexplicable y a una infinidad de cartas secretas, olvidables, improbables, ponzoñosas; algo demasiado complicado para entender; un susto.

Los clavos

Se ha despedido de Jerome porque prefiere volver sola a su casa, toma por la calle Bleecker para cambiar de camino y como quien juega a la rayuela va siguiendo unas ya casi invisibles pisadas color lila. Es un color que detesta no sabe bien por qué pero estas huellas siempre le resultaron atractivas. Unos años atrás las huellas empezaron a aparecer como por arte de magia. Alguien las iba dibujando en la noche y allí estaban al día siguiente, indelebles en apariencia, surcando veredas y calles y azuzando el misterio. Mucho después se supo que tenían una connotación casi ecológica y de protesta: todos los caminos de pisadas color lila llevan al jardín que un tal Adam Purple había, con toda laboriosidad, despertado entre la chatarra de un baldío del Lower East Side y que las autoridades vecinales pretendían destruir. Es un nido de ratas, alegaban las autoridades vecinales, sin detenerse en la belleza o en la felicidad que ese golpe de verde, de vida, depara a quienes deambulan por el inhóspito bosque de edificios de hierro fundido. Y ella ahora va saltando a lo largo de las casi esfumadas añejas huellas púrpuras, mientras va repitiendo como un mantra cierto práctico y patético consejo que escuchó en sus años mozos: un clavo saca a otro clavo.

Un clavo saca otro clavo. Es decir que un nuevo hombre en la vida de una debería borrar las huellas de otro.

¿De cuál otro?, se pregunta en referencia a su historia de los últimos tiempos. ¿De Tim, que de tan escurridizo ni siquiera es un clavo, es sólo una nostalgia, un atisbo, una promesa para siempre incumplida? ¿De Joe convertido ya en otro? ¿Borrará las huellas de F, quizá, que la llenó de pisadas propias y ajenas, reales y ficticias, huellas de lo inexplicablemente inconfesable? ¿Las de todos aquellos de otros tiempos, los míticos y los de carne y hueso? Tantos clavos acaban por equipararla al ídolo africano, erizada ella también de clavos que nadie nunca ha podido o querido sacar.

¿Para lograrlo hará falta dejarse atravesar por completo? He aquí una interesante reflexión. Se detiene por un segundo y ya no ve más las huellas que venía siguiendo. Demasiado viejas, están gastadas en buena medida. ¿Y ella?

Plúquiti, plúquiti, plúquiti, plúquiti, canturrea con una de esas estúpidas onomatopeyas que le son útiles a veces para volver al centro. Moi, moi, moi. Muá. Quizá haya algo más allá del propio ombligo. Motivo por el cual se desvía de su camino hecho de vagas pisadas púrpuras y enfila hacia la calle Siete y Primera Avenida. Territorio poco reconocido en su cartografía. Se deja vagar, entonces, y se va apartando de sí para recuperar el entusiasmo que le despiertan estas calles de Manhattan tan hechas de sorpresa. A veces es como si levitara a veinte centímetros del suelo, a veces queda pegada a la acera como pisando chicles. Hoy ni lo uno ni lo otro. Avanza perdida. No quiere volver a casa, en su apartamento hay otro apartamento superpuesto hecho de aire, de pura imaginación calenturienta, y en dicho lugar hay huellas de un imposible paso dejadas por cierto ignoto inexistente Gato.

Un juego. Sólo un juego de no haber sido iniciado por quien ya sabe demasiado y plantea mucho más aún, si cabe.

Esto es un abanico; vos podés dispararte por todas las varillas pero yo soy el nódulo al que volverás siempre, sin mí no hay abanico, le repitió en muchas oportunidades Facundo, o quizá fue ella quien se aferró a esta idea de F, como leit motiv de su existencia.

Nada de dispararme por varilla alguna, ahora. Dejarme atravesar.

Un clavo saca otro clavo.

Al clavo llamado Bolek no se lo saca nadie, ni Vivian aunque Bolek y Vivian se amen y juntos hayan partido a otras costas.

Dejarse atravesar.

El ídolo africano de los clavos es un Nkisi –nombre que parecería venir de kiss– y posee oscuras cualidades, aunque el que ella tiene haya perdido su bulto mágico elaborado con hierbas y huesos molidos y sangre de animales del sacrificio. Su Nkisi de ella ya no es más un objeto de poder, ahora sólo responde al juego del deseo.

Muchos clavos le fueron clavados a su Nkisi pidiéndole cosas. Nadie le sacó ninguno, nadie podrá arrancarle a ella todo lo que se le ha ido clavado en el cuerpo, como espinas.

Se desmorona en un banco de Thompkins Square porque las piernas ya no la sostienen más. Ni un paso adelante quieren dar sus piernas, ni un paso. Y ya no hay pisadas ni huellas guiadoras. Perdida se siente. En la panza del ídolo de los múltiples clavos no hay fardo alguno con atributos de magia, ni negra ni blanca, la magia. Un plexo solar hueco como el vacío dentro del cual el amor nos chupa.

Quisiera, alguna vez ella quiso o hubiera querido –pretensiones locas de loca juventud– la sangre del otro en incondicional ofrenda. ¿Estaría ahora dispuesta a darse, a brindar a su vez la propia sangre en incondicional ofrenda? ¿Acaso lo estuvo alguna vez? Ella empieza a temer que quizá lo inconfesable no sea aquello que hizo o escribió sino todo aquello que omitió hacer, prefiriendo el rechazo, el renunciamiento, la reculada, el raje.

De joven la tentó la idea de destruir al hombre para ver qué había dentro. O más bien pretendió de él una entrega absoluta, desgarrada, como sacrificio azteca de corazón al aire. Intentos de apropiamiento disfrazados de un querer entender absoluto, como si entender fuera posible.

Ahora ve un poco más claro en su sueño de anoche. Extraño. Estaba en una clase de filosofía, más bien un seminario, y uno de los profesores decía: A mayor conocimiento mayor el vacío en el que se encuentra el filósofo. A total conocimiento, vacío total, incomunicable. Entonces ella en el sueño reaccionó y dijo: De ahí surge el muy socrático *Sólo sé que nada sé*, como una forma de generar el vacío llenándolo al mismo tiempo. Los profesores aprobaron levantando el pulgar. Ahora en la vigilia de un Tompkins Square algo desolado ella cree ver un poco más claro y alguna zona de su ser se sentirá contenta por esta claridad inapresable. O se sentirá vacía. Quizá sea lo mismo, budistamente hablando.

En el parque la desolación no es tal, al fin y al cabo. Ahora nota las ardillas que andan ardillando como locas, persiguiéndose con sus vastas colas al viento, hurgando la tierra en busca de bellotas. Alguna es más osada que sus compañeras. Se le va acercando con prudencia, bien estirado el cuerpo como para que su diminuto hocico olfatee el peligro antes de comprometer las patas. Parecería que ella tiene olor a amiga porque la ardilla se le acerca de un saltito y le tironea la botamanga del pantalón. Un reclamo. Un reclamo más, de tantos, y ella no tiene nada para darle, ni una nuez ni un pedacito de pan siquiera. Como a Jerome, nada para darle, a él que también tuvo un gesto de huidiza demanda.

Un hombre que parecería dar franquicia para portar corazón.

Como si todo y hasta esta franquicia tuviera que venirle a ella desde fuera. Cuando en realidad amar debería de ser lo más natural de la tierra, casi como respirar de otra manera. Y la respiración es el soplo divino, es aire para llenar el vacío del pecho, un vacío no hecho del puro conocimiento, no, en absoluto, por desgracia no: un vacío angustiante porque le falta el fardo de elementos vitales que hacen a la magia. Falta el fardo y sobran clavos, clavos sobran; ella podría ponerle a cada uno un nombre propio. Ninguno ha sido tan decidido ni tan jugado como para lograr sacar al otro. Sólo enquistarlo más, al otro, a los otros, tornándola a ella cada vez más hirsuta y malquerida.

Respuesta

Con la carga a cuestas de un imperfecto conocimiento ella se apresura a volver a casa. No siente el cansancio, como caballo de sulki el impulso de llegar la empuja y casi corre. Evaporada la pesadez de un rato atrás. Ahora tiene una misión. Está completa.

Una vez más la ciudad se encarga de ponerle un palo en la rueda, un obstáculo en el camino, algo que la obliga a detener la marcha y retomar un hilo que cortó sin querer o queriendo al emprender la estampida. Porque sentado en el umbral del edificio donde ella mora, apoyado contra la puerta de calle de una sola hoja, un hombre duerme plácidamente su borrachera. Tiene un destartalado sombrero sobre la cara y ronca. La noche recién despierta, este hombre parece dormido desde siempre. Por un instante ella teme que sea Joe haciéndole otra de sus bromas. El borracho, claro está, no es ni puede ser Joe: muy malas pilchas, inconfundible tufo a vino de décima. Entonces no sabe cómo hacer para entrar a este su edificio que no tiene portero ni vecinos a la vista. No encuentra nada mejor que pedirle a un hombre que pasa que lo sostenga al borracho para poder deslizarse a su lado, no quiere que al abrir la puerta el pobre caiga de espaldas. Es un *bum*, un vagabundo, déjelo que reviente, le dice el poco caritativo transeúnte, tomado de sorpresa.

Es un durmiente, le contesta ella, yo respeto el sueño ajeno. Y casi lo fuerza al desconocido a ayudarla mientras mete la llave en la cerradura y abre y cierra con cuidado la puerta.

Transponiendo el dintel de su apartamento, admite que hoy no quiere ni el recuerdo de Joe ni de la caterva de hombres que según le ha sido explicado dormitan en ella atrapados en un abrir y cerrar de piernas, de varillas más bien, como en el célebre abanico facundino.

En esta instancia ella está respondiendo a un impulso diferente y necesita serle fiel antes de que se le diluya. No tiene tiempo de encender la computadora –no sea cosa de tomar conciencia y perder coraje. Caza entonces pluma y papel y se sienta a escribir sin siquiera quitarse el abrigo, sin pensar en viejos tiempos, sin permitirse asociar con otras cartas ficticias de distinta connotación y carga.

Da el primer paso para meterse en la propuesta de Bolek, como una forma más de responder a la interpelación de una realidad siempre elusiva. A Raquel le gustaría. Esta misma mañana, antes de la llegada de Jerome y de todo el desencadenamiento posterior, Raquel la llamó para pedirle ayuda con la traducción al castellano de una frase para el catálogo de su nueva muestra: "For me a painting is finished when the surface merges with the ground and the ground becomes groundless", o algo por el estilo. Imposible de traducir en toda su ambigüedad y grandeza. Después de un rato de brainstorming llegaron a la siguiente versión: "Para mí un cuadro está terminado cuando la superficie se confunde con el fondo y el fondo se disuelve en el Todo". Nada que ver y sí. A algo parecido quisiera llegar ella ahora con lo que se ha puesto a escribir.

La respuesta a Bolek, la otra cara de la moneda que Bolek le arrojó a la cara y con la que casi le saca un ojo.

En lugar de deponerla, pone en juego toda su furia y sobre el papel pone esto que Bolek leerá a su regreso, si es que vuelve –piensa ella– si es que no se ha fugado con Vivian abandonando a todos sus locos, incluyendo a la abajo firmante.

Estimado señor Greczynski, (leerá el susodicho)

no entiendo por qué usted intenta inquietarme, como si estuviera hablando de lo que ha sido dado en llamarse una "una desaparición forzada de persona". En verdad, su historia no me sorprende, el hombre al que usted hace referencia era mentalmente muy disperso, no veo por qué no habría de dispersarse físicamente, si entiende lo que quiero decir. Ya mi país no está viviendo los años llamados de plomo. Tengo entendido que el de ahora es un tiempo de gente más volátil. Él pudo muy bien haber intentado huir de la realidad –perdón, quise decir de la sociedad.

Quizá digo esto de puro resentida. No me pregunte con respecto a qué. La verdadera pregunta es: ¿por qué demonios se preocupa usted por él?, si como dice en su carta jamás lo conoció... En tal caso, la historia de ese hombre no le concierne, y lo mejor que puede hacer es archivar sus pertenencias a la espera de que alguien o él mismo algún día las reclame.

Si por otro lado está usted tratando de enredarme con pistas falsas, bueno, bueno, esa es cosa suya y no tengo por qué andar dándole explicaciones.

Debo decirle sin embargo que no recuerdo haber escrito jamás la palabra culpa. Al menos en ninguna dedicatoria. Ni siquiera la palabra fascinación. No es mi estilo. Es usted en cambio quien suena a la vez fascinado y culposo.

¿Qué hace usted de todos modos en el departamento del aquel que usted llama Gato? ¿Es acaso el único disponible? BAires es bastante descomunal, ¿no?

Prefiero estar lejos. Pero permítame decirle que estoy positivamente segura de haber escrito: A (también lo llamábamos Bonzo, sabe, era otro de sus múltiples apodos) Bonzo, con furia y deseo. O quizá escribí: con miedo y risa. Ya no recuerdo.

Total, qué importa ahora. Pero no se deshaga de ninguna de las pertenencias del desconocido. Y sobre todo no use sus ropas —traen mala suerte.

Le ruego evite escribirme a mi dirección privada. OK?

Y la firma. Y no puede contenerse, quisiera mandar la carta ya. Sólo que Bolek anda por dios sabe dónde en las Bahamas, cosas de Vivian sin duda, él de dónde va a sacar el dinero para un viaje así. Mañana mismo averigua, mañana lo rastrea hasta debajo de las piedras, de las lajas de las veredas neoyorquinas, donde sea, y le manda la respuesta por servicio puerta a puerta. En veinticuatro horas la tiene. Que se deje de perturbarle el seso.

Y toma un Tylenol PM y se echa a dormir, y a la mañana siguiente llama a la oficina de Vivian donde le informan que la licenciada está en las islas Cayman, claro, como buena banquera metódica y responsable que es en

sus horas diurnas, porque en las horas nocturnas ya se sabe, Vivian se convierte en sílfide con alitas y todo para pasear por el Upper West Side, se desnuda para visitar amigas, se hace de goma en falsos rituales pinabauschescos,
juega y juega con Bolek y ella acá varada en el East Village con un sobre en la mano sintiéndose una boluda.

Y su adorado amigo polaco, tan izquierdista él, sola-
zándose en playas de paraísos fiscales, en la ficticia morada de Papá Dólar, algo así como la casa del Santa Claus
de los ricos. Las islas Cayman. Todo esto a ella le da un
asco incontenible.

Ahora se siente mejor. Habiendo ventilado sus broncas
se siente mucho mejor. En el camino al correo va disfrutando del amable día de sol. Tiene vacaciones por delante, un nuevo par de aros de turquesa y plata, está devolviendo una pelota bien pesada, mañana mismo o pasado
a más tardar el susodicho tendrá esta misiva en sus manos allá en su secreto paradero develado, la cosa no puede estar mejor. Ella va cantando y casi saltando por la calle. Por supuesto ninguno de los paseantes se mosquea.
Quien más quien menos va por las calles de Manhattan
hablando solo, caminando para atrás, patinando con un
loro sobre el hombro que oficia de bocina, desfilando
marcialmente, blandiendo cadenas de bicicleta. Lo que
se le ocurra. Ella se siente contenta y sonríe. Algunos le
devuelven la sonrisa, hay que reconocer que cuando son
amables por acá son bien amables, y cuando no, también
interactúan. A veces sólo para clavarte una navaja en la
panza, pero interactuar, interactúan.

De regreso en su hogar, comprende. La liviandad de espíritu se debió a que estaba cometiendo –y cometiendo es la palabra– una acción o un acto tantas veces repetido. Ir a echar una carta al correo. Carajo. Una carta de mentira. Una más pero tan distinta de las otras, imposible de comparar con las otras.

Y ahora en el nadaquehacer hogareño el alma se le desmorona. No encuentra ni un mensajito en la máquina contestadora. Su último artículo ya ha sido entregado, no sabe cómo hizo para terminarlo pero estas cosas también van adquiriendo automatismo propio. Ahora sólo le resta esperar. ¡Qué supina bazofia! Esperar la respuesta de Bolek si es que él quiere seguir con el juego, esperar a que le comenten el artículo en *AnthToday* y empiecen con toda la insoportable insistencia de reconfirmar datos y pedir más precisiones, esperar que se acaben las vacaciones, esperar, ¡oh espanto!, que llame Jerome. Esto último no lo soporta. Otra vez otro llamado, me viene no me viene, como la menstruación, la cíclica condición femenina del hacerse desear, de no poder tomar la iniciativa y total qué iniciativa en este caso si ni siquiera sabe si el hombre de marras la calienta. Me está gustando, parecería, me está abrigando el corazón –signifique lo que signifique– pero de ahí a ponerme a esperar...

¿Cuándo sabe usted que una pintura está terminada? ¿Cuándo sabe usted que un romance acabó? O empieza, para el caso: cuando la superficie se confunde con el fondo, y cuando el fondo se disuelve en... no, mejor: cuando el fondo se *funde* con el Todo.

Ahí mismo descuelga el teléfono y la llama a Raquel

en su morada agreste más allá de Rhinebeck. Por suerte la encuentra en casa y le da la nueva versión. ¿No te parece mejor", le pregunta, "cuando el fondo se funde con el Todo"? Mucho mejor, contesta Raquel, mucho mejor, gracias, te regalo a cambio una imagen: ayer a la noche oímos un estrépito descomunal afuera en el jardín y cuando nos asomamos vimos un oso negro, acá mismo, frente a casa, en el deck, imaginate, había tirado abajo la casita de comida para los pájaros y hecho su buen estrago; era un oso bellísimo. ¿Le sacaste una foto? No, dice Raquel; te doy la foto oral, un bello oso negro frente a casa.

A ella se le despiertan las ganas de ir a la tierra del oso aunque lo más probable es que el animal ni vuelva a aparecer por ahí. Fundirse con el todo, qué envidiable, le dice a Raquel sin saber de dónde le salió la asociación. Algo pescó Raquel, intuitiva como es, y la invitó. Venite, José Luis se va a un retiro de tres meses en la montaña, tres meses de puro silencio. ¿Por qué no te venís el tiempo que quieras? Tres meses, dos días, va a ser una forma de retiro porque tengo que preparar mi muestra, pero estoy haciendo unas esculturas con piedras al aire libre y me encantaría que las vieras.

¿Piedras talladas?, le pregunta ella. No, piedras superpuestas, contesta Raquel.

Eso le gusta mucho más, a ella, porque piensa que no debe ser difícil ayudarla. Por fin va a poder hacer algo sustancioso con las manos más allá de estampar palabras que son siempre dudosas.

II

PRUEBAS DE FUEGO

"(...) passion is a beautiful thing,
and so is understanding,
the coming to understand something,
which is a passion, which is a journey, too."

SUSAN SONTAG, *In America*

El oso y las piedras

En el tren a Rhinebeck ella va pensando en dólmenes y menhires, las piedras superpuestas. En realidad va pensando en tumbas: monumentos megalíticos a los muertos. Una forma de muerte es la espera, y ahora se va al bosque para no esperar esperando, como alguna vez le dijo alguien, porque conviene esperar sin esperar pero esperando no, nunca más, ni la llamada de un hombre ni nada por el estilo, no esperar una respuesta proveniente del mundo exterior, ni siquiera un mensaje que le hablará de ella aun sin hablarle.

Por bastante tiempo peleó contra la insensata propuesta de Bolek, y ahora se le ha despertado un apetito voraz por estas nuevas cartas que bien podrían formar parte de la trama de un sueño o de una pesadilla. Quiere más y las quiere ahora mismo. Por suerte a Gabriel le están desratizando la cueva, y para no envenenarse va a ir a dormir a la cueva de ella. Y ella, para no envenenarse, enfila al norte y todos contentos. Gabriel prometió y rejuró que en cuanto llegue carta de Bolek se la va a mandar por fax a lo de Raquel. El resto nada, estará fuera todo el día y le aclaró que ni sueña con contestar el teléfono. Mejor así: no quiere ni enterarse si Jerome no llama, dejándola como es dable suponer colgada de una promesa. Muchos son los que tiran la primera piedra y esconden después la mano. Muchos son los que se asustan. Gabriel prometió como única concesión abrir las cartas por más inocuas que parezcan para encontrar la de Bolek, si llega. Y si no llega, ella por lo menos estará distraída en otra cosa.

Distracción no es la palabra.

La palabra es otra mucho más interior y benévola, emparentada con el silencio. Nunca antes había puesto ella los pies en estos parajes y es como si hubiera estado siempre acá. Tiene que ver con el olfato, no con la vista. Bosques y colinas con ciervos y mapaches al atardecer; poca relación ofrecen con las pampas de su infancia y sin embargo.

En el largo trayecto de la estación a su casa, Raquel le habló largamente sobre su nuevo trabajo. Ella en cambio no quiso contarle a Raquel del proyecto de posible novela epistolar con Bolek, ni pudo mencionarlo a Jerome, así como al descuido, ni siquiera para sentir cómo resuena su nombre dicho en voz alta. Ha habido hombres en su vida cuyos nombres sólo pudo pronunciar en momentos de intimidad, porque al hacer referencia a ellos con las amigas solía decir el Chuchi, el que te jedi, el susodicho. Ha habido y quizá para colmo sigue habiendo un hombre, único y maldito, cuyo nombre en voz alta hace veinte años que no sale de su boca. Ni saldrá, eso espera.

Raquel, con la voz como inhalada que tiene para decir su verdad, cuando la dice, le va largando datos sobre las nuevas obras que llama y no llama esculturas. Pabhavikas las llama más frecuentemente, y ella que apenas la va escuchando como de costado se sobresalta al oír la palabra desconocida y Raquel se siente en la obligación de explicarle como a niña boba: se trata de una palabra Pa-

li que más o menos significa "saliendo de". Raquel tiene
a bien hablarle de aquello que se deja ver y aquello que
se esconde, las piedras emergiendo de la tierra, así arriba como abajo, adentro como afuera, así en el mundo de
lo visible y de lo invisible, intercambiándose, y ella navegando en el coche de Raquel por entre colinas, percibiendo que el tiempo en esta zona del mundo a un paso
de la ciudad y a la vez tan distante adquirirá para ella una
coloración difusa, sin bordes fijos. De luz y sombra, noche y día, sí, por supuesto, pero nada tan definido como
para ser contado. Numerado. Uno dos tres, hoy es viernes y mañana será sábado o lo que fuere. Nada de eso.

Largo traslado en coche recibiendo las claves, percibiendo más bien las claves de una obra creada por la pura necesidad de creación allí donde nadie o muy pocos
llegarán a verla, una forma de contacto con cada una de
las letras del silencio.

Ya en el predio de Raquel el silencio se impone. Y sin
entrar a la casa, sin ponerse de acuerdo ni descargar el
bolso, ambas se encaminan hasta la vera del bosque donde la humedad de la tierra y las hojas caídas en perpetua
transmutación van develando las primeras Pabhavikas. El
nombre lo repite ella como talismán oral mientras camina entre estos pequeños túmulos. Son aglomeraciones
de piedras superpuestas apenas altas como una margari-
ta –y por allí no hay flor alguna– que se van deshojando
como pétalos, collar que se enhebra y deshenebra, sensaciones más bien entre las que un muy ocasional paseante
te puede transcurrir, con mirada de interioridades.

De golpe las siente, las sintió, las seguirá sintiendo como esponjas de tiempo. Porque ya se ha hecho noche ¿dónde se le habrá ido la tarde?, ¿y en qué tarde está ella pensando?, ¿recién llegó o está aquí desde siempre?

El orden de las tareas diurnas y nocturnas sin embargo es tan riguroso como en cualquier otro punto del planeta. Acostarse, dormir y levantarse, cocinar, comer, quehaceres varios, lecturas, charlas, todo eso y hasta algún resquicio queda para la espera y un poco o bastante ansiedad se le cuela a ella, de a ratos.

En su propio territorio, toda actividad es una forma de meditación para Raquel. Desde picar cebollas hasta pasar la aspiradora o regar las plantas. Ella no sabe seguirla en eso aunque lo intenta, pero le hace bien sentirlo. Ella coopera lavando platos en silencio o emprende largas caminatas solitarias, la naturaleza la acompaña, nunca se siente de verdad sola, poco a poco se entromete con el natural transcurso de la vida natural y bullente. Hace sus propias obras con ramas y hojas, le sirven para lentificar la marcha e intentar transcurrir por otros planos. Todos parecerían señuelos para atraer a aquel que nunca ha regresado (otro más): el señor de los bosques, el oso negro.

Cierta tarde, en el fondo del predio, guiada por Raquel, ella arma su propia humilde escultura de lajas superpuestas y por nombre le pone La Morada del Oso, por no decir la enamorada del oso que sería demasiado.

Cuando no está atrincherada en su enorme estudio de madera, Raquel permanece en la zona secreta bajo los árboles donde va levantando los taludes de piedras que casi se confunden con la ladera. Ningún huracán Candy le volará estas obras, pocos ojos tendrán la dicha de ver estos misterios Zen, Taoistas diría ella mientras Raquel muy quedamente habla de la oscura fuente de la luz, la búsqueda de una conexión que mucho tiene que ver con el susurro. Suele estar tan concentrada en lo suyo que ni la ve a ella y cuando la ve la insta a cerrar los ojos y meditar, que es otra de las formas de la soledad acompañada.

Ella prefiere vagabundear por los caminos de tierra, y por las tardecitas le agarra la nostalgia. Resulta triste y al mismo tiempo es un alivio, imperceptiblemente va oyendo cómo en su fuero interno algunas piezas van cayendo en su lugar. No entiende nada.

En la Morada del Oso no hay lugar para ella.

A la noche encienden el fuego en la chimenea y después de comer se sientan en el deck a la espera del oso. Es nuestro nagual, le comenta ella a Raquel pero a Raquel estos temas no le despiertan interés alguno. Se dice que esta zona fue territorio sagrado de los Algonquins, en la biblioteca encontré unos libros al respecto que me interesan, insiste para ver si Raquel en algún instante abandona la India milenaria de sus amores y se conecta con el espíritu de los indios locales, los Native Americans como cierta forma del respeto y sobre todo la absurda corrección política hace que se los denomine por acá. Los libros pertenecían a los dueños anteriores de la casa, explica Raquel, yo apenas los he hojeado...

Su mística transita por vías diferentes como se ha visto. Además, ya es su hora de irse a acostar, a Raquel le gusta levantarse con el alba, en cambio ella decide quedarse firme en su puesto a la espera de la mítica aparición y no sabe si ver al oso le resultará exultante o aterrador. ¿Qué puede hacer un oso negro por esta zona del mundo asaz civilizado? Parecería ser más bien el oso metafórico que habita en cada uno de nosotros, la fuente oscura de la luz de la que habla Raquel, alguna alucinación compartida con José Luis. Raquel parece convencida y a él nada se le puede preguntar hasta dentro de tres meses: su retiro es de silencio absoluto en el monasterio de la montaña; sólo cada tanto hablar con un maestro, pocas palabras, mano a mano, cuando se hace absolutamente imprescindible. Ella piensa que este del oso es tema para romper cualquier voto de silencio, ella al menos lo rompería, de un grito, si se le llegara a aparecer de golpe. Y ahora en medio de la noche cada tanto ve una sombra u oye algún ruido extraño y se sobresalta. Busca el miedo, aquí sentada sola en la oscuridad del deck, clama por el miedo y al mismo tiempo sabe que de sólo atisbarlo a lo lejos escaparía sin pudor alguno. Dicen que ante un oso hay que quedarse quieta quieta como muerta y entonces el oso se desinteresa de una. No así el hombre. El hombre más bien se interesa en dicho caso: algunos quieren a la mujer quieta quieta como muerta, mujer muda, ciega, sorda, tan sólo atenta a sus reclamos. El hombre como el oso, recuerda ella, cuanto más feo más hermoso. El plantígrado local parece ser hermoso y deconstruye el refrán. Además, los osos negros son los menos feroces de todos los osos. La mayoría de los hombres, en cambio, ante los reclamos de la mujer intentan hacerse el oso pardo, distraído, indiferente...

Es esta una noche estrellada de espléndida luna en cuarto creciente. ¿Qué carajo –se pregunta– estoy haciendo frente al bosque chupando frío y pergeniando boludeces?

Adentro todavía quedan unos rescoldos en la chimenea. Le agrega un par de leños y decide prepararse un grog de vino caliente, solita y su alma, para consolarse de la ausencia de osos. Ni clavo ni canela ni aromático alguno faltan en esta cocina de campo. Tampoco el vino, por fortuna. Y cuando se acurruca frente al fuego con un tazón del tibio brebaje entre las manos se da cuenta del espanto: de nuevo estoy esperando que alguien venga a salvarme de mí, de mí y de mis opacas fantasmagorías. Antes pudieron haber sido Joe o Tim, cuánta insensatez, ayer pudo haber sido Jerome, hoy el salvador sería el oso negro.

Decide entonces esta noche, esta misma noche aislada de las otras tan iguales entre sí, armar los rituales del oso. Algo sabe al respecto y más puede investigar en los libros recostados a un lado de la chimenea, pobres libros abandonados por sus antiguos dueños, casi como esperando convertirse en combustible. Muchos de los chamanes de esta zona del mundo se vestían con la piel del oso para acrecentar sus poderes curativos, muchos lo tenían por animal sagrado; los Algonquins, cree que eran los Algonquins, es decir aquí mismo quizá en este mismo predio, le ofrecían al primer oso cazado una gran celebración para que al ascender al mundo de los espíritus no fuera a predisponer a sus congéneres en contra de la tribu.

Ella toma al azar uno de los libros que el azar ha puesto en su camino. Trata de ceremonias y danzas indígenas. Y para ser consecuente abre el tomo al azar.

Soy la picaflor de la antropología, se reprocha al instante. No, le contesta la voz que se ha ido despertando dentro de ella en estos lares: No, se trata de la conexión, dejala obrar.

Danza con víboras

La foto data de 1897, tiene mas de cien años. Podría haber sido tomada ayer si no fuera por el color sepia y sobre todo porque desde 1930 está prohibido fotografiar los rituales. Demasiado sagrados. La foto fue tomada por Vroman, es una de la serie sobre la Danza de las Serpientes, y hete aquí que a la altura de las orejas de los danzantes ¿qué descubre ella?: sendas plumas de águila. Plumas de verdad, no de plata como las de sus aros pero vendría a ser lo mismo. Y el epígrafe lo dice todo: las plumas son llamadas *látigo de serpientes*, y tras cada danzante que en la danza debe llevar una o varias víboras de cascabel en la boca, va un acólito con una pluma en cada mano para distraer a las víboras y evitar que piquen. Y los acólitos son llamados huggers, es decir abrazadores. La belleza de todo esto, además de la intrínseca, reside en que Jerome no pudo haber tenido ni la más remota idea de este ritual cuando eligió los aros. Cuando eligió los aros y los llamó látigos. ¿O sí? ¿Habrá tenido idea, y por eso mismo se los regaló?

Pero ella no baila con víboras ponzoñosas en la boca. No baila con víboras. A veces es cierto se pasea un poco demasiado cerca del borde del abismo, pero nada más, haciéndole sólo una cosquilla a la fatalidad, casi como la punta de la pluma en la trompa de la cascabel.

¿Jerome como abrazador protegiéndola de aquello que él ignora y que ella no eligió, pero protegiéndola al fin? El abrazo del oso. Sube a buscar los aros de plata, se los pone y la inunda una tenue congoja color turquesa. Piensa que tiene una tendencia a enredar las cosas; el contacto con el otro, un otro que puede convertirse o se convierte en cercano, tiende a abrirle muy viejas heridas y sangra por anticipado, como previendo el golpe.

Vuelve a la planta baja y marca el número de Jerome en la universidad, a esta hora de la noche y en vacaciones, y una grabación le dice Hello, el profesor Jerome Christensen regresa a fin de mes, puede dejar su mensaje.

¿Regresa de dónde?, le grita ella al aparato, indignada.

Echa entonces un par de leños más al fuego y ahí se queda, haciendo un verdadero esfuerzo para no recurrir al fácil salvavidas de una respuesta. Es preferible permanecer vibrando en la pregunta, apretar bien los dientes y no largar la víbora. No hay abrazador posible.

El timbre del teléfono la despierta y ya es de día. Ella se levanta de un salto, temblando, quizá conmocionada aún por la tempestad de horas antes. En la chimenea el fuego se ha apagado, ella se había quedado dormida en el sofá y ahora siente frío a pesar del sol que brilla a través de los cristales. Sobre la mesa la esperan un termo supuestamente con café y un plato con tostadas, manteca y dulce. Generoso premio después de la madrugada de atroz tormenta eléctrica, relámpagos sobre el bosque como seres vivos despanzurrando el aire. Al pasar frente a la ventana teme ver en el parque troncos caídos, ramas rotas, el mundo dado vuelta, algún árbol carbonizado por el rayo.

Nada. Pero adentro, sobre el escritorio al lado de dicha ventana, de la boca del aparato negro que ya no suena más van asomando con enorme lentitud las blancas fauces de un fax.

FAX

Estimada amiga,
a veces bastaría con unas simples líneas. Porque cuando se
quiere mandar a alguien al demonio no se escribe el remitente.

Para responder a algunas de las insinuaciones de su carta /bas-
tante fuera de contexto a causa de su frivolidad/ le repito: jamás cono-
cí al tal Gato al que usted pretende llamar Bonzo para despistarme.
En cuanto al departamento: largos meses esperando este ubicado
convenientemente y de muy baja renta, para verme metido en líos.

Sí, estoy fascinado. A esta altura del partido debo de estarlo. El
trabajo artístico del antiguo inquilino de este lugar parece espejar
el mío. Sus dibujos me resultan altamente inquietantes, familia-
res. Y después aparece usted y trata de amansarme el espacio. Y
empieza usted su obra: rituales con finalidad imprecisa.

En estos momentos, sin embargo, poco me inquietan sus cues-
tionamientos sobre mi preocupación. Más bien es usted quien de-
biera inquietarse, porque bajo los tablones del piso encontré una
caja con una Walther PPKS 9 mm. Con cargador de diez y una
mira como para acertarle a un blanco móvil. No sé si me entien-
de: no se trata de una simple pistola para volarse la tapa de los
sesos. En la misma caja, un sobre con el nombre y la dirección de
usted, estimada señora.

No. No la estoy chantajeando. Sé muy bien quién es usted, a través de sus escritos. Pero debe admitir que el hallazgo crea algunos problemas.

Le hago llegar esta carta por intermedio de un conocido que por extraña casualidad tenemos en común, MT, por dos motivos. 1/ Usted pude escucharlo, es una fuente de información fidedigna sobre mi persona (no soy de la CIA). 2/ Dado el contenido de esta carta considero imprudente confiarla al correo argentino.

Atentos saludos

Bolek Greczynski

Buenos Aires

PD. MT. desconoce el tema de esta misiva.

PD2. La caja está en manos de un abogado que tiene directivas precisas al respecto en caso de que algo feo me ocurra. Así que por favor, nada de sorpresas.

¡Rayos y centellas!, solía ser interjección frecuente en las novelas de piratas que ella leía de chica. ¡Rayos y centellas!, exclama. Después de tanto esperar la respuesta, le llega justo cuando ella está intentando aplazar toda respuesta.

Se sirve un café y vuelve a releer el fax, vuelve a inquietarse.

Una vez más en su vida un hombre la sumerge en las tenebrosas aguas de la correspondencia. Donde nada corresponde a nada. Aunque en este caso por fin se trata de un hablar a dos bandas, y las dos bandas reconocen y admiten el estar inventando.

Pero ¿acaso se inventa algo? Bolek le va diciendo en la más elíptica de las formas algo sobre ella. Quizá ella sin saberlo también le haya aclarado alguna cosita a él. Le gustaría ser psicóloga, pero en este caso sólo se necesita una noción elemental de Freud para entender que el departamento de marras nada tiene que ver con ninguno que ella haya habitado en su vida y sí con su espacio interior, el nudo de su inaccesible deseo. Le corresponde ahora atar los cabos sueltos.

Y yo que suelo saber atar los cabos de los otros –piensa– no logro gran cosa con los propios. ¿Cabos? ¡Qué digo! Ni los cordones de las zapatillas logro atarme.

Por primera vez en estos días callados ella siente la imperiosa necesidad de acudir a Raquel. Interpelarla. Raquel quizá pueda ayudarla a ver más claro, o al menos sostenerla, evitar que se dispare en todas las direcciones como siente que se está disparando, descontroladas varillas de abanico sin nódulo a merced de los vientos.

Corre por entre los árboles con el fax en la mano, buscándola a Raquel, absurda intromisión en ese pequeño mundo donde la naturaleza apenas es tocada para permitirle ser más natural (hacer visible lo invisible, Raquel dixit). La encuentra por fin paseándose entre sus Prabha-norecuerdaqué. Raquel tiene todo el tiempo del mundo para ella: Justamente estaba pensando en mensajes, después te cuento, le dice.

Ella en cambio le cuenta todo de un tirón: la idea de Bolek de ir armando una novela epistolar, la historia pergeñada por él que vaya una a saber por qué le resulta a ella tan inquietante, desazonante, la aparición de Jerome en medio de todo esto, los aros, su miedo a entusiasmarse demasiado con Jerome para después perderlo como a todos, los abrazadores y los danzantes de las víboras, un fárrago de palabras y giros del tipo yo le dije él me dijo, todo muy adolescente y confuso y sin embargo Raquel parece ir entendiendo y aceptando hasta que ella menciona la bruta tormenta eléctrica de la madrugada y Raquel se queda mirándola.

¿Qué tormenta?

La de anoche, feroz, no me digas que no te despertó.

Tengo un sueño muy profundo, José Luis siempre se ríe de eso, en la India me decía que si un elefante entraba en la habitación yo ni lo iba a notar.

Fue una tormenta elefantiásica, caía un rayo tras otro. ¿No está por acá esa obra de Walter de María con todos los pararrayos en fila?

No, para nada, está en Arizona donde hay tormentas eléctricas en serio.

Entonces no me explico, le dice ella y en verdad no se explica. Raquel permanece pensativa. Están sentadas sobre un grueso tronco que oficia de banco, Raquel tiene un palito en la mano y sobre la tierra del piso dibuja unas líneas en zigzag. Al principio ella los toma por garabatos sin sentido pero en seguida conecta: Rayos, víboras, vienen a ser lo mismo, al menos para los indios americanos, y los representaban así como lo estás dibujando vos ahora.

No sé, murmura Raquel casi para sí; no sé, pero, entonces contame más sobre la danza de las serpientes.

A su juego la llamaron. Ella empieza detallando meticulosamente cómo los sacerdotes vuelven del monte con los canastos llenos de víboras y los danzantes/oficiantes eligen cada uno las suyas, las que les presentan un mayor desafío, para, con víboras sostenidas entre los dientes, bailar en círculo hasta el agotamiento en honor al Gran Espíritu. De lo que no tenía idea, concluye ella, era de los llamados "abrazadores" y sus llamados látigos, en realidad plumas de águila. Date cuenta: esos látigos están siempre a la altura de las orejas del danzante, para impedir que la víbora o víboras que lleva en la boca lo piquen, ¿entendés? Y Jerome me regaló los aros y dijo que eran látigos y yo siento que él siente, aunque ni lo tenga registrado en la conciencia, que yo ando por el mundo con víboras en la boca, que mis palabras son víboras o algo por el estilo.

Y le muestra a Raquel los aros que lleva puestos. ¿Ves?, cuelgan plumas como látigos.

Son lindos.

Sí, pero vienen cargados.

No creo.

Entonces viene cargado el fax de Bolek, mirá nomás si no.

Mientras la observa leer ella empieza a acorazarse una vez más. Teme que Raquel sea capaz de mencionar el amor, y la palabra le despierta un pudor casi rayano en la vergüenza.

Esta mujer no es previsible, no le dice nada por el estilo. No entiende por qué galopa ella tanta ansiedad respecto del fax, opina que la historia parece interesante, que bastaría no mezclar lo agradable con lo útil, es decir no pretender leer una ficción como si fuera el oráculo o algo por el estilo, y limitarte a seguir con el juego si se trata de un juego y si no, cortarlo, ¿a qué tanta agitación?

Ella no quiere contarle a Raquel los antecedentes epistolares ahora en manos del susodicho, nada de traer a colación todo su agobio, tampoco quisiera enredar con su pasada historia a alguien que intenta permanecer en el presente. *Erase your personal history* es la consigna de dóctor Cayenne que Raquel a asumido como propia. Y ella no sabe borrar su historia personal pero al menos a lo largo de estos años ha intentado dejarla de lado y sobre todo ha aprendido a callarla. Y a encerrarse en su coraza. Por eso se siente ahora más armada, toma su fax con cierta calma rayana en la grandeza de espíritu y le agradece a Raquel su buen consejo. Voy a aceptar la ficción, le dice, y dejarme de creer que todo es lo que los antropólogos llamamos trabajos de campo.

Y le resulta fácil emprender el camino a la casa, rumiando una respuesta a Bolek.

Una vez bajo techo se sienta al escritorio y escribe:

Ajá. OK, al menos ahora algunas cartas están sobre la mesa. Usted piensa que con amenazas me va a obligar a sincerarme. Es un método por demás anticuado, amigo. Nos hemos vuelto bastante más sutiles últimamente.

Sí. Sabe usted algunas cosas sobre mí, yo a mi vez sé algunas sobre usted. No necesito la información que MT pueda brindarme. Tengo mi propias fuentes, mis propios recursos.

Me dicen que usted es un pintor reconocido, que tiene su taller en New York, donde trabaja. En Creedmore, nada menos: una institución siquiátrica de alta seguridad. ¿Seguro que trabaja ahí?

¿Qué hace usted ahora en Buenos Aires? ¿Qué busca? Dice haber encontrado una pistola supuestamente mía. ¿Una pistola?

Simbólico, ¿no?

Si lo que está tratando de decirme es que ahora tiene en sus manos mi arma, es decir mi poder, bueno, gracias, no tengo uso algu-

no para semejante poder. Tengo mis propios recursos como ya le di-je, esos que circulan por otros andariveles de la llamada realidad.

No me malinterprete. Con esto no quiero decir que ande clavan-do alfileres en su fotografía. ni siquiera significa que tenga su foto*.

Tampoco accioné sobre sus cartas, reduciéndolas a cenizas o borrándolas con sangre de gallo negro a medianoche. O...

Espero que entienda estas frases de la misma manera que yo entendí y acepté su negativa de pertenecer a cierta agencia por demás repugnante.

Gato no anda por estas latitudes, si eso es lo que pretende saber.

Y no me moleste más. No se sienta celoso de mí. Preferiría mil veces olvidarlo a Gato.

Sé de tantos más desaparecidos de quienes preocuparnos. Él no es uno de ellos.

Ya que sabe el nombre secreto de Bonzo, puede inferir su com-portamiento. O su carácter. Si eso vale la pena, en el caso de Ga-to, suponiendo que haya un caso.

Bueno, disfrute Creedmore

y firma

* pero por supuesto hay una foto. Muestra un niñito (¿por qué un niñito y no una persona adulta como corresponde?) que lleva puesto un loup, un antifaz, como decimos en castellano. La foto acaba de materializarse sobre mi escritorio. Debe de haber caído de su sobre. BASTA. ESTO NO ME GUSTA.

El antifaz es grande y ajeno, el niñito me mira con ojos estrábicos.

En otra hoja de papel agrega:

No estoy esperando respuesta alguna suya, pero por si se da el milagro y usted tiene algo importante que decirme, incluyo mi di-rección y mi número de fax por los próximos diez días.

Al pan

Después del almuerzo, ella le pide prestado el auto a Raquel para ir al pueblo, al correo, servicio súper expreso como corresponde a su impaciencia. Bolek pensará que ella se refugió en el bosque al mejor estilo Caperucita Roja y no le importa.

Aprovecha la circunstancia para aprovisionarse un poco. Compra los manjares más apetitosos que su bolsillo permite, y buenos vinos. El retiro puede ser a la vez espiritual y gastronómico. Ella no será buena cocinando pero se sabe excelente pelando langostinos y haciendo canapés de salmón ahumado. Compra pumpernikel para los canapés, pero el otro pan, el nuestro de cada día, debe ir a recogerlo en cierto lugar ignoto. Traduciendo: como es lógico le preguntó a Raquel si necesitaba algo, no nada, contestó Raquel pero ella insistió y Raquel dijo entonces: sólo pan. A ella el pedido le pareció de una modestia ejemplar hasta que su amiga empezó a darle las complicadas directivas para encontrar la casa donde se vende cierto increíble, delicioso, irremplazable pan casero. Entonces en el camino de regreso toma el desvío correspondiente y va siguiendo las señales no marcadas, la arbitrariedad del bosquecillo de pinos, el muro de piedra después del cual hay que doblar a la izquierda, la colina en cuya cima se detiene (precisión de Raquel) para

ver el lago desde lo alto. Raquel no le habló sin embargo
de esta pila de buenas piedras redondeadas algo cubiertas
de hojas secas y de musgo que encuentra al borde del camino. Deben ser de alguna vieja construcción abandonada, quizá un cerco de pirca como los del norte del país de
ella, desmoronado. De inmediato ella decide que las piedras pueden serles útiles. Son bien pesadas. Con esfuerzo
las va cargando en el baúl del coche y retoma su ruta.

La recomendación de contemplar el lago medio se le
olvidó con el hallazgo de las piedras. Como teme se le va
a olvidar la otra recomendación, la de demorarse en casa de la panadera para conversar con ella. Le urge estar
de regreso y ofrendarle a Raquel estos trofeos.

Pero una vez salida de la derecha senda, es decir de
la carretera principal, ya nada responde a lo previsible.

Porque cuando ella llega por fin a destino la miseria
del habitáculo la descoloca. Parecería pertenecer más a su
zona del mundo que a esta. Es una choza, casi un rancho,
un jacal como en México aunque el techo medio derruido en lugar de paja sea de tejas de madera. Todo habla de
otras realidades, y también de vida porque hay ropa secándose al muy pálido sol de la tarde y olor a fuego de leña. Precisamente la vieja allí bajo el gigantesco roble está
partiendo troncos con un hacha, con bríos que no condi-
cen para nada con su aspecto añoso. Hermana del roble
parecería la vieja, consustanciada con el árbol a pesar o
quizá a causa de estarle haciendo astillas los palos.

Es la panadera. Ella no lo duda, pero igual permanece dentro del auto contemplando fascinada la escena.

La vieja como al quinto hachazo gira la cabeza y le

sonríe con todos los dientes que tiene y son bastantes. Suficientes para una sonrisa llena de bienvenida. Se yergue y ella descubre que no es gorda y deforme como parecía al hachar, es sólo corpulenta. Ella deja de sentirse una intrusa y se apea del coche.

Sí, es la panadera, sí la hace pasar al despacho de pan cuarto de vivir lugar de encuentro. Todo allí tiene un aire a la vez acogedor y derruido. Cuando la panadera vuelve por fin con las tres hogazas del pedido, ella sin pensarlo siquiera menciona la tormenta eléctrica de la noche anterior. ¿Tormenta? pregunta la panadera asombradísima, ¿tormenta?

Y cómo, de las feroces, creí que los rayos estaban rajando la tierra (otra de sueño denso, piensa ella, el aire de estos bosques debe de ser soporífero, voy a tener que irme pronto antes de caer yo también cada noche como oso que hiberna).

¿Rayos?, repite ahora la vieja dándole la pauta de que su salud mental no está a la altura de la física. ¿Rayos?

Rayos, relámpagos, truenos, algo infernal, toda la pirotecnia del cielo desplegada, le aclara ella haciendo todo lo posible para graficarle el alcance de la tal tormenta.

Y la panadera en lugar de inquietarse por su propia sordera nocturna se larga a reír, y ríe ríe y ríe a carcajada suelta, parece contentísima.

De golpe recupera su agilidad de leñadora, se abalanza sobre ella y la abraza. La abraza como a antigua conocida, la abraza de abrazo fraternal, abrazo de oso, de roble, abrazo de reencuentro. Al principio la sorpresa a ella la rigidiza, después se entrega a la felicidad de pan caliente de la otra y también ríe y devuelve el abrazo. La vieja se aparta por fin para enfrentarla con los brazos extendidos, ella también extiende los brazos y así quedan las dos por un rato, mirándose, las hogazas olvidadas sobre la vasta mesa.

Por fin la panadera se aparta y se da vuelta. Dear, dear, llama en voz muy alta, y ella piensa que el cariño ya es excesivo, pero casi al instante aparece en el marco de la puerta del fondo un viejo coriáceo, altísimo, de cara angulosa e imposible pelo negro. Este es Reindeer, lo presenta la vieja, Rein Deer, aclara separando las dos sílabas, y ella no logra discernir si el nombre significa reno o querida lluvia, o quizá ciervo de lluvia, reindeer o rain dear o rain deer, aunque quizá tratándose de un indio el nombre signifique todo eso y bastante más también que se le escapa.

Ella abre la boca para presentarse a su vez pero la vieja con un gesto mínimo de la mano la conmina a callar.

Esta mujer soñó el trueno, soñó la tormenta, quizá hasta se le apareció el pájaro de trueno, le cuenta la vieja al viejo y él también ríe y recién entonces ella se asusta o al menos entiende: sólo ella vivió la tormenta aunque fue mucho más que un simple sueño. Fue un sueño de esos.

Y ahí se instala ella a hablar con los dos viejos, y de no ser por la falta de teléfono y la muy probable preocupación de Raquel, con los viejos se quedaría hasta bien entrada la noche. Se despide a la hora de la primera estrella, la han hecho hablar sin pedirle detalle alguno de su vida práctica, la han hecho hablar de sueños, de otros mundos, y ella ha hablado y hablado, y al despedirse la invitan a volver al día siguiente o cuando quiera y le regalan el pan que había ido a comprar. Ella entiende que el verdadero regalo es otro mil veces más nutricio, relacionado con la tormenta de sueños. Algo que como antropóloga debió de haber percibido y comprendido, pero ya no es antropóloga ni es nada, ahora es sólo aquella que soñó tan vívidamente con el trueno.

Vino

Gracias, gracias, le dice Raquel encantada con los tesoros con los que ella ha llegado por fin a la casa. Las piedras las dejaron en el baúl del coche para descargarlas al día siguiente en un sitio propicio, las vituallas están ahora distribuidas en fuentes sobre la mesa redonda de la cocina comedor y ellas dos sentadas a su vera mandándoselas al buche. Todo regado con un vinito Tokay del color de los topacios más codiciados y de aroma propicio. Gracias, repite Raquel. Gracias a vos, le retruca ella con la boca llena y ya está untando otra rebanada del glorioso pan casero con cierto quesito de cabra engalanado de hierbas.

Raquel ríe muy quedamente como sólo Raquel sabe hacerlo cuando el aquí y ahora es placentero. Noto que te quedaste nomás conversando con Ida, comenta como al descuido.

¿Ida?, repite ella; ¡qué nombre interesante!

Sólo la propia Ida lo pronuncia así, como en castellano, como se escribe, acá todos lo pronuncian Áida, como cuando decís Idaho.

También lo conocí a Rain Deer.

¿Reindeer? ¿Ida tiene una mascota?

No creo. Rain-Deer, Ciervo de Lluvia, es un indio Algonquin si no me equivoco, compañero de Ida.

Jamás lo vi...

Luisa Valenzuela

Una vez bien tapada en la cama ella se duerme de un tirón, se despierta tardísimo, no recuerda sueño alguno, se siente como nueva. No tiene en absoluto ganas de levantarse. El día afuera parece radiante y bastante avanzado, la esperan las piedras pero aquí quisiera quedar y aquí se queda, arropada en la dulzura del silencio.

También quizá la esperen Rain Deer e Ida, o mejor dicho Rain Deer y She Walks in Beauty como él la llama a Ida, pero ellos no son de esperar, el invitado irá si quiere y si no... ellos dos siempre allí como el agua o el aire, nada esperan.

Voy a ir, no voy a ir, voy a ir, no voy a ir, voy a ir, no. Así se le va escurriendo el día de hoy, las cosas simples como ducharse o vestirse se irán haciendo solas, sabe que en algún lugar, en algún momento, toda actividad de vida se hará sola, tendrá voluntad propia y su propia sabiduría.

Tampoco la esperan las piedras. Las piedras posiblemente han esperado milenios. Las piedras no esperan ni pretenden forzar sus naturales transformaciones micrométricas.

Antes de usar el coche hay que descargarlo de piedras. Antes de usar las piedras hay que descargarlas de. Antes de salir a descargar, descargarse de lastre, de intenciones. Fulano me sacó la piedra, se dice en Colombia, y no recuerda a qué alude la expresión pero suena positiva. A mí nunca nadie me sacó la piedra, ¿convendrá conservar la propia piedra? La piedra de sacrificio, la piedra angular, la piedra filosofal, la piedra pómez, ¡piedra libre! como en el juego de las escondidas de nuestra infancia.

¿Voy o no voy?

Las piedras no esperan pero Raquel sí, para descargarlas, para empezar a olfatearlas y sopesarlas y mirarlas de cerca, compenetrándose con ellas.

Bueno, te hubieras agarrado algunas para empezar, tan tan pesadas no son, le dice ella casi con impaciencia cuando por fin logra asomarse por ahí.

No es eso, claro que no es eso, imaginate si no voy a poder levantar unas piedras de ese tamaño mejor me dedico al macramé. Ocurre que se trata de tu ofrenda, no la iba a violentar por impaciencia.

Raquel también walks in beauty, piensa ella, quizá por eso mismo la panadera nunca le ha abierto la puerta del horno de pan de sus secretos: de alguna forma muy distinta y personal Raquel es sabia.

Y se queda nomás con Raquel todo el día apilando piedras sin intención alguna.

Ha transcurrido otro día y recién a la noche Raquel le hace un comentario personal. Te apurás mucho, le dice, para vos todo ya tiene que estar hecho y bautizado y hasta quizá olvidado cuando en realidad todo es un proceso. Son capas y capas superpuestas.

¿Cómo era aquella frase del fondo y la superficie?

Disculpame, se disculpa Raquel; qué importa, soy una maestra Ciruela, como si vos ahora necesitaras una lección.

Ella había andado tratando de erigir un muro para meterle papelitos con pedidos o reclamos o descartes, un minimuro de los lamentos o algo por el estilo, esas zonceras que se le ocurren porque querría que las cosas fuesen curativas como en primera velocidad, sin la sutileza requerida. Está bien, le dice a Raquel, está muy bien no te inquietes, me encanta oírte decir esas cosas. Pero Raquel se va al mazo y tan gráficamente se va al mazo que saca uno del cajón de la mesa de cocina y ahí nomás se ponen a jugar a la brisca, juego para infradotadas del naipe como resultan ser estas dos amigas del alma.

Ella, de nuevo sola en el gran salón, ya ni piensa en el oso. Ni en merodeador alguno. Hace calor, ha dejado la puerta de atrás abierta y de todos modos cuando está José Luis las puertas de la casa nunca se cierran con llave, ni aun cuando todos van al pueblo o al mercado. Estira la mano para tomar uno de los libros que yacen a un costado de la chimenea, ya es un vicio, pero se detiene en plena acción. Toma conciencia. Basta de manuales, se dice. Y agrega: ha llegado el momento de actuar en automático. Es un chiste que se hace, otro más de sus tontos juegos de palabras. Manual, automático, los opuestos, esos deslizamientos.

Rain Deer el otro día le describió la manera indígena de ver el mundo. Hay que verlo dos veces, le dijo, de frente y con el rabillo del ojo, ver el muy definido mundo de la claridad y el mundo de las huidizas sombras. Naturalmente lo expresó con palabras tanto más poéticas, imposibles de reproducir, y ella ha perdido por suerte su profesionalismo y ya no logra retenerlas verbatim. Retenerlas verbatim y despojarlas de esencia, piensa, no hay posibilidad de interpretación sin compenetración.

Juntar entonces las dudas, apilarlas e intentar instalarse con comodidad entre las dudas como en un nido. Ver el mundo dos veces. Simultáneamente. Dos veces simultáneas y bien diversas, mirada doble, a contrapelo de la oscuridad como fuente de luz de la que habla Raquel.

Esto no está en los manuales. Esto es algo que ella sola debe aprender a practicar, si puede, y si no puede, pues, adelante con los faroles por el mundo occidental y judeocristiano donde las cosas son al pan pan y al vino vino, a la claridad aplauso y a la sombra resquemor, con alguna mediatinta para matizar un poco aunque la necesidad de elección resulte siempre excluyente.

La visión frontal y la visión lateral. El estrabismo. Con un ojo al gato y el otro al garabato, como definen en México a los bizcos. Propiamente. Al pan, vino.

Y uniendo de alguna secreta forma la acción o al menos la intención a la palabra, mete dos buenas botellas de vino en la mochila y se va a acostar con miras al día siguiente.

Tres días

El alba, y ella ya está al pie del cañón a la espera de que Raquel despierte para pedirle el coche. Camina por los campos de piedras siempre atenta a la casa aunque es demasiado temprano, decide alejarse un poco y disfrutar del rocío en ramas y hojas, las titilantes gotas reverberando bajo la naciente luz para luego morir evaporadas. Puede tomar una de las diversas sendas que ya conoce de memoria por haberlas transitado estos últimos días hasta el agotamiento o puede trepar la colina al final del parque e ingresar al bosque de verdad, sin senda ni señalización alguna. Sabe que el bosque es engañoso y para encararlo hace falta una brújula.

¿Qué hago yo por estos derroteros que me son tan ajenos? ¿Qué hace una muchacha como yo en un lugar como este? se pregunta, y por *lugar* no se refiere a este reducido rincón Upstate New York o al planeta Tierra sino a las regiones ambiguas entre ambos extremos por las cuales anduvo transitando los últimos días.

No hay lugar para mí en el mundo. O no lo busco o lo niego y me solazo en lugares ajenos, menos comprometidos, más desazonantes. No siento dolor ni siquiera tristeza, más bien un desconcierto.

Ya de regreso en la cocina se siente confortada, el rocío se ha levantado, el sol brilla con ganas, Raquel se le acerca para compartir el café que ella está preparando, Raquel le presta el auto, por supuesto, hoy no lo va a necesitar. Ella acaba por sentirse como cowboy ante el fogoncito pasándole a su compadre –comadre en este caso– la cafetera de lata abollada y tiznada que retira de las brasas, y chiflando bajito y echándose el sombrero para atrás se dirige hacia el fondo a ensillar el pingo.

Día 1) Fuego

Del coche se apea recién cuando está justo frente a la morada de She Walks in Beauty. Como desde donde ella viene el camino es todo cuesta abajo apagó el motor poco antes de atravesar el destartalado y siempre abierto portón y se plantó más allá del roble centenario casi sin hacer ruido. No quiso perturbar la calma del lugar. Igual Ida aparece y viene a su encuentro. Ida, la saluda ella, y por un instante teme que la vieja le ponga el hacha entre las manos y pretenda de ella la proeza de partir unas ramas. Nada de eso. Las ramas ya están partidas e Ida le hace señas para que recoja un haz y la siga. Rodean la choza-casa de Old Mother Hubbard, de Viejo Vizacacha, y en el patio de atrás ella descubre los dos hornos de pan hechos de adobe, tan parecidos a los de su país.

Pero una cosa es reconocer un par de hornos y otra muy distinta saber cómo se usan. Rain Deer está sentado allí a un paso, fumando su pipa y absorto en el humo que en este día sin viento asciende vertical hasta desmigajarse. Ella entiende que los pensamientos de él ascienden con el humo, no quiere interrumpirlo, sólo dice Rain Deer en un susurro, como antes dijo Ida, como marca de reconocimiento y de respeto.

Respeto. Es un sentimiento nuevo, le crece fuerte, la avasalla. Ni siquiera atina a sacar de su mochila las botellas de buen vino que les trajo en retribución por los excelentes panes que le regalaron el otro día. Uno de los hornos tiene la boca tapada; ella también. Algo en ella sin embargo se pone a cantar a bocca chiusa cuando comprende su misión del día. Introduce la leña por la boca del segundo horno y corre al otro lado de la casa a buscar más y más ramas hasta completar la carga.

Sólo entonces Rain Deer arranca la vista del humo de su pipa y la posa en ella. Se digna mirarla, podría decirse, pero él no es condescendiente. Es lo que es. Presente del todo en cada acto. La mira y ella sabe que está a punto de aprender algo por demás ajeno a cualquier cosa que él haga o diga. O que ella pueda apreciar, porque sencillamente Rain Deer junta unas ramitas ahí nomás del piso, algún pedacito de corteza, hace una pilita muy poco impresionante y encima le vuelca el contenido del hornillo de su pipa. Diminutas brasas que él se pone a soplar. Ella no sabe muy bien si debe hacerlo o no, pero se acuclilla y sopla junto con él y así le empieza a crecer una felicidad como de cumpleaños. Entonces entiende: el fuego que se arma rápido rápido hay que trasladarlo al horno, sin pensarlo dos veces toma la pala y ¡zap! ahí lo mete para que las ramas secas que antes ahí metió ardan en llamaradas festivas. Después queda como consternada, no está segura de haber hecho lo correcto, parecería que sí porque Ida le enseña cómo ir metiendo por esa boca los leños allí apilados, y la dejan sola. Uno por uno los va metiendo, a los leños, con toda pasimonia, como si fueran mensajes, como si cada leño en su individualidad aportara algo diferente a ese todo que es el fuego.

Cosa que una quisiera quemar, cosas para transmutar y sublimar.

Siente el impulso de hacerse amiga del fuego, caminar sobre el fuego como lo hacen en Fiji, revolcarse en el fuego. Por suerte un horno de pan no da cabida a tamaños desbordes. Cuanto más como en su tierra se puede asar en él un lechón no demasiado grande.

Día 2) Agua

Hoy bajo el roble la cosa es de agua. Ella bombea y en una enorme tinaja la lleva dentro de la panadería. No que falta aquí el agua corriente, dios nos libre de tamaña carencia en esta parte del mundo, pero no hay duda de que el agua de pozo es infinitamente más dulce para el pan.

Cree seguir indicaciones cuando coloca la tinaja sobre la hornalla para entibiar el agua.

She Walks in Beauty va cerniendo la harina integral sobre la mesada, le agrega levadura y arma el anillo y en el centro va poniendo la grasa o manteca derretida y los demás ingredientes. Echa el agua de la tinaja, de a poquito. Ella nada entiende de cocina, nada pregunta. Decir que se está convirtiendo en aprendiz de panadera sería la forma frontal de ver las cosas; la mirada lateral por donde circulan las escurridizas sombras le irá mostrando algo muy diferente, si resulta ella capaz de ver. Eso espera o más bien teme. Le dan ganas de meter las manos en la masa. Ida entiende, le muestra cómo hacerlo y la deja librada a su suerte mientras prepara otro anillo de harina y también lo amasa y ella la va espiando y después cortan la masa en trozos más o menos iguales y arman bollos que habrán de convertirse en los sublimes panes de campo redondos que allí se venden. Algunos clientes han ido entrando y saliendo por la mañana, Ida los atiende, por su parte ella ni los ve porque está dándole y dándole a la masa con una concentración que le impide inquietarse por el dolor que siente en los nudillos y en cada misterioso huesito de la mano.

Por fin parecería que han completado la tarea del día. Se sientan bajo el roble a comer unos magníficos trozos de pan con tocino, y toman el agua de la bomba que es fresca y deliciosa. A Rain Deer brilla por su ausencia. Ella no logra irse porque necesita asistir a la transformación del pan, su crecimiento animal. Hace un calor totalmente fuera de temporada, y la masa va leudando con rapidez. Por algún motivo inexplicable le viene a ella a la mente la idea de las víboras cuando cambian de piel, y en ese preciso instante aparece Rain Deer. Le hace señas para que se acerque. Trae un canasto y en el canasto unas culebras. Mete la mano como si nada y le tiende una a ella. Son inofensivas, dice riendo. Inofensivas. Lo poco que sabe ella de víboras le dice todo lo contrario, pero acepta la palabra de Rain Deer, la reconoce más fidedigna que cualquier veneno de ofidio alguno. Toma entonces la víbora con la esperanza de que él no le pida que la sujete entre los dientes como hacen los danzantes. Para evitarlo deja que se le enrosque en el puño como una pulsera. Es bonita, con un dibujo bastante geométrico de colores terrosos. Rain Deer le alcanza otra culebra, pulsera para el otro brazo, y una más grande que sin pensar ella se pone de collar. Se siente una Phidusa, una diosa cretense coronada de víboras, se siente Cuatlícue la de la falda de serpientes, la diosa 13 serpiente, alguna deidad por el estilo, quisiera que alguien le sacara una foto pero se cuida bien de insinuarlo, queda a la expectativa decorada de víboras y no son viscosas, no, aunque las escamas no le resultan agradables. En cuanto las pobres reaccionan ante tamaña afrenta y empiezan a deslizarse por su cuerpo Rain Deer las retoma y las vuelve a colocar en el canasto. No es uno de esos redondos de encantador de serpientes, no, es un pequeño canasto ancho de panadero, de esos que tienen una tapa a cada lado de un asa central.

Día 3) Aire

Hoy los panes crudos están hechos una gloria. Han crecido a su máximo esplendor, o al menos al máximo esplendor permitido en este avatar por el que transcurren, y el horno bien caliente ya los está esperando. Ella llegó más temprano, hoy, tenía muchas ganas de verlos a todos, a los panaderos y a los panes, y de asistir al milagro del no milagro de los panes normal y sorprendentemente hinchados cociéndose con toda normalidad, y algo habrá de cambiar en ella como transmutación alquímica.

Hay que hacerles tajos en el lomo para que se expandan y no revienten, le dice la vieja Ida She Walks in Beauty, y le tiende el cuchillo. Ella hace tajos en zigzag repitiendo el esquema que las juntó en un principio.

Van metiendo uno a uno los panes en el horno con la pala de madera, como pizzeros avezados. No hablan, qué necesidad hay de hablar cuando la comunicación es otra, ella así lo siente y sin embargo en su cabeza siguen dando vuelta diálogos, asociaciones, todo tipo de alegres interferencias. Al menos las tristes han quedado postergadas, estos son días de fiesta.

Rain Deer en su banquito y con su pipa parece formar parte del paisaje. La encargada de la panadería es Ida, sólo Ida. Él es el catalizador, la levadura que vuelve todo esto posible. Ayer en el trayecto de regreso ella se dio una vuelta por el vil supermercado y hoy descarga sus dádivas sobre la mesa hecha de troncos que está al ladito nomás de los hornos de pan. No quiere alejarse de este calor, de esta alquimia.

Ida recibe los dones con toda naturalidad, Rain Deer trae unas destartaladas sillas plegadizas del cobertizo y ahí nomás se instalan los tres. Él corta el pan con el enorme cuchillo, apoyando la hogaza sobre su pecho, Ida corta los quesos, ella procede a abrir los distintos paquetes de fiambres como quien despliega alas blancas sobre la mesa.

Mascando acompañan lo que va sucediendo dentro del horno, la cueva del oso. Por fin ella no aguanta más el silencio y pregunta precisamente eso, si no han visto un oso negro por la zona. Pregunta con miedo, no sea cosa que el oso también forme parte de un sueño que vaya una a saber dónde habrá de llevarla. Pero en todo caso no es sueño suyo, este, aunque bien se metió en el sueño de Raquel y quiso compartirlo.

Ellos contestan que sí, han visto alguno, andan muy escasos en estos últimos años. Quedan tan pocos, ya, es una especie protegida pero el avance del hombre sobre el bosque los ha ido ahuyentando hacia el norte, todo se deteriora, la gente los toma como una amenaza cuando en realidad son amistosos, no son el oso grizzley, pero el hombre blanco no sabe de naturaleza, no habla con los seres que no le son adictos como el perro o el gato. Un tiempo atrás solía venir un oso negro atraído por el olor del pan, al atardecer, y ellos le daban pan con miel que es lo que más les gusta.

Llegado el momento, con la pala de madera de largo mango sacan los panes del horno. Redondos, panzones, calientes, parecen oseznos que emergen de la cueva después del largo invierno. Como globos. Alguien parece haberlos inflado mientras permanecieron en el vientre de barro.

Los dejan enfriar sobre la mesa donde antes estaban las vituallas. El viento les trae su calor por largo rato. Después la dejan a ella sola husmeando el olor a tierra y el olor a pan, que saben confundirse. Se siente la guardiana de las hogazas como antes fue guardiana de la hoguera. Son pretensiones muy fugaces; aquí donde casi nada es explicado no hay por qué instalarse en posiciones míticas.

Al rato reaparece la vieja Ida con un pote de miel.

Luisa Valenzuela

Desmolda con cuidado un pan bien gordo, mete todo en una bolsa de papel, se la entrega. Las dos mujeres se dan entonces un abrazo fuerte de esos que Ida sabe dar, Rain Deer se materializa para un abrazo infinitamente más parco, y ambos la acompañan hasta al auto y siguen caminando hasta el portón, y caminan más allá para instalarse en mitad del camino de tierra a hacerle a ella adiós con la mano. Mientras se va alejando a baja velocidad ella se siente acompañada por sus abrazos y muchísimo más, hasta lleva el pan recién horneado y el pote de miel. En lo alto de la colina detiene el coche y se apea para devolverles los adioses. El sol de mediodía les da en pleno y los dos viejos parecen nimbados, como si la miel se les hubiera derramado encima, todo el vino Tokay. Ella está encandilada. Cuando les hace el último gesto de adiós con la mano y se dispone a volver al coche le parece verlos fundirse, fusionarse. Y es una sola figura la que ella deja de pie en medio del camino, allá abajo, a la distancia. Una figura radiante, enorme.

El bosque

Durante el desayuno ella le cuenta a Raquel la película que vio anoche. Necesité un baño de ciudad, le dice, detalle que no se le escapó a su amiga cuando ella la llamó para avisarle que volvería muy tarde, o más bien para pedirle permiso por el auto. Caminé a orillas del río, compré revistas, tomé un café en la librería, fui al cine, agrega. El pan te salió bárbaro, comenta Raquel. Bueno, no se puede decir que lo hice yo sola, pero me encantó hacerlo. ¿No se te habrá ocurrido meterle alguna cosita adentro, al pan, como mensaje en fortune cookie china o muñequito en rosca de reyes, no? En absoluto, fue una experiencia austera. Menos mal, no quisiera romperme una muela con esta deliciosa rebanada, y la miel es una gloria. Pan y miel, le informa ella: la comida favorita del oso negro.

Tanto pan, se olvidan del almuerzo. Al menos ella lo olvida. Pasa las horas tirada en una reposera en el jardín del fondo, leyendo el diario de ayer y las revistas que compró en el pueblo. Cuando vuelve a la casa, Raquel le entrega un sobre de cartón que acaba de llegar para ella, uno de esos grandes de FedEx. Creo que estaba esperando esta carta sin poder confesármelo, le dice ella a Raquel.

Abre rápido el sobre y lee:

Luisa Valenzuela

Buen cambio de tono, mi querida, buen cambio. Encantador, engañoso, y sobre todo, abierto.

Bienvenida a casa

El chico bizco crece, lo ve todo y por los cuatro costados; el antifaz es efectivamente de adulto, lo encontró donde debe de estar, en la basura. Por ahora el chico sólo anda jugueteando, preguntando, escuchando, memorizando historias. Entonces por qué no ofrecerle a usted, amiga, una de esas historias, con sonsonete, tanto como para distraerla, divertirla, relubricarla, de ser posible. Y, de ser posible, para que usted llene los blancos.

No olvidemos una definición que le sonará familiar a usted (no a mí, por supuesto, yo vengo de otra cultura):

GATO. s. Ayudante del ladrón a quien facilita la entrada al lugar del robo. Persona sin importancia.
Diccionario del lunfardo

Son las seis de la mañana y ELLA no tiene ganas de nada. Ella: una joven antropóloga. Tiempo: otoño. Lugar: un aeropuerto, mostrador de Aerolíneas Argentinas sobre el que hay un maletín negro. ELLA no le ve la cara a ÉL. Pero él siempre estará allí, tras ella. No aparecerá en fotografía alguna, reaparecerá en la visión del ojo de la nuca de ella, el más esclarecedor. Ella tratará de ahuyentarlo para siempre de sus visiones. Craso error, se pierde la enseñanza.
Detesto ese concepto.
y no olvidemos:

escapar es una palabra de siete letras. Como los días de la
semana.

Pero esa es otra historia; es decir el principio de la misma.

BG

Bolek opta por las insinuaciones. ¿Y yo, a todo esto,
qué estoy diciendo? ¿Qué estoy haciendo en estos días bu-
cólicos?

Ella cree estar encontrándose cuando quizá esté evi-
tándose por nuevos derroteros desconocidos hasta ahora. Es decir que sigue escapando como de costumbre,
siete días a la semana, setenta veces siete.

No quiero escapar más.

El camino que sigo es mi camino aunque no lo conozca.

Se calza en un impulso las Reebok y decide por primera vez internarse en la zona del bosque donde no hay ni
camino ni señal indicadora alguna, sólo colinas y cuestas
y un mínimo arroyito imposible de seguir porque se re-
tuerce sobre sí mismo y se pierde entre la podredumbre
de troncos caídos y hojas sin retorno, allí donde el sotobosque filtra la luz hasta diluirla y ella avanza sin brújula.
La definición de brújula en sus verdes años era una vié-
jula sobre una escóbula. No debe ser tan fiera la bestia
como la pintan. Se refiere al bosque, porque tiene entendido que las brujas no existen a pesar de Salem y otras ca-
cerías mucho más recientes, y el oso por su parte duerme
en horas diurnas, suponiendo que siga por acá y no se
haya marchado ya a zonas más propicias para él. Ella lle-

va por si acaso un gran trozo de pan. Olvidó la miel. No irá como Hansel y Gretel sembrando miguitas, no quiere que la sigan las hormigas. Hay barro, hay musgo, hay plantas en descomposición a sus pies y charcos de agua glauca cuando se acerca al arroyito, cuando trata de alejarse también, porque de golpe ahí reaparece el muy ladino y ella sospecha que sólo ha logrado dar vueltas en redondo. Marcha, marcha, por momentos intenta regresar al punto de partida y sólo logra hundirse más y más en el bosque. Por momentos se siente exultante, estoy en el corazón de lo desconocido se dice, la felicidad la desborda, quisiera saltar aun a riesgo de romperse una pierna entre tanta maraña yacente. ¿Y cómo salir de acá con un esguince de tobillo? Imposible. Quedaría entonces a podrirse junto con las hojas y las ramas caídas en este mismo bosque, a un pasito nomás de la civilización, bosque enclavado propiamente en la civilización pero sin señal de salida. Cada huella que cree encontrar se interrumpe y la deja más perdida que antes. Ni siquiera consigue retomarla en sentido contrario porque en sentido contrario no se puede descubrir la tal huella entre tanta hojarasca. Con desesperación trepa y destrepa montículos, muy breves colinas, y el matorral se espesa. El sol ya está bajando, por fortuna a veces alcanza a vislumbrarlo por entre los árboles. Como en una pasión vive momentos de euforia, de desesperanza, de dicha, de ansiedad y angustia casi como un ahogo. Respira hondo, recupera la euforia y es por la pura libertad del estar aquí, ahora, y olvida las probables víboras, el improbable oso, ni piensa en las múltiples alimañas y las infectas garrapatas que traen enfermedades y la hiedra venenosa. Piensa en la suma libertad de este no-lugar tan ajeno y a la vez sólo suyo. Avanza liviana, levitando casi. Al rato se agota. Desespera. Por momentos la ataca lo ridículo de la situación: perdida en un bosque semiurbano, es el colmo, sólo a ella le pasan estos papelones. El sol sigue bajando, acá no me encuentra nadie, estoy sin embargo no tan lejos de alguna salida, pero ¿hacia donde tendré que dirigirme? –y es tan estúpida la situación, en pleno Estado de New York, tan loca y absurda que le dan ganas de reír y de llorar y de patalear como en sus mejores berrinches infantiles. La noche se le viene encima.

Por fin se rinde y se sienta sobre el muñón de un árbol talado y decide meditar al mejor estilo Vipasana. Concentrándose en la respiración, ojos cerrados. Inhala y exhala, inhala y exhala, puf puf, estoy en lo oscuro, me sumerjo, de golpe me vienen las imágenes, intento quedarme con ellas, no espantarme, se me viene encima toda mi maldita vulnerabilidad, me duele todo el cuerpo. Los músculos se me agarrotan. Como de costumbre me armo una coraza toda hecha de tensiones, la vulnerabilidad me da pánico, me duele la cabeza y aprieto los dientes y no quiero ser vulnerable, que nadie se me acerque ni oso ni cervatillo ni príncipe encantado ni. Necesito aflojarme. Empiezo a entrever múltiples ojos a mi alrededor en la penumbra de mi bosque interior. Parecen peor que ojos, son profundidades abismales brillando como brillan los colmillos del animal al que se le hace agua la boca. Son animales puro ojo, pura boca salivando de hambre por mí. Descanso en el bosque sobre cómodo colchón de musgo, los monstruos gelatinosos como ojos o como animales larvarios se me tiran encima para comerme, ni fuerzas me quedan para desesperar. Y de golpe comprendo: si he andado por el mundo con tanto miedo de que me quieran comer quienes me quieren, ahora debo dejarme comer por estos seres que me quieren comer...

Entonces no abre los ojos, se entrega nomás a las bocas devoradoras y blandas, asquerosas, que la comen y la comen asquerosamente mientras ella se va dejando ir como si se estuviera durmiendo.

Hasta que sólo queda el corazón en su jaula de huesos pelados.

Esta soy yo.

Un puro corazón latiente, sin antifaz alguno.

Cuando emerge de la involuntaria visualización se encuentra perdida como antes, con toda su carnadura a cuestas y el tambor que le bate como loco en el pecho. Parecería ser el único sonido en este bosque del mundo externo, enmudecido de golpe como quien aspira aire para suspirar mejor. Está por caer la noche, ella debe tomar una rápida determinación antes de que se desencadene la hora del lobo y toda su poética simbólica imaginería se le haga aterradora realidad. Decide jugarse el todo por el todo y seguir la única dirección que le parece confiable. Fija su meta en el sol poniente, es su único punto de referencia en el mar de ramas del sotobosque, y se larga a caminar y trepar y caminar en línea en lo posible recta lo más rápido posible antes de que el sol desaparezca.

Emergerá donde sea. No importa. Emergerá y eso es lo importante. Busca el pote de oro al pie del arcoiris representado en estas circunstancias por la simple salida de la espesura. Se siente más liviana. Como si le hubieran sacado un peso de encima.

Por fin aparece, la tal salida, y ella aflora ante una ruta que no reconoce, una ruta asfaltada, vacía. No le restan ya fuerzas para seguir caminando. Ni sabría hacia dónde enfilar. Queda a la espera de alguna salvación motorizada. Al rato avisora una camioneta y le hace señas desesperadas. El hombre al volante parece ser un campesino de la zona, es amable, acepta llevarla porque como bien explica están muy lejos del destino de ella, en el extremo opuesto del parque estatal.

Creo haberla visto en lo de Áida, le dice el hombre como al kilómetro. Sí, le contesta ella, estuve allí aprendiendo. Por lo visto no aprendiendo a orientarse por el bosque, comenta él con su buena dosis de ironía campesina. Vaya una a saber, le contesta ella alzándose de hombros; vaya una a saber.

Foreshadowing

Raquel no gana para sustos con ella. Si hasta anduvo buscándola por la vera del bosque, brújula en mano. Después fue a consolarse preparando un risotto que huele a cielo. Alguien o algo pensaba atraer con este aroma. Ella le cuenta todo, hasta la visualización, y Raquel tiene la generosidad de espíritu de no ofrecer interpretaciones al paso. Se desean las buenas noches apreciándose más que nunca, Raquel sube a su dormitorio, ella se instala en el mullido sofá con intención de...

La sobresalta, mejor dicho la despierta, el timbre del teléfono. Debe ser para mí, se alarma, a esta hora nadie llamaría a Raquel a menos que..., y eso también asusta. Levanta el tubo y escucha la voz de Vivian: ¿Qué pasa? pregunta ella, ¿qué pasa? Suena tan ansiosa que Vivian a su vez se alarma: ¿Es tan tarde para ustedes?, son sólo las diez y media... No, no es tarde, pero me quedé dormida en el sofá, tuve un día muy fuerte, eso es todo.

Vivian le explica que con Bolek se vieron obligados a regresar intempestivamente. Ocurrió una desgracia. Murió Joe, el discípulo favorito de Bolek, asesinado por otro paciente que se brotó en la noche.

Mierda. Ella queda sin palabras. Nada menos que Joe el viejo... De golpe ella siente que necesita verla a Vivian.

Vuelvo mañana mismo, le dice.

No vengas por mí.

Voy por todos, por vos, por Bolek, por mí.

Entonces dime a qué hora llegas y te voy a esperar a la estación.

Vivian la ha citado en el Oyster Bar de Grand Central, como corresponde a una dama. Nada de esas cafeterías con mesas manchadas de ketchup y olor a frito rancio que abundan en la superficie de la estación. No. Vivian estará en el restaurante en las entrañas del subsuelo, un ámbito hecho de lámparas veladas, maderas, bronces, todo muy británico. Es interesante el tránsito hasta llegar a esas profundidades de lujo. Suele ser necesario dar grandes zancadas para pasar por encima de algún homeless durmiente que hace de la estación su hogar. A veces como en esta mañana uno de ellos se le acercará acompañado por su volteante spuzza para pedirle plata para comer algo y ella le daré el yoghurt que trajo porque partió a las apuradas sin desayunar y pensó que podría tener hambre en el tren. ¿Es sano?, le preguntará el homeless embargado por la duda ante un pote tan blanco, tan inodoro y ofensivamente inofensivo.

Raquel la llevó a la estación de Rhinebeck y allí se despidieron hasta la próxima. Ella le rogó que pasara a comprar pan aunque no lo necesite, tan sólo para tener en su nombre un último contacto con... iba a decir con ellos. Se contuvo y dijo Con la vieja, con Ida.

Vivian ya la está esperando cuando llega, es la única

comensal del enorme restaurante en penumbras, tiene frente a sí algo que puede ser un jugo de tomate o un Bloody Mary. Dadas las circunstancias ella no duda. ¿Qué vas a tomar?, le pregunta Vivian y ella contesta: Lo mismo, me hace falta un trago. ¿No querés comer algo? Y sí, como solía decir nuestro querido y añorado Néstor, comeré lo que siempre como a esta hora: nueve ostras.

Son apenas las once de la mañana pero para Néstor cualquier hora era hora de comer nueve ostras, y ellas dos, estando donde están... al menos la idea las estimula un poco, porque Vivian parece del todo alicaída y no es para menos, tuvieron que volver de urgencia justo cuando empezaban las verdaderas vacaciones con Bolek, porque hasta ese momento había sido un viaje de trabajo, y lo más inquietante es el estado de ánimo de Bolek, calamitoso, y hay más pero después te cuento, le dice Vivian que casi no puede contener las lágrimas aquí en el Oyster Bar sobre su fuente de ostras de similar tenor salino.

Ayer Bolek tomó un taxi directamente del aeropuerto a Creedmoor y allí se quedó. No quiso que Vivian lo acompañara. Y Vivian se siente castigada, y él se siente culpable por haberse ido de viaje, como si su sola presencia en la ciudad pudiera mantener el imposible equilibrio de los locos furiosos.

Bolek siempre dijo que Joe era su alter ego, recuerda Vivian, su alter ego, ¿te das cuenta? Ahora es como si se hubiera quedado sin una parte de sí. Está deshecho.

Te va a necesitar mucho.

También a ti.

No tanto, sos vos la que tiene intimidad con él.

Me dijo que pasó una noche contigo.

Sí, pasamos una noche juntos pero vestidos, hasta con los zapatos puestos y. Ni remotamente lo mismo.

Con Bolek no se duerme. Es el eterno insomne. Las noches con él son en vela, de viva charla.

Para mí las noches siguientes a la infausta noche con él también fueron en vela, habiendo escuchado como escuché su viva charla. Te aseguro. ¿Te comunicaste con él desde que volvieron? ¿Cómo está?

Cada tanto lo llamo a Creedmoor, algunas veces se digna tomar el teléfono y contestarme. Pocas palabras, monosílabos. Como si hubiera desenchufado. Por suerte el doctor Seymour se ocupa de él, vos sabés, Jack Seymour fue quien lo metió en el trabajo de Creedmoor, pero parece que Bolek se está ocupando de los demás pacientes del taller, para contenerlos, dice.

¿Por qué fue Joe la víctima, tan manso él?

Precisamente por eso, pienso.

¿Y la valija? ¿Qué se hizo del contenido de la valija, qué había en la célebre valija, vos sabés algo?

Habiendo largado casi contra su voluntad estas preguntas, ella se siente mezquina y desdichada. Vivian no lo nota y le contesta sin ambigüedades:

Seymour dijo que el loco en un arranque de furia le pegó como seis o siete puñaladas a Joe, en la cama, y después empezó a los gritos como si lo estuvieran degollando a él. Llamen a la policía, gritaba, ¡llamen a la policía! Lo tuvieron que agarrar entre varios, y eso que estaba muy medicado, ni Seymour ni los demás psiquiatras se explican cómo pudo haberse brotado así. La valija quedó junto al cadáver, en la cama. Los otros pacientes en la desesperación la abrieron y tiraron todo el contenido por los aires, reventaron el colchón, hicieron un verdadero pandemonio. Motín en el loquero, un levantamiento por pura impotencia. De la valija volaron montonal de hojas de papel de diario garabateadas. Cuando Bolek las vio en el canasto de la basura dijo que eran cartas y las fue juntando de a una, alisándolas y guardándolas como un tesoro. Ahí Jack Seymour se preocupó por él y trató de darle un calmante, pero sabes cómo es Bolek, casi lo mata a su amigo.

Dos víctimas son demasiadas víctimas en tan corto tiempo ¿no te parece?

Sí. Sobre todo víctimas tan disímiles. Aunque bien mirado...

La idea les despertó unas sonrisas y exorcizó en parte la desolación que les estaba empañando la mañana.

Yo también lo quise a Joe, reconoce por fin Vivian aceptando su dolor; me entendía bien con él, como si habláramos los dos un idioma secreto hecho de humor y de delicadas risas, me gustaría conservar ese sentimiento, le voy a pedir a Bolek que me regale algunos de los papeles de la valija, si hay muchos ¿no?, dicen que son garabatos pero pienso que pueden encerrar algún mensaje. En una de esas puedo descifrarlo, de alguna inexplicable manera, porque a Joe lo entendía ¿cómo te diré?, a la inversa de como lo entiendo a Bolek. Cierta vez me mostró un enorme ojo que había pintado. Me lo mostró con orgullo, estaba hecho de parpadeos y palpi-

taciones, y me preguntó qué era. Yo pensé que era el ojo
de Dios y al principio no me animé a decírselo, no quería perturbarlo, pero él insistió tanto que por fin se lo dije. Es el ojo de Dios, le dije, y él me dijo usted sí que sabe ver, y se puso tan pero tan contento... Pintó al lado
una flor para regalármela y ahí nomás improvisó una
danza chiquitita y nos abrazamos y salimos del salón como bailando el minuet, con reverencias y todo, así de
alegres y tomados de la cintura.

Homenaje

En ella quedó repicando la idea de los papeles de Joe, como cartas para llenar el hueco de la valija que era de alguna forma su propio hueco.

Vivian en cuanto pudo le repitió lo del minuet a Bolek y él entendió la conexión profunda y acabó aceptando su ayuda para preparar una instalación en homenaje al muerto.

Sólo estarán invitados los íntimos y la gente del hospicio. Los integrantes del taller colaboran con entusiasmo, habiendo olvidado ya el motivo o al menos eso creen muchos en Creedmoor menos Bolek, maestro en el arte de acallar el propio dolor pero en percibir el dolor de los demás.

Julia, la que quiso matar a su padre con un cuchillo de manteca, está componiendo una larga oda. Sólo eso pudo averiguar ella, recién mañana se enterará del resto. Mientras tanto está metida en su dormitorio, como boqueando en el vacío. Fue arrancada del bosque con demasiada violencia y todavía no logra reincorporarse a la violencia urbana y tampoco logra verlo a Bolek para saber más sobre la muerte de Joe y sobre sus papeles. Se refiere al Joe de Bolek, porque al suyo está segura de haberlo matado de propia mano y de muy diversa manera. ¿Qué habrá circulado en el último encuentro, se pregunta, para así como así despegarse del todo uno del otro? ¿Qué no habrá pasado, qué cuerda habrá dejado de vibrar después de tanto encantamiento? Una obsesión más, perdida. Es hora de rever los archivos emocionales y cambiar las carátulas. Pero ¿cómo lograrlo en esta incompletud que es ella ahora? Parte de mí ha quedado en tierra de víboras, a la espera del oso, oliendo a pan recién horneado, sufriendo una tormenta hecha a medida, dejándome devorar por monstruos interiores, reconoce.

Los monstruos interiores a veces distraen de la soledad. Entre ellos anida a la espera de algún desenlace.

Como todo, bueno o malo, el mañana llega a su debido tiempo y ya no se siente tan ansiosa por ir a Creedmoor. Le faltan agallas, carajo. Jerome la estuvo llamando pero ella siente que necesita otro tipo de compañía, alguien a quien no tenga que explicarle ni el lugar ni la situación ni nada. Con Vivian no cuenta, Vivian estará allí desde temprano ayudando con todo, Raquel no puede venir de su agreste retiro, sólo le resta Gabriel y no le resulta fácil convencerlo.

Acabó seduciéndolo con la idea de alquilar un auto y pasar por el museo Noguchi que queda en la misma dirección. Nos va a hacer bien sentarnos un rato frente a la perfecta armonía de las fuentes de agua deslizante antes de enfrentarnos con la total desarmonía de la muerte de Joe y la consiguiente desesperación de nuestro amigo Bolek, le dijo ella de un soplo.

Pero cuando a las siete de la tarde ingresan al edificio convertido en museo viviente, el clima no es desarmónico. Al menos no en la nueva sala abierta expresamente en homenaje a Joe, el que supo lucir sonrisa de bodhisatva.

La sala está toda pintada de negro, paredes, cielorraso, piso, es una perfecta cámara oscura de ventanas cubiertas por telas negras y una sola entrada también obturada por cortinas negras. Y en el perfecto centro, bajo un reflector puntual que le dibuja un redondel casi enceguecedor, la valija de Joe se vuelve una presencia viva. En la pared opuesta a la entrada algo se alcanza a ver como diminuta mancha brillante. La sala es enorme. Ella y Gabriel se largan a caminar tras los otros, en círculo, casi pegados a la pared porque nadie se anima a quebrar el espacio recortado de sombra. A medida que va llegando el público, delantales verde agua o no, personal del hospicio, pacientes o amigos, todos como en hilera se van escurriendo hacia el otro extremo del salón donde titila una pequeña foto de Joe iluminada por una lucecita que parecería manar de su sonrisa. Un poco más allá, también pegada en la pared a la altura de los ojos, descubren una página de revista con imagen de olas rompiendo en una bella playa bajo la cual con letra titubeante, casi ilegible, alguien ha escrito: *Joe siempre quiso ir al mar.* Como sonido de fondo se oye apenas el arrullo del mar. Y ella aprecia cómo a medida que han ido llegando todos hicieron el mismo trayecto casi ritual, en círculo muy amplio alrededor de la valija como quien gira en torno al altar en los templos hindúes, en el sentido de las agujas del reloj.

Mucho después pensará en los Tchorten dibujados por Raquel, esos pequeños falos tibetanos de hueco in-

terior donde se encierra la plegaria. Pensará en el alma
de Joe como la valija en medio de la luz, aparentemente vacía y a la vez con plegaria incorporada.

Pero todavía no. En esta precisa instancia de recogi-
miento en la sala del luto de golpe una paciente pega un
alarido como chirriante frenada y los enfermeros sin miramientos arrancan a todos los locos del recinto y detrás
de ellos, confundidos con ellos, va el resto del público a
refugiarse en las salas luminosas y las descubren transfor-
madas, enriquecidas. No en vano se trata un museo viviente, como lo bautizaron sus propios creadores. Es un orga-
nismo en perpetua evolución al que ahora le han crecido
pelos de lianas y muebles pintados o vendados o despan-
zurrados en distinto reacondicionamiento para nada ca-
prichoso, esculturas de la transmogrificación que a su vez
pasarán muy pronto a ser otra cosa. Sólo la sala de la valija luce una quietud de muerte con su secreto intacto.

En cambio en el salón de la naturaleza, el muy bien
bautizado Field Before the Battle, el espíritu de Joe parecería flamear en toda libertad. Los pacientes han col-
gado de las ramas, como pájaros, los papeles de Joe que
ellos mismos en un arranque de desesperación largaron
a volar después de su muerte, los que Bolek incautó amorosamente y que ellos supieron recuperar para la buena
causa.

Quedan pocos asistentes al homenaje, ahora, sólo los
amigos más íntimos, y el doctor Seymour los invita a tomar algo en la cafetería del personal. Bolek no acepta,
prefiere quedarse acá ordenando el material y dibujando. Vivian, que todavía no ha tenido tiempo de limpiar-

se de las manos las manchas de pintura negra, se ofrece a ayudarlo. Él la rechaza, él quiere estar solo.

Ella a su vez logra por fin acercarse a Bolek y abrazarlo muy fuerte para transmitirle todo lo que siente por él, por el muerto, por todos. Pensé que ibas a venir con tu bello Joe, le dice Bolek. No hay recambio, le contesta ella y Bolek medio entiende y le pega un amistoso empujón.

Una vez en la cafetería, un poco apartado de sus colegas, el doctor Seymour les pide socorro: Algo tenemos que hacer, dice; no podemos dejarlo a Bolek en este estado de ánimo luctuoso. Déjalo en paz no empieces a medicarlo, le ruega Vivian. Por supuesto que no, sólo quiero, en fin. Son así las cosas, ya se va a recuperar, intenta calmarlo entonces ella; tiene que hacer el duelo, vos sabés. Es que. Bolek tiene un asombroso poder de recuperación, lo consuela Gabriel.

Jack Seymour no busca consuelo. Busca otra cosa.

Después de mucho café y de dar vueltas por conversaciones varias, confiesa estar preocupado por los pacientes: los del taller no pueden verse confrontados a diario con la tétrica sala negra, es un recordatorio demasiado fuerte.

Por favor, ayúdenme, ruega por fin; no quiero que Bolek abandone este proyecto. Ni que sufra, agrega después como en una segunda instancia.

Eso de preocuparse primero por el proyecto y después por el amigo a ella no le gusta nada. Igual se queda pensando en algún ritual que amortigüe la caída. Un poco por represalias le pregunta,

¿Cualquier cosa vale?

Bueno, depende de qué.

Organizar una fiesta, por ejemplo, una gran fiesta. O mejor dicho una ceremonia.

No veo el propósito...

Mirá, vos dejame a mí. Soy antropóloga, yo sé cómo se elaboran estas pérdidas, cuáles son los ritos de pasaje, los rituales de duelo. Y sobre todo sé a qué estímulos puede responder Bolek. De otro modo vas muerto, no creo que se deje seducir fácilmente, tampoco creo que quiera seguir con el proyecto a menos de una verdadera catarsis, con lo poquísimo que le pagan... A vos te basta con declarar un día de extraterritorialidad para el museo, y lo demás lo dejás por nuestra cuenta. Vamos a organizar una ceremonia como dios manda.

Está bien, acepta el doctor Seymour después de mucho regateo y de bastantes aclaraciones y concesiones por parte de ella; adelante pero sin perder la mesura, recordando siempre dónde están. Y sin pacientes, eso sí, ni se les ocurra incluir a los pacientes, los pobres ya tienen bastante con todo esto. ¡Ah!, y la casa no ofrece alcoholes, nada de tragos en esta noble institución psiquiátrica.

Llenar el vacío

Veinticuatro horas más tarde ella aterriza en casa de Bolek para contarle el proyecto. Algo le adelantó por teléfono, logrando estimularle la imaginación lo suficiente como para que accediera a recibirla y a levantarse de la cama para abrirle la puerta. Sólo eso. El resto, oscuridad de cortinas corridas en más de un sentido.

Llega pertrechada. Una botella de El Jimador (cien por ciento agave), un poco de la cosecha de Juanita la plantita y una buena historia. No se le pudo ocurrir nada más convincente. Él tiene papel de arroz para enrollar cigarrillos, vasitos apropiados de esos llamados caballitos, y oídos ya hechos a escucharla, por lo tanto ella se larga sin más a la pileta y empieza a nadar en el seno de su propuesta con vahos del tequila que aportó para ir creando ambiente, porque se tratará de un ritual mexicano.

Se acomoda bien y larga:

En mi amado pueblo de Tepoztlán, paraíso del antropólogo como sabés, existe una ceremonia llamada del levantamiento de la cruz que se celebra nueve días después de muerta una persona. Cerca de donde murió acuestan sobre el piso una cruz o cualquier otro objeto simbólico (esto último es de propia cosecha, ella no lo dice, va armando la trama a conveniencia, sabe que la palabra cruz puede predisponer a Bolek en contra del asunto), y al

370

noveno día –vos conocés el valor del número nueve y las novenas– se invita a todo el pueblo, a todos los que tuvieron contacto directo o indirecto con el muerto, y se arma algo parecido a una fiesta. Todos comen y beben y cantan. Cantan mucho, y cada tanto se repite una canción de despedida: "Adiós, querido Fulano, adiós, ya te vas hacia el olvido. Ya te vas hacia el olvido" (no le dice que el estribillo dice *al triste* olvido, porque también eso sería contraproducente, cada día aprende mejor a adaptar los rituales a las necesidades del caso). El hecho –agrega– es que el ambiente cada vez se afloja más y más porque es como si el espíritu del muerto se fuera liberando de la insoportable opresión del llanto de los vivos. Y los vivos, ni te cuento. ¿Entendés? Una catarsis colectiva. Como en las cremaciones en Bali, cuando todos cantan y corren tras los toros de madera donde van los cadáveres para ser incinerados. En México nada se quema, pero sí, también (lo inventa en el momento, ¡ay, qué chiflada soy, qué loca!, se recrimina), porque vos sabés que en el pueblo de Tepoztlán son todos coheteros, y entonces a veces hacen estallar el objeto simbólico que ha sido velado en el lugar del muerto. Lo hacen volar en mil pedazos ¿viste?, como los judas al culminar Semana Santa.

Yo cruces no quiero, dice Bolek, monotemático.

No, claro. Yo estaba pensando en... en... en la valija. ¡La valija! ¿Te das cuenta? Nada lo representa mejor a Joe.

Se te ocurre cada cosa...

Son ritos de pasaje.

Una explosión en Creedmoor, no es mala idea, yo haría volar todo el lugar, son unos irresponsables.

371

Bueno, en fin, por lo pronto podemos hacer, qué sé yo, la fiesta.

No quiero ninguna fiesta.

Digo, la ceremonia.

No sé. Les va a caer pésimo. Me gusta.

Tendría que ser el sábado. Nueve días. Sin pacientes.

¿Cómo sin pacientes? ¿Qué te creés, que no voy a estar con mi gente? ¿Con quién lo hago entonces, con los idiotas psiquiatras?

A los idiotas psiquiatras les da una ataque si lo hacés con ellos. Si sólo invitás a los amigos puede que no opongan reparos. Y una vez allí, la cosa cobrará su propia dinámica.

Mis amigos están todos adentro.

Tus amigos merecerían quizá estar todos adentro, pero tenés montonal de amigos todavía afuera. Amigos de Joe, también, todos lo apreciábamos muchísimo. Love me love my Joe, era tu consigna y nosotros respondimos. A todos nos duele su muerte, a Vivian, a Raquel, a Gabriel, a Tim, hasta a Ava. A Rosario y Leslie, a José Luis. Y qué querés que te diga, hasta a mi Joe, sí, hasta a Joe el bello que ya no es más mi Joe. Él al fin y al cabo aportó al valija. Los invitamos a todos, reventamos con todo.

Sos una exagerada.

Soy una visionaria, ahora, y el que quiera comerme que me coma.

Preparativos I

Duró horas su trabajito de zapa, y ella salió totalmente borracha de casa de Bolek, mareada de tequila, marihuana y palabras. Sobre todo palabras. Mareada pero contenta. Misión cumplida. Ya se lo contó a Vivian, hicieron la lista, ahora a ponerse a llamar a los invitados para el sábado y si logran arrear a muchos todo será un triunfo. Aunque un poco traidora no puede dejar de sentirse, ella, hoy, un día después, habiendo pasado una nauseosa y desolada noche. Bolek cree estar armando una fiesta o ceremonia a espaldas de los psiquiatras, ella debe llamarlo a Jack Seymour para pasarle el informe y Seymour se sentirá contento. Ella callará unos detalles, también lo traicionará a Seymour para equilibrar un poco la balanza, no le soplará por ejemplo ni una palabra sobre la posible (aunque no sabe cómo demonios lo harán) voladura de la valija a cohetazo limpio.

Fue lo que más entusiasmó a Bolek. La idea de los judas mexicanos siempre lo atrajo, sobre todos los muñecos gigantes de papel maché surcados de cohetes que cuelgan en la casa de Frida Kahlo. Se salvaron del fósforo gracias a la intervención, se supone, de Diego Rivera. Frida en cambio no, Frida no se salvó de verse estallada aunque no era de papel maché, pero esa es otra historia.

De cartón es la valija de Joe –de los Joes.

La valija es un vientre de Judas.

Joe, mi Joe, le contó ella a Bolek por enésima vez, me la trajo como un objeto más de Schwitters, y a mí me conmovió porque cuando salí de aquella muestra y todo lo que ya sabés pensé en mi propia vida como recortes, un collage de cositas pegadas quizá con alguna propuesta artística que se me escapa. Mi vida es un matete a lo Schwitters, pensé entonces, y ¡sházam! aparece mi Joe, Joe-el-joven, el bello, con la valija de identidades en blanco. ¿No te parece una rara coincidencia? Como una especie de Mertz, le dijo a Bolek sin conocer a fondo el significado de la palabra schwitteriana. La valija merece volar en mil pedazos.

Vos a tu matete le solés dar unas formas bastante perversas, le recordó ayer el muy despiadado haciendo alusión sin duda al episodio del portafolios negro. Además, insistió, estoy harto de constructivistas, para mí se trata de la valija de nuestro Duchamps, qué tanto. La mariée mise a nue, nombró ella. Par les célibataires même, completó Bolek; y bien célibe que era mi Joe, podrías tomar un poco su ejemplo. Mirá quién habla..., se indignó ella. No es lo mismo, él era célibe por mí, era mi otro yo, mi contracara.

Celibato y vacío, de golpe a ella se le volvieron sinónimos. Joe-el-viejo no era un gran vacío, empezó a decirle a Bolek; era un hombre con alma, era un hombre puraalma y ahora lo simbolizamos con una valija vacía. Bueno, contestó el muy descorazonado como a pesar suyo; si vas a creer en esas cosas podríamos alegar que el alma es precisamente aquello que *es* el vacío, que no está más.

Queda el secreto, la sonrisa de Joe encerraba un inmen-
so secreto, podríamos quedarnos con su sonrisa como la
del gato de Cheshire, insistió ella, pero el vacío es intolerable y clama por ser llenado.

Ella había pensado en los tchorten, en el nkisi, pero
a qué ponerse a explicar todo esto cuando una valija vacía esperaba bajo la luz ardiente.

Y de golpe lo supo: el vacío es intolerable. El vacío no
existe salvo en las enseñanzas búdicas y entonces se trata
de otra cosa. Ese vientre valija había que llenarlo, y si los
papeles de Joe el viejo cumplían ya función de pájaros en
la jungla que él mismo había sabido regar con tanto esmero, otros papeles se imponían, papeles con mayor poder de fuego.

Las cartas, gritaron con Bolek casi al unísono porque
habían llegado al punto de elevar la voz hasta la desga-
rradura. ¡Las cartas! Y quizá él pensó en el escueto epistolario que habían empezado a gestar entre ambos, pero
ella hacía alusión a las otras cartas y él supo aceptarlo.
Abrió una gran caja de madera que estaba ahí nomás bajo su mesa de dibujo, entre rollos de papel y potes de pintura, y sacó un fajo amorosamente atado. ¿Ves? le dijo;
como la carta robada de Poe, ahí nomás a la vista...

Y le tendió el fajo.

Y ella tuvo en sus manos el cuerpo de sus delitos. Sólo
por un segundo. Sintió su peso, le resultó excesivo, todas
esas cartas y eran muchas, no pudo tolerarlo, se las devol-
vió a Bolek de inmediato como si quemaran y le dijo:

Adelante, quemalas nomás.

Luisa Valenzuela

Ahora ella piensa que la catarsis, si la hay, va a ser compartida. Si Bolek pensó lo mismo y por eso accedió a toda la tramoya es quizá porque en algún recóndito fondo de su corazoncito despertó esa bestia abrumadora llamada compasión.

Preparativos II

Ha llegado el gran día, y tanto preocuparse por invitar a la gente y por otros detalles de la pura logística, ahora ella no sabe qué ponerse. Revuelve el placard y nada le gusta. ¿En qué estado de ánimo me encuentro?, se pregunta. En todos. En ninguno, una vez más se me descalabró el sismógrafo interior y ni sé si hay temblores. Mientras tanto y para no pensar se maquilla y se sobremaquilla los ojos, puro kohol su mirada, quiere lucir lo mejor posible porque todo su machaje estará allí o al menos todos ellos han sido convocados, desde Jerome hasta Joe, pasando por Tim que según dijo igual tenía intención de viajar este fin de semana de Los Angeles para cierta consulta con cierto filósofo colega de ella en NYU o algo por el estilo.

Entre el teléfono y los preparativos se le fue pasando el tiempo. A Bolek no tuvo el coraje de decirle que alcoholes na nay, prohibidos en esas latitudes. A los más discretos, es decir excluyendo a Joe-el-joven, les pidió que trajeran ocultas petaquitas de Scotch, para unificar el trago. Pero de unas pocas petacas no se podrá sacar demasiado jolgorio, y una fiesta lúgubre es lo último que quieren, como bien dijeron con Vivian mientras planeaban la acción, y a Vivan se le ocurrió pedirle a su amiga la diseñadora que trajera todos los retazos de su bella casa

377

de modas Morgane le Faye, para quizá con suerte disfrazarse, todos, y ella se estrujó el cerebro en busca de una solución al problema bebidas. Falta de tragos y falta de vasos, la cosa no podía ser más desalentadora. La cafetería proveerá latas de gaseosas, ¿y?, valiente aporte. Ella propuso el muy telúrico mate, pero de inmediato lo descartaron y no sólo por falta de agua hirviendo. El mate será bueno para prevenir el escorbuto en la paisanada carnívora pero no es este el caso, le recordó Vivian con irónico buen criterio; ahora debemos buscar una bebida que produzca algún efecto, cualquier efecto, para darle a la reunión calidad de ceremonia.

Entonces se le prendió a ella la lamparita, así, inesperadamente, y pegó un salto del mullido sillón y dijo ¡la Kava! Y lo dijo lo suficientemente fuerte como para merecer la mirada reprobatoria de los allí presentes. Estaban en el piso 78 del Empire State donde el banco de Vivian tiene sus oficinas, y en esas alturas tanto físicas como gerenciales las palabras anidan en el susurro del respeto. Por suerte nadie de los allí presentes entendió de qué estaba hablado –o gritando– y ella pudo recuperar su tenue voz conspiratoria para desasnarla a Vivian y sólo a Vivian.

La kava, le explicó, también conocida como yangona, es una bebida ritual de los archipiélagos del Pacífico Sur. Tonga, Fiji, Vanuatu. Y tiene para el caso la cortesía de ser preparada en un gran bowl de madera y después servida de a uno por vez en un cuenco de coco pulido.

A Vivian le pareció estupendo, pero su mente práctica no pudo menos que preguntar dónde la iban a conseguir.

Es el polvo de la raíz seca de cierta planta de la región,

fácil de transportar, se necesita poco, le contestó ella. Y estamos en New York, a no olvidarlo, donde se consigue de todo de todas partes del mundo con sólo buscar un poco. Tengo un colega que debe saber, ése no se pierde ni una.

¿Efectos?, inquirió entonces Vivian entre esperanzada e inquieta.

Distintos porque no fermenta o es estimulante. Más bien todo lo contrario. Es un brebaje medio asqueroso, con gusto a barro, pero después deja una sensación de bienestar, agradable, relajada. Es anestésico. Extraño, ritual a más no poder, los melanesios lo beben para conectarse con el espíritu de los ancestros, al atardecer, en la brecha entre los mundos. Sirve para espiar por esa brecha, es la bebida que anula las contradicciones, es la que promueve la unión de los opuestos: el día y la noche, la vida y la muerte.

Suena perfecto.

Vos traé tu enorme bowl de ensalada. Yo tengo los dos cuenquitos de coco idóneos, uno que hace de cucharón y otro de copa. Ya vas a ver.

Tanto despliegue de imaginación y ahora no se le ocurre qué ponerse. Y piensa que la escanciadora de la kava necesita un atuendo especial. Nada le queda bien, todo le da rabia, quiere meterse en la cama, olvidar esta farsa.

Por suerte llega Gabriel y ella le pide socorro. ¿Qué me pongo?

Gabriel es un esteta, no le dice venite así nomás o ponete cualquier cosa. Mejor dicho no le dice: vente así nomás o ponte cualquier cosa. Es esteta y chileno, y un poco circunspecto. La mitad del contenido del placard de ella yace en el piso, descartada. Del fondo del estante más alto Gabriel caza un trapo negro de raso, lo despliega y le dice: Esto está perfecto. Voy a parecer una bruja, se resiste ella. Valiente novedad, suspira él.

Y la convence.

Y ella se encierra en el baño para enfundarse el negro vestido largo, flecudo y de espalda tajeada que compró para cierta ocasión muy distinta de la que hoy los convoca. Se peina estilo vendaval asimétrico y cuando emerge Gabriel aplaude. Te traje un regalo, le dice, y de un sobre enorme saca con sumo cuidado uno de sus dibujos eróticos, lápiz graso negro sobre fondo blanco, pastitos trazando una virilidad insinuada pero consistente.

Gabrielo, te amo, le dice ella agradecida.

Así es la vida, comenta él sin fervor alguno. Y después agrega: Ray y su amiguita no han vuelto del viaje, vaya uno a saber cuándo volverán.

Una vez en Creedmoor ella se queda atrás. Se siente extraña, como alejada de sí, ¿alienada? Lo único que le falta... No hay nadie a la vista en las galerías de la planta alta. Gabriel y los pocos que llegaron antes que ellos deben de estar visitando los distintos Campos de Batalla. Al fondo, el salón de la valija está cerrado. Tiene una valla frente a la puerta, Do Not Cross lleva escrito en grandes letras, es de esas tipo caballete que usa la policía neoyorquina para cortar las calles durante las manifestaciones.

Justo en la desembocadura de la gran escalera, las mesas de dibujo alineadas ya están cubiertas por pilas de trapos y larguísimas gasas de colores, evidentes retazos de los kilométricos foulards que se venden en Morgane le Faye.

Morgane le Faye, la fata Morgana, esta noche no estoy para hadas o espejismos, le dijo ella a Gabriel cuando lo instó a reunirse con los otros.

Por suerte Vivian, que debe andar por ahí ocupándose de otros preparativos, le ha dejado su gran bowl de madera sobre una de las mesas. De Bolek, ni la sombra. Ella abraza el bowl y se refugia en el Campo de la Naturaleza donde no hay nadie. Field Before the Battle se llama, y es justo lo que necesita. Aquí hay una pileta de lavar con su correspondiente canilla y las plantas parecen enardecidas, no se las puede dejar solas ni un instante, crecen con pasión histérica. Ella encuentra un rincón casi casi como selva tropical que luce una gastada alfombra de pasto en el piso. Nada mejor para sus tejemanejes. Pero tiene un problema. El bowl es enorme, y si lo llena de agua en la pileta después no sabe con qué fuerzas lo va a poder transportar. Se larga a buscar una jarra, una botella o algo, y es así como Raquel la descubre fuera de su guarida.

Con Raquel se lavan las manos ceremoniosamente y se disponen a preparar juntas la bebida de los ancestros en el bowl asentado sobre la mesada de mármol al lado de la pileta. Raquel no las tiene todas consigo, pero la secunda. Ella ha traído un blanco pañuelo de muselina, impecable, sobre el que vierte todo el polvo de kava conseguido como por milagro en los confines de Brooklyn. Arma así una bolsa que sumerge en el agua, y después se turnan con Raquel para irla estrujando hasta que el agua parece embarrada y ella rompe la morosa concentración citando una frase de Alfred Jarry: el agua es un líquido tan pero tan impuro que una sola gota basta para enturbiar el ajenjo.

Un kava bar, hemos logrado armar un kava bar como en la isla de Malacula, le dice al cabo de un rato a Raquel con entusiasmo. En Fiji la cosa es más solemne, pero los Nambas de Malacula son mucho más sueltos, debe ser por los estuches peneanos que usan como única pilcha durante las ceremonias.

Bonita indumentaria, observa Raquel y sin solución de continuidad pasa a contarle su sueño de la noche anterior:

Soñé con nuestro oso, le dice; estaba golpeando los ventanales de abajo, en medio de la noche. Yo oí el estruendo y en el sueño bajé corriendo, me asusté al verlo, el oso se asustó de mí y rompió de un manotazo la puerta vidriera. Todo voló en esquirlas. Después se escapó, y yo metí las manos hasta los codos entre las astillas para limpiar el desastre y me cortajeé toda pero entendí la razón de la rotura de los vidrios. Ahora ya no entiendo nada, no te lo puedo explicar, pero en el sueño supe. Entendí. No se qué, pero entendí.

La Ceremonia

Va llegando más y más gente. De a poco van invadiendo el Campo antes de la Batalla, ya la naturaleza no las acoge a Raquel y a ella, las expulsa. Todavía no quieren abrir el kava bar, ella tapa el bowl con un gran cartón blanco y zarpa hacia otros derroteros. Casi todos parecen estar reunidos en el Campo de Batalla del Hogar, hacia allí se encamina pero al pasar frente a las mesas caza al vuelo unas gasas color humo y se las enrosca alrededor del cuello y la cabeza. De la última mesa pesca un trapito rojo. Se lo quiere poner sobre la teta izquierda, no encuentra cómo, no tiene prendedor ni alfiler ni nada y el escote del vestido es alto, algo va a encontrar, prefiere concentrarse en esto y no tener que andar saludando a troche y moche. A lo lejos en el Campo de Batalla dedicado al Hospital la avizora a Ava hablando con un hombre bastante joven y distinguido que le resulta vagamente familiar.

Jerome se acerca a saludarla. Qué lugar sorprendente, dice. Tomá mi corazón, le responde ella tendiéndole el trapito rojo, y escapa.

No quiere hablar con nadie ni socializar ni nada. Con las gasas se arma un turbante como le enseñó un bereber en Ouarzazat, la cola del turbante le tapa casi por completo la cara, sólo los ojos asoman de una hendija, protegida estoy de las arenas del desierto, piensa.

El Simún puede soplar nomás.

A otros aquí presentes les gusta la idea, cada uno a su manera va adosándose gasas o géneros varios y transformándose. Son bellos así, coloridos, y algunos se van atando entre sí con las largas tiras de gasa y empieza una danza silenciosa. ¿Dónde hay un espejo?, preguntan algunos. Espejos no hay en la casa de los locos, espejos somos todos.

El entusiasmo crece. Espontáneamente se arma una especie de conga o cadena de seres y de trapos que deriva como un gran dragón del año nuevo chino hacia el salón de la Naturaleza. Ha llegado la hora de abrir el Kava Bar, y Bolek no aparece. Jack Seymour se alarma. Nada de alcoholes convenimos, le dice a ella. No es bebida alcohólica, ya verás, le explica ella y él acepta ser el primero en probarla y no puede decirse que le guste pero le resulta interesante. Interesante, comenta sin saber bien de qué se trata.

Los demás se precipitan y el pequeño cuenco de coco va y viene, de dos o tres tragos uno lo vacía, lo vuelve a llenar, se lo pasa al siguiente. Algunos beben la kava de un golpe, otros sorben con cierto resquemor o con sorpresa, pero nadie la escupe o le hace asco. De mano en mano pasa el cuenco, la cosa va cobrando un tono especial de comunión.

Ella aprovecha para enroscarse mejor los velos y taparse bien la cara. Quisiera desaparecer en el mar color humo. Hacerse humo: Soy hermana de las esculturas vendadas de Bolek y compañía, me confundo con el fondo y eso me tranquiliza.

Por poco tiempo. Al rato el mimetismo le entra a fallar. Alguien la abraza por la espalda, la levanta del piso, la hace girar en el aire como en una pirueta. Es Tim, quién si no. Ella se alegra de verlo a pesar de todo, lo besa a través de velos, le sopla que lo ama. Él casi la deja caer del susto. Ella ríe, esto empieza a gustarle. No es el efecto de la kava, todo lo contrario, la kava nos vuelve reflexivos, mirando para dentro, y ella de golpe se siente bien despierta.

Le dice a Tim que ya vuelve y se lanza en busca del próximo candidato: Joe, su Joe, Joe-el-joven. Tiene que completar el mosaico. No lo encuentra por ninguna parte. Le mandó una invitación al instituto donde trabajaba, pero vaya una a saber si sigue trabajando allí. No se preocupa, con él la deuda no está pendiente, ya le dijo que lo amaba la última vez que hablaron por teléfono. Va cerrando casilleros. Raquel puede estar orgullosa de ella. Bolek también tal vez, ¿dónde se habrá metido?

En eso Vivian la toma del brazo y la lleva a un costado. Necesito tu atención individida y atenta, le ruega. Ella no quiere hablar con Vivian ni preguntarle dónde se ha metido Bolek ni qué piensa hacer el muy misterioso con la célebre valija. Trata de zafar pero Vivian la agarra con más fuerza.

Bolek me va a volver loca, se queja.

Chocolate por la noticia.

Le acaban de hacer una propuesta maravillosa, increíble, extraordinaria, y él se puso furioso, retoma Vivian; lo sacó con cajas destempladas al hombre, le gritó que él no sueña con exponer en lugares convencionales, que si eligió el manicomio es porque sólo esto le cuadra, que los locos son mucho más expertos en arte que los falsos expertos como usted, le dijo al hombre, que el arte no es comercio ni está para que lo disfruten los ricos en los museos. Le espetó toda la retahíla que tú bien conoces. Así nunca va a poder completar la segunda parte del proyecto, ¿de dónde va a sacar el apoyo económico que desesperadamente necesita, con los cortes del presupuesto a la salud pública?

Raquel se les acerca. Después seguimos, la amenaza Vivian, y en este preciso instante les llega del piso bajo un sonido profundísimo, como un llamado.

Es el shofar, dice Raquel atendiendo a sus raíces. Suena como un erkencho, dice ella respondiendo a las propias y segura de que no es ni lo uno ni lo otro sino algún instrumento insólito ejecutado por Bolek.

Al fin aparecerá el muy esquivo. Desde las galerías del primer piso todos pretenden ver qué pasa abajo pero el grueso alambre tejido que protege los balcones les impide asomarse. Detalles como este le recuerdan a la amable concurrencia dónde se encuentran mientras creen estar en el ombligo de un mundo hecho de la pura inventiva, la desbordante creatividad.

Bajan las escaleras en masa.

En la planta baja se han encendido reflectores y rincones increíbles aparecen ante la azorada vista del público presente. Vallas policiales como la que clausura la sala del luto circundan uno de los gigantescos hornos en las cocinas del refectorio. Todos se amontonan detrás de las vallas: basta con limitar un espacio para hacerlo atractivo.

Bolek, Bolek, se pone ella a llamar, sin resultado. ¡Bolek!, claman todos y el eco rebota en insospechadas profundidades que sólo ella conoce, a penas, la puntita nada más, y el conocimiento la perturba. Algún día esta planta baja podrá llega a ser –si la ceremonia de hoy cumple su propósito, si el gran demiurgo acepta seguir con el proyecto y no rompe el juguete, si se consigue el dinero necesario– un viaje en el tiempo. Bolek tenía pensado, antes de la muerte de su Joe, antes de la hecatombe, dedicar cada uno de los diez principales cuartos de la planta baja a un siglo del milenio. Eso se lo contó justo antes de zarpar a las Bahamas. Ella le habló de las puertas que había ido abriendo dividida como tantas veces entre la curiosidad y el espanto. Cada puerta tendrá un número –la tranquilizó Bolek– del 11 al 20, y ya no te enfrentarás más con el caos sino con la representación de cada uno de los siglos que constituyeron este ya muy menguante milenio.

No nos hacen falta ideas, nos hace falta un apoyo económico, agregó aquella memorable noche, y el proyecto no parecía tan imposible, entonces.

Ahora además le haría falta el soplo vital perdido. Las ganas que murieron con la muerte de Joe-el-viejo. Y para eso se supone que están acá, para insuflárselas de nuevo, pero él todavía no asoma las narices. Algo evidentemente está fraguando en bambalinas, pero tratándose de Bolek no hay garantías y podría hasta sorprenderlos con una espectacular inmolación. La semisonrisa de Ava, de pie en el fondo del salón, no presagia nada bueno.

Mientras tanto esperan. La kava está haciendo efecto

y nadie se impacienta demasiado, pocos hablan, un clima de ineluctabilidad los cerca.

Hay un hiato y ella contiene la respiración. Vivian ha desaparecido en alguna parte de la penumbra circundante. Lo que le dijo Vivan la preocupa, pero tiene preocupaciones mucho más perentorias. Oye como trompetas a lo lejos, no sabe si son reales o es la alucinación auditiva de una especie de juicio final para su uso privado. Entre toda esta gente, entre tantos amigos y algún amante suelto la soledad se le viene encima y pega fuerte. ¿Cómo se llamaba? Mi soledad tenía un nombre y ya ni lo recuerdo. Da vuelta la cabeza para no ver más el horno que le trae todo tipo de reminiscencias y asociaciones y a quién detecta llegando con su paso canchero y su chambergo ladeado sino a Joe-el-joven, mezcla de malevo y de caballito negro. Voy llenando el cartón, se dice. Pero no se alegra ni se conmueve ni se mueve.

Como si pudiera moverse.

En un rato todo estará limpiado. O estará perdido. Vaya una a saber.

Cuando se espera la catarsis la cosa se puede poner espesa.

Como si la entrada de Joe-el-joven hubiera dado la señal de largada, el reflector que iluminaba el horno es desviado para iluminar la galería alta, en el extremo opuesto. Y el horno de gas se enciende en forma automática. Se ven llamas, la amable concurrencia emite unas exclamaciones más bien de compromiso o para participar –este grupito humano no parece asombrarse de nada– y la

luz del reflector se hace puntual. De dónde habrá sacado Bolek dotes de iluminador de cine, se pregunta ella
no sin cierta saña. Le da dolor de cabeza mirar para arriba. El suspenso también le da dolor.

De golpe en lo alto aparece, como colgada en el aire,
la célebre valija. Ojalá me hubiera acercado a Joe cuando entró ¿quién me abraza ahora? La valija de los Joes
empieza gracias a un juego de poleas su lentísimo des-
censo hacia la boca del horno a lo largo de un alambre
casi invisible, nada inexplicable pero mágico. La valija
ahora tan preñada, la ve y no puede creerlo. Ella que alguna vez pensó en el buzón como un Moloch y su boca
de fuego. Cuánta premonición la mía, cuánta manipula-
ción de la metáfora, qué verdadera merda. Merdra, decía el padre Ubú ante su máquina de descerebrar. Hubo
máquinas de estas, hornos crematorios, hubo víctimas
humanas y victimarios varios. F sin ir más lejos. También
F viene bajando lentamente metido en la valija de cartón
de dudosísima procedencia, maestro F en artes de hechi-
cería. Maestro al fin. Cuelga del cielo toda mi condena,
y el camino del aire al fuego se está haciendo infinito. Ni
una respiración se oye. ¿Cuándo jadeaba F? La valija parece titilar como iluminada por velas. Ya está llegando al
gran Moloch de boca ardiente y vacila un segundo. Ella
siente que la llama. En el silencio descomunal que los ago-
bia el llamado se hace perentorio. Ciega se lanza hacia
adelante, se abre paso a codazos, atraviesa las vallas, corre hacia el fuego casi dispuesta a incinerarse como un
bonzo y de una trompada artera destraba el cierre de la
valija a punto ya de ser engullida por las llamas.

En sus brazos cae el fajo de cartas, y sobre su cabeza llueven sorpresivas ristras de cohetes que ella trata de sacarse de encima con desesperación, como si fueran víboras. Son peor que víboras, porque una cola toca el fuego y empiezan a estallar los cohetes en cadena y ella volará en pedacitos. Se aterra, manotea para sacarse de encima los cohetes sin soltar sus cartas, huye lo más rápido posible regando un tendal de estallidos sucesivos como ametralladora.

La valija boquiabierta traspasa la boca del horno y entra en combustión, la amable concurrencia aplaude.

Estuviste bárbara, le dice alguno.

Tolteca por demás tu actuación, darling, comenta un tal Gylles que vivió en San Miguel Allende; lograste una mezcla de piñata y "toritos", ese juego de hombres enfrentándose a cohetazo limpio. Te salió superprecioso, darling.

Y ella, a duras penas reponiéndose del susto y sobre todo de la sorpresa por su reacción tan intempestiva, le hace una reverencia.

Es Jerome, con su mejor ojo de investigador del secreto, quien le pregunta qué fue lo que rescató ella del fuego. Y ella ya no siente la necesidad de ocultar nada y contesta desaprensiva:

Cartas, escritas por mí, todas de falsa calentura, mis cartas a Facundo un ex marido secreto que tuve.

Qué lindo, darling, qué romántico, yo creía que el género epistolar estaba pasé, rubrica Gylles.

Fantástico, ronronea Avaque se ha abierto paso hasta

ella; fantástico, cartas de falsa calentura, pueden resultar muuuy estimulantes.

Quizá no sea tan falsa después de todo, se retracta ella apretando el fajo contra su vientre; ahora entiendo el placer, el gozo que me dio escribirlas. Por fin pude recuperarlas. Si quieren se las leo...

Las voces la disuaden:

Ahora no/ Acá hay mala luz/ No vinimos a un reading/ Metelas en Internet/ Bonita pirotecnia, parecía el 4 de julio/ Vayamos a festejar/ Vamos a un bar a tomar algo/ Busquémoslo a Bolek, está jugando a las escondidas/ ¡Premio para el que encuentre a Bolek!

¡Tierra!

Unos cuantos asistentes al evento acaban refugiándose en un pub a pocas cuadras de Creedmoor. Bolek prometió unirse al grupo pero se hace esperar, ella abraza el atado de cartas como temiendo que él aparezca por detrás y se las quite. Ahora son mías, sólo mías, piensa.

Seymour se sienta a su izquierda para agradecerle y agradecerles a todos. A pesar de ciertos, en fin, ¿cómo decirlo?..., de ciertos desbordes, opina que el operativo ha sido un éxito. La tétrica valija suprimida, Bolek aliviado, los pacientes a salvo del estruendo, el consumo de alcohol y de estupefacientes sorprendentemente bajo control, el brebaje infecto pero inofensivo, la cohetería exagerada pero bueno... todo bien, ahora a ver si nuestro amigo se reintegra el lunes mismo y aquí no ha pasado nada.

¿Nada?, pregunta Tim que no en vano investiga el tema de los asesinos seriales. Ustedes resolvieron el entierro real y el simbólico de la víctima, sí, ¿y acaso pensaron en el victimario?

Bueno, empieza a disculparse Seymour, incómodo; comprenderán que está debidamente castigado y vigilado, en confinamiento solitario, se trata de un demente, de alguien que no es responsable de sus actos. Es inimputable pero lo tenemos muy bien vigilado. No se preocupen por él.

Todo lo contrario, ahora sólo resta preocuparse por él, porque el pobre loco lo único que hizo fue canalizar la furia homicida latente en todos, pacientes y personal médico por igual, insiste Tim que a su juego lo llamaron. Un asesinato de esta índole no apunta a una víctima determinada, el viejo Joe fue sólo un accesorio. La clave está en todos ustedes, y en el asesino, que encarnó la violencia colectiva y se animó a ponerla en acto. No debe resultar fácil mantener el equilibrio en una comunidad terapéutica de semejante magnitud, por eso lo necesitan a Bolek. Su obra es una verdadera válvula de escape. En lugar de tanta ceremonia deberían de estar ofreciéndole todo tipo de facilidades para trabajar, además de un sueldo a la altura de sus logros.

Seymour lo ataja al vuelo,

Lo haríamos con gusto si pudiéramos, pero no podemos, tenemos un presupuesto muy limitado, ni para los gastos de refacción y pintura de la planta baja del Museo Viviente nos alcanza. Es un milagro que se haya podido hacer lo que se hizo con fondos cada vez más restringidos. Y lo siento, ahora debo retirarme, me espera la familia.

Exit Seymour, y tras las segunda vuelta de tragos exit buena parte de la compañía, Tim incluido, dejando eso sí todo tipo de saludos y abrazos y congratulaciones varias para el hombre en bambalinas que por fin se hace presente cuando en el pub sólo queda un puñado de íntimos y las baladas irlandeses cantadas por los parroquianos ya empiezan a empañarles el ánimo.

Vivian por lo pronto está tristísima, ni abrió la boca desde que llegaron. Hay couvades y couvades, piensa ella observándola; estos dos invirtieron roles como de costumbre y Vivian sufrió el duelo de Bolek como dolores de parto mientras él libre de sufrimiento pudo dedicarse de lleno a armar el zafarrancho.

Ella al menos así lo entiende y está a punto de decírselo a su amiga Vivian, pero Bolek se le arrima y no la deja hablar, le besa la coronilla, la estruja un poco, está contento y, sentándose a su izquierda en la silla que dejó libre Seymour, le dice:

Lindo lío armaste con la valija, beautiful. ¡Bravo! Debí sospechar que algo te traías bajo la manga.

Fue una acción impensada, espontánea, soy inimputable como el otro, se defiende ella.

Me da lo mismo. Todo salió bien y yo pude terminar de mandarlo al demonio al tipo ése, qué se cree venir a proponerme semejante ofensa.

¿Tipo? ¿De qué tipo estás hablando?

El mecenas ése del MoMA, imaginate, que pretendía llevar nuestras bellas obras al museo. ¡Arte Moderno mis pelotas! Nosotros no creamos obras para que las metan en el congelador y sólo las vean los infames snobs que pueden pagar la entrada.

No te vendría mal, le hace notar Gabriel con el sólido sentido común que suele lucir cuando no se trata de algo propio; Creedmoor no anda bien de finanzas según tengo entendido, ¿cómo esperas llevar adelante tu ambicioso proyecto sin un sponsor de tamaña envergadura? O –minuto, minuto, no interrumpas– ¿cómo pretendes que tus discípulos puedan seguir haciendo arte si no hay un dólar para apoyarlos, para comprar material, ni siquiera para iluminar todo el vasto mamut de edificio que despertaste de los escombros?

Agotado como está después de tantas emociones fuertes, Bolek se ve obligado a admitir que Gabriel algo de razón tiene, que él no puede ser tan endiabladamente egoísta, que debe pensar en sus amigos los confinados artistas y ellos sí necesitan apoyo, mecenas, sponsors, esos aditamentos malditos pero imprescindibles dentro del maldito capitalismo salvaje, y él no es quién para impedirlo, sobre todo si piensa hacer los trabajos de la planta baja, ya está todo planeado, sin embargo lo trató muy mal al tipo ése tan planchadito, tan recién salido de una tintorería de Wall Street, frente al cual él, Bolek Greczynski, inquebrantable polaco de Cracovia, antepuso su ideología por encima de los intereses de la comunidad de artistas merecedores de todo su respeto y hasta de su sacrificio personal, y ahora lo lamenta y...

Ella lo frena en seco porque algo cree vislumbrar.

¿De dónde salió el tal tipo?, quiere saber.

Ava, lo trajo Ava, reconoce Bolek.

Entonces ni te inquietes, lo tranquiliza ella porque acaba de comprender la situación; ni te inquietes. Creo saber de quién se trata, tuve una especie de encuentro con él unos meses atrás, justo en el MoMA, frente a los Pollocks para más datos. Gracias a eso se hizo novio de Ava, mirá vos, y tanto esfuerzo que pusimos en armarle una cita a ciegas... Ni te preocupes, che, a ése sí que le gusta el castigo te aseguro.

Tenemos que completar el proyecto, acepta Bolek a regañadientes.

OK, llamala a Ava, no le digas que yo te dije, pedile que te ponga en contacto de nuevo con el susodicho y maltratalo con inteligencia como tan bien sabés hacer vos. Azuzalo. Él seguro vuelve por más. Y mejora el ofrecimiento.

Bolek guarda un largo silencio resentido, al rato afloja:

Creo que por una vez te voy a escuchar, mal que me pese, el proyecto merece cualquier sacrificio.

Ante esta declaración todos aplauden, aliviados, y Gabriel va al bar en busca de otra gran jarra de Guinness para el grupo y para Bolek vodka doble, triple, bien lo merece. Y todos brindan por el retorno del mecenas, por grandes muestras de arte orate en los principales museos del mundo que perderán así su calidad de mausoleos, por la diseminación del arte bruto y por Dubuffet, por Marcel Duchamps y sobre todo por la continuidad del Museo Viviente y por la nueva propuesta de representar década por década las diez que configuraron el siglo veinte, representación hecha en la planta baja del antiguo refectorio por los artistas del loquero, los únicos capaces de captarlo en su más profunda y desquiciada dimensión.

Ella larga un sonoro suspiro al que los demás parecerían unirse pero más bien son resuellos o recuperación del soplo. Yo conozco el caos y la mugre que hay en los cuartos de la planta baja, dice; va a ser una tarea hercúlea pero lo van a lograr, alega sin percibir que también será una puesta en orden del sitio que cierta vez ella entendió como un palacio de su propia desmemoria.

Todos vuelven a brindar, brindan y brindan y brindan.

En la beatitud posterior al entusiasmo, Jerome, senta-

396

do a su derecha, le pasa a ella un brazo por los hombros y le pregunta qué piensa hacer después.

Me vuelvo a la Argentina, le informa ella –se informa– sin haberlo pensado. Y queda como en suspenso, con la boca semiabierta.

Llueven las preguntas asombradas, no sabe a quién responder, ni qué. Oye el eco de las palabras que acaban de salir solitas de esa boca suya sin pasar por sus entendederas. Jerome inquirió por la inmediatez de esta misma noche, ella contestó en término de semanas. Se escuda. Cruza los brazos sobre el fajo de cartas que tiene en la falda y de golpe las siente tibias, reconfortantes. Como un nido. Y el nido parecería inflarse a su alrededor y la engloba en una burbuja protectora. En un relámpago percibe que ya no necesita coraza ni armadura ni nada, sólo esta sensación de haber encontrado el propio espacio y de haberlo circunscripto. Todo cuaja. Todo está en su lugar. Los pacientes de Creedmore, condensada muestra del loquísimo mundo circundante, crecerán en conocimiento mientras puedan seguir gestando sus creaciones, y también crecerá ella porque por fin se siente en armonía con las creaciones propias, con todo lo que en ella fue gestándose sin quererlo en absoluto, rechazándolo, negándolo y resistiéndose. Son en su mayoría historias inventadas y por eso mismo demasiado reales. Ahora están aquí, todas o casi todas, juntas, apretaditas contra su vientre, asumidas, reconocidas.

Cartas disparadas desde muy diversas partes del orbe convergiendo en este nuevo centro que es ella. El nódulo.

Sin mí no hay abanico, advierte entre dientes parafraseando a cierta sombra de quien ya ni la inicial perdura; abanico, reitera, qué idea absurda... sin mí en realidad no hay nada... para mí.

De costado lo descubre a Bolek parando la oreja en estado de alerta. Toma entonces unos tragos, le guiña el ojo izquierdo y dice en voz clara, toda ella hecha conciencia y sin el menor dejo de ansiedad, como un alegato:

Y sí, yo, Marcela Osorio, de cuerpo entero, créase o no me vuelvo a BAires. Falto desde hace más de veinte años, sonó la hora de enfrentar tanto gato encerrado que dejé por allá.

Raquel es la primera en reaccionar y la única en aceptar de frente la noticia. Zona triguera la pampa húmeda, podrás hacer esculturas con panes, comenta en tono más enigmático que bromista.

A Bolek la palabra gato le despierta una cierta esperanza. Podremos seguir a la distancia con nuestra novelita epistolar, propone, pero de inmediato se da cuenta de que invertidas las posiciones pocas probabilidades quedan. Además, si todo sale tal como apuntan las cosas él va a tener muchísimo trabajo. Igual la inesperada amenaza de separación lo entristece. No te vayas, quisiera reclamarle; sos mi contracara, mi motor, mi estimulante, mi acicate. A tiempo se contiene porque intuye que no es así, o por lo menos es así y también de otra manera. Ella tiene ahora todas las cartas, con su partida esta partida habrá terminado. Las mismas cartas, percibe Bolek en un destello, que desde el fortuito hallazgo en Buenos Aires se fueron convirtiendo en el verdadero acicate o quizá catalizador de su arte. Hoy han vuelto a cambiar de mano. Hubiera sido mil veces preferible incinerarlas para siempre.

Pero él sigue teniéndolo, a su arte, y es como si ella hubiese recuperado el propio. Algo se abre en Bolek. Y poco a poco le va creciendo una sonrisa muy tenue al principio que acaba trepándole a los ojos para borrar su natural mirada adusta. La proyecta en un haz sobre Vivian y Vivian a su vez sonríe.

Jerome, como perro recién salido del agua, sacude su desconcierto.

La mesa alrededor de la cual están todos sentados parece iluminarse. Gabriel pretende cantar *Volver* repitiendo eso de Veinte años no es nada y febril la tralalá. Primero Raquel y Vivian, al minuto Jerome y Bolek, todos intentan seguirlo como pueden improvisando un coro de alegres borrachitos hasta estallar en carcajadas. Marcela, a quien alguien miles de kilómetros y de años atrás alguna vez apodó Mar-bella/ bella/ ella, se incorpora con entusiasmo a la algarabía general; el viejo tango de la pura nostalgia no le importa, la felicidad le importa.

FIN